EVERNIGHT

L'auteur

Claudia Gray est une romancière américaine. Elle aime voyager, lire, marcher, et surtout écrire. Ses intérêts de toujours pour les vieilles maisons, les vieux films et l'histoire ont joué un rôle important dans la naissance de l'univers d'*Evernight*.

Déjà paru :

Evernight Livre 1

À paraître :

Livre 3 (février 2012)

Livre 4 (2012)

EVERNIGHT

Livre II

CLAUDIA GRAY

Traduit de l'anglais (États-Unis)
par Cécile Chartres

POCKET JEUNESSE

Directeur de collection :
Xavier d'Almeida

Titre original :
Stargazer
Publié pour la première fois en 2009
par HarperTeen, HarperCollins, New York

Contribution : Kidi Bebey
Loi n° 49 956 du 16 juillet 1949 sur les publications
destinées à la jeunesse : août 2011.

ISBN : 978-2-266-19663-5

Prologue

Le givre se propageait sur le mur.

J'écarquillai les yeux, pétrifiée. En un rien de temps, la salle des archives en haut de la tour nord fut recouverte du sol au plafond d'une fine couche de glace. Quelques flocons de neige flottaient dans l'air, donnant à l'ensemble un côté délicat, aérien et complètement irréel.

Je frissonnai, soudain consciente du froid qui me rongeait les os. À mon grand regret, j'étais venue ici seule. Il n'y avait personne pour me confirmer que je ne rêvais pas, ou pour me rassurer.

Dans un fracas pareil à une détonation, la glace se brisa. Je sursautai. Le givre avait entièrement voilé les fenêtres, cachant les rayons de lune, et pourtant, j'y voyais encore. Sur la vitre gelée, des ombres se creusaient au milieu d'entrelacs cristallins. Une forme apparut.

Un visage.

Aucun doute. J'en distinguais les traits, les contours,

les yeux, si parfaitement dessinés, furieux et sombres. Ils semblaient me regarder.

Et d'un coup, la vérité me transperça, telle une flèche : cet individu de glace était en train de me fixer.

Et dire que je n'avais jamais cru aux fantômes !…

Chapitre premier

À minuit, le tonnerre gronda.

De gros nuages noirs envahirent le ciel, cachant les étoiles. Frigorifiée, je rabattis la capuche de mon imperméable et glissai mon sac sous mon bras, à l'abri.

Malgré la tempête imminente, il faisait encore clair sur le campus. Or, j'avais besoin de l'obscurité complète si je ne voulais pas que les professeurs me repèrent. Comme tous les vampires, ils y voyaient parfaitement la nuit.

Bien sûr, à Evernight, il n'y avait pas que les profs qui étaient des vampires. Les élèves aussi. Ils seraient là dans deux jours ; la plupart étaient aussi puissants, aussi vieux et aussi morts que les membres de l'équipe enseignante. Quant à moi, bien que je ne sois ni vieille, ni puissante, ni morte, j'étais aussi un vampire – en quelque sorte. Un jour, je deviendrais comme mes parents, une créature qui adorait le sang.

Lors de mes précédentes escapades, j'avais réussi, par chance, à échapper aux surveillants. Mais ce soir, je redoublai de vigilance et de patience. Il fallait que je sois totalement invisible.

Devoir commettre un cambriolage me rendait nerveuse.

Si j'avais l'intention d'entrer par effraction chez Mme Bethany, ce n'était pas pour lui voler son argent et ses bijoux. Pas du tout. Ma cause était bien plus noble.

Le ciel s'assombrissait davantage. Des gouttes de pluie me tombèrent dessus. Je me mis à courir, glissant sur l'herbe humide – le regard affûté et l'oreille tendue. Pourtant, alors que je me rapprochais de la grange aménagée où vivait Mme Bethany, j'hésitai. « Sérieux, me disais-je. Tu vas t'introduire chez elle ? Forcer la serrure ? Toi qui n'oses même pas télécharger de la musique gratuitement ? » Pourtant, je poursuivis. J'étais déterminée. J'y arriverais. Mme Bethany quittait l'école trois malheureuses fois par an ; c'était donc ce soir ou jamais. Dans l'espoir de débloquer la serrure, j'insérai ma carte de bibliothèque entre la porte et le mur. Mais cinq minutes plus tard, les mains froides et engourdies, j'étais toujours en train de m'acharner contre la porte. À la télé, ce genre de trucs paraissait pourtant si facile ! Les vrais criminels y parvenaient en moins de dix secondes – il était désormais évident que je n'avais rien d'une criminelle.

J'abandonnai le plan A et passai au plan B. À première vue, réussir à ouvrir une fenêtre me parut aussi compliqué que de réussir à ouvrir la porte. Bien sûr, je pouvais toujours briser un carreau mais mon idée était de ne pas me faire prendre.

À ma grande surprise, je constatai que Mme Bethany avait laissé une fenêtre ouverte. Une ouverture étroite. Mais ça me suffisait.

Sur le rebord étaient alignés des pots de violettes. Mme Bethany les avait sûrement laissées là afin qu'elles prennent l'air et reçoivent de l'eau. Ainsi donc, elle se souciait du bien-être d'une chose vivante ? Étonnant ! Je déplaçai avec soin les pots pour pouvoir me faufiler.

Là encore, contrairement à ce qu'on voit à la télé, ça n'avait rien de facile.

La fenêtre de Mme Bethany était plutôt haute, et je fus obligée de sauter pour l'atteindre. Hors d'haleine, je me hissai de toutes mes forces, prête à basculer à l'intérieur, quand je me retrouvai face à un nouveau dilemme. Ne voulant pas tomber tête la première sur le plancher, je devais me retourner. C'était impossible. Quand l'une de mes chaussures pleine de boue heurta la vitre, je serrai les dents. Elle tint bon et je parvins à me glisser de l'autre côté sans trop de dégâts.

— Ok, chuchotai-je, allongée sur le dos, les pieds contre le mur. Maintenant, passons aux choses sérieuses.

La maison de Mme Bethany lui ressemblait : une forte odeur de lavande en imprégnait les moindres recoins. J'avais atterri dans sa chambre, ce qui renforça mon sentiment d'intrusion et mon malaise. Je savais que Mme Bethany ne pouvait pas me tomber dessus car elle était à Boston où elle devait rencontrer de futurs étudiants. Mais j'étais quand même terrifiée.

Puis, je songeai à Lucas, celui que j'aimais tant – et que j'avais perdu.

Que dirait-il s'il me voyait ainsi paralysée par la peur, lui qui me trouvait si forte ? Penser à lui me donna du courage ; je sortis de ma torpeur et m'attelai à la tâche que je m'étais fixée.

Première chose : enlever mes chaussures pleines de terre afin de ne pas laisser des traces. J'accrochai mon imperméable trempé à une poignée de porte. Puis j'allai dans la salle de bains prendre des mouchoirs pour nettoyer mes chaussures et le plancher que j'avais sali. Une fois que j'eus fini, je glissai les mouchoirs dans une poche de mon manteau. Je les jetterais ailleurs plus tard. Mme Bethany semblait être du genre à fouiller ses poubelles pour s'assurer que personne n'était venu chez elle pendant son absence.

Je trouvais surprenant qu'elle ait choisi de vivre ici. Le bâtiment de l'Evernight Academy était un lieu majestueux, grandiose, même, avec ses tours en pierre et ses gargouilles – tout à fait son style. Pourquoi avait-elle choisi de vivre ici, dans cette ancienne ferme, à l'écart des autres ? Pour être plus tranquille ? Oui, sûrement.

J'aperçus son bureau dans un coin, et je décidai d'y commencer mes recherches. Je tirai la chaise en bois, déplaçai le portrait encadré d'un homme du XIXe siècle et examinai divers papiers.

Cher monsieur Reed,

Nous avons étudié avec beaucoup d'intérêt le dossier d'inscription de votre fils Mitch. Bien qu'il soit de toute évidence un jeune homme exceptionnel et un élève brillant, nous sommes au regret de vous informer…

Un élève humain avait voulu s'inscrire à Evernight, et Mme Bethany l'avait rejeté. Selon quels critères ? Pourquoi avait-elle ouvert aux humains ce refuge réservé aux vampires ?

Chers monsieur et madame Nichols,

Nous avons étudié avec beaucoup d'intérêt le dossier d'inscription de votre fille Clementine. C'est une jeune fille exceptionnelle et une brillante élève, et nous sommes heureux de vous annoncer...

Qu'est-ce qui différenciait Mitch de Clementine ? Le système de rangement limpide de Mme Bethany me permit de trouver leurs dossiers sans problème, mais les étudier ne m'apporta aucune réponse. Ils avaient tous les deux une moyenne générale de génie et de nombreuses activités extrascolaires. Comparée à eux, j'étais une paresseuse à l'intelligence très moyenne. D'après leur photo, je conclus qu'ils étaient normaux – ils n'étaient ni sublimes ni affreux, ni gros, ni maigres. Juste normaux. Ils habitaient tous deux en Virginie, Mitch dans un appartement à Arlington et Clementine dans une vieille maison à la campagne. Et ils devaient être riches comme Crésus pour venir étudier ici.

À mon avis, ce qui les différenciait, c'était que Mitch avait de la chance. Ses parents se verraient contraints de l'envoyer dans une pension renommée de la côte Est où il se mélangerait à d'autres étudiants méga-riches, jouerait au lacrosse et ferait de la voile. Pendant ce temps-là, Clementine allait passer ses journées entourée de vampires. Sans en connaître les raisons, elle apprendrait à vivre avec cette sensation que quelque chose ne va pas. Elle ne se sentirait jamais en sécurité. Même moi je ne me sentais pas en sécurité à Evernight, et pourtant j'étais comme eux – un vampire.

Un éclair hachura le ciel ; l'instant d'après, le tonnerre gronda de nouveau. La tempête se rapprochait, il était temps pour moi de filer. Un sentiment de déception me traversa tandis que je repliais les lettres et les rangeais. Moi qui étais persuadée que j'obtiendrais des informations ce soir, je n'avais rien appris.

« Ce n'est pas tout à fait vrai, pensai-je, ironique, en remettant mon imperméable. Tu as découvert que Mme Bethany aime les violettes du Cap. C'est le genre de tuyau vraiment utile ! »

Je remis les violettes à leur place sur le rebord de la fenêtre et sortis par la porte d'entrée qui se verrouilla automatiquement en se refermant. Connaissant Mme Bethany, le contraire m'aurait étonnée.

La pluie me cinglait le visage alors que je courais en direction d'Evernight. Il restait quelques lumières allumées dans les appartements des profs, mais il était tard et je ne craignais plus d'être vue. M'appuyant contre la grosse porte en chêne, je l'ouvris. Elle ne grinça même pas. Après l'avoir refermée, je m'y adossai, soulagée. Mission accomplie.

Puis j'eus la sensation que je n'étais pas seule.

Pleine d'appréhension, je scrutai l'obscurité du grand hall. La pièce était immense, sans recoin et sans pilier où se cacher, et je fus surprise de ne voir personne. Je frémis. Brusquement, la température ambiante chuta, et j'eus davantage l'impression d'être dans une grotte sombre et humide qu'à Evernight.

Les cours ne commençaient que deux jours plus tard. Pour le moment, à Evernight, il n'y avait que moi et les profs, et eux m'auraient interpellée sitôt la porte franchie et assaillie de questions. Qui donc pouvait se contenter de rester terré dans un coin à m'épier ?

Je fis un pas hésitant.

— Il y a quelqu'un ? murmurai-je.

Pas de réponse.

Peut-être était-ce mon imagination ? En y réfléchissant, je n'avais en fait rien entendu. Ce n'était qu'une sensation. J'avais passé la soirée à craindre d'être repérée, peut-être étais-je tout simplement rattrapée par mes angoisses.

Du coin de l'œil, je vis quelque chose bouger. Je me tournai. Dehors, une fille vêtue d'un long châle blanc se regardait à travers le seul vitrail incolore du grand panneau vitré. Elle devait avoir à peu près mon âge. Malgré la pluie, elle ne semblait pas mouillée.

— Qui es-tu ? demandai-je en m'avançant vers elle. Tu es élève ici ? Qu'est-ce que tu… ?

Elle disparut. Elle ne s'était pas enfuie, elle ne s'était pas cachée – elle n'avait même pas bougé. Elle s'était évanouie.

Je restai quelques secondes à fixer la fenêtre, au cas où elle réapparaîtrait comme par magie. Rien. Intriguée, je m'approchai du vitrail puis faillis mourir de peur quand une forme évanescente se dessina sur la vitre – mon reflet.

« C'est malin ! me dis-je. Tu as paniqué en apercevant ton propre visage ! »

Sauf que ce que j'avais vu auparavant n'était pas mon reflet.

Alors qui ? Si des élèves étaient arrivés aujourd'hui, je l'aurais su, et Evernight était trop isolée pour qu'un promeneur échoue ici par hasard. Je n'avais donc pas d'autre explication : mon imagination débordante m'avait encore joué un tour. Je n'avais vu que mon reflet. D'ailleurs, il ne faisait pas froid, dans cette pièce.

Je repris mes esprits et grimpai l'escalier jusqu'à l'appartement de mes parents au dernier étage de la tour sud. Lorsque j'entrai, ils dormaient profondément. En passant devant leur chambre, j'entendis ma mère ronfler doucement.

J'étais de mauvaise humeur, agacée d'avoir échoué. Mon super cambriolage n'avait rien donné.

Concernant les élèves humains à Evernight, je ne pouvais pas faire grand-chose. Mme Bethany n'allait pas renoncer à leur présence. Au moins, elle les protégeait, et les élèves vampires la craignaient suffisamment pour ne pas lui désobéir.

J'enlevai mes habits trempés et me glissai sous la couverture. En fermant les yeux, j'essayai de me souvenir de ma peinture préférée, *Le Baiser* de Klimt. Dans ma tête, Lucas et moi étions les deux amants du tableau, et je pouvais presque sentir son souffle sur ma joue. Sauf que je n'avais pas revu Lucas depuis six mois.

Depuis qu'il avait été obligé de fuir Evernight parce que sa véritable identité avait été révélée. Il travaillait pour la Croix noire.

Je ne savais toujours pas comment gérer le fait qu'il appartenait à une organisation dédiée à la destruction de ceux de mon espèce. De même que je ne savais pas comment Lucas vivait le fait que j'étais un vampire et que nous étions, malgré cela, tombés amoureux l'un de l'autre – mais avant de le savoir. Je n'avais pas choisi cette vie. Lui non plus. Nos clans étaient ennemis. À bien y réfléchir, nous ne pouvions qu'être séparés. Et pourtant, au plus profond de moi, je croyais dur comme fer à notre amour. Un jour, nous serions réunis.

« Bientôt, les cours vont commencer, il te manquera moins », me dis-je en serrant mon oreiller contre moi.

Je soupirai, arrivant à peine à croire mes propres mensonges. Voilà que j'étais contente que les cours reprennent ! C'était le signe que mon moral était vraiment bas.

Chapitre deux

Le défilé de la rentrée commença peu après l'aube. Les premiers élèves arrivèrent à pied. Habillés simplement, ils sortirent de la forêt, un vulgaire sac à l'épaule. Certains avaient dû marcher toute la nuit. Leurs yeux parcouraient avec curiosité les murs de l'école, comme s'ils espéraient obtenir sur-le-champ les réponses à leurs questions. Même avant de croiser un visage familier – celui de Ranulf, un vampire de plus de mille ans qui ne comprenait rien à l'époque moderne —, je savais qui étaient ces vampires : les plus âgés, les égarés. Ils ne causaient jamais de problème ; ils se fondaient dans le décor et écoutaient, étudiaient, cherchant seulement à rattraper les siècles qu'ils avaient ratés.

Lucas s'était mêlé à eux l'année passée. Je me rappelais la façon dont il m'était apparu, sortant du brouillard dans son long manteau noir. Ce matin encore, j'espérais l'apercevoir.

À l'heure du petit déjeuner, les premières voitures arrivèrent : Jaguar, Lexus, Bentley. Ainsi que des bolides italiens et des 4 × 4 si gros qu'on aurait pu ranger les voitures de sport à l'intérieur. Les élèves humains étaient venus avec leurs parents, parfois avec un frère ou une sœur. Je reconnus même Clementine Nichols, une jeune fille aux cheveux châtain clair et aux taches de rousseur. À ma grande surprise, ils étaient tous accueillis par Mme Bethany, qui leur tendait la main avec grâce. Elle semblait désireuse de parler aux parents et leur souriait chaleureusement, hypocrite et insoupçonnable. Je devais l'admettre, elle était douée. Quant aux élèves, plus ils se rapprochaient des tours du bâtiment aux allures menaçantes et plus leur enthousiasme s'estompait.

— Tu es déjà levée ?

Je me détournai de la scène et vis mon père, qui s'était extirpé du lit plus tôt que d'habitude. Il portait un costume et une cravate, comme tout bon professeur, mais ses cheveux roux décoiffés dévoilaient un aspect plus rebelle de sa personnalité.

— Oui, répondis-je en souriant.

— Tu as repéré tes amis ? me demanda-t-il en se tenant à côté de moi. Des beaux garçons ?

— Papa ! soupirai-je.

— D'accord, je n'insiste pas, dit-il en avançant les mains. Tu m'as l'air plus heureuse que l'année dernière en tout cas.

— Ça pourrait difficilement être pire.

— Oui, c'est vrai, admit-il, et nous éclatâmes de rire tous les deux.

L'année précédente, terrorisée à l'idée d'aller en cours à Evernight, j'avais essayé de m'enfuir. J'avais l'impression que cela remontait à un siècle.

— Si jamais tu as faim, je crois que ta mère a mis le gaufrier à chauffer.

Bien qu'ils se contentent en général du sang que l'école leur fournissait de manière clandestine, mes parents s'assuraient toujours que j'aie à ma disposition les aliments dont j'avais besoin.

— Je serai là dans un instant, d'accord ?

— D'accord.

Sa main s'attarda un moment sur mon épaule puis il partit.

Je regardai de nouveau la cour. Tandis que quelques familles traînaient encore, échangeant un ultime au revoir, la troisième et dernière vague débutait.

Ils arrivaient seuls. Certains en taxi mais la plupart en limousine avec chauffeur. Les élèves qui en sortaient, très chics dans leur uniforme, avaient l'air très prétentieux. Ils n'avaient pas de bagages ; cela faisait deux semaines que leurs affaires étaient arrivées à Evernight dans des valises et des cartons. À mon grand regret, j'aperçus Courtney, une des filles que j'appréciais le moins, qui saluait ses amies avec nonchalance. Elle portait des lunettes de soleil. Ses yeux étaient donc sensibles à la lumière du jour, ce qui voulait dire qu'elle n'avait pas bu de sang depuis quelque temps – l'équivalent d'un régime pour les vampires.

Ces vampires-là désiraient s'adapter aux modes de vie modernes mais n'étaient pas complètement déconnectés du monde. Ils étaient en pleine possession de leurs moyens et ils se chargeaient de le rappeler aux autres à la première occasion. Je les jugeais tous de la même manière : ils étaient la « clique Evernight ».

Quand je descendis en bas après avoir mangé ma gaufre, le grand hall débordait de monde. Un brouhaha entremêlé d'éclats de rire emplissait la salle. Prisonnière de la foule, je fus quelque peu bousculée pendant les premières minutes, jusqu'à ce que j'entende une voix appeler mon nom.

— Balthazar ! m'écriai-je en souriant.

Balthazar était un jeune homme imposant. Sa taille et sa puissance le rendaient intimidant, mais son regard était tendre et son sourire amical.

Me dressant sur la pointe des pieds, je le serrai dans mes bras.

— Tu as passé un bon été ? demandai-je.

— Super, répondit-il. J'ai travaillé de nuit sur un chantier naval à Baltimore.

Je décelai dans son ton la même ferveur qu'aurait un autre à parler de ses super vacances à Cancún.

— Je me suis fait des potes, on traînait dans les bars. J'ai même appris à jouer au billard. Et je me suis remis à fumer.

— C'est pas comme si tes poumons ne pouvaient pas le supporter, plaisantai-je.

Il m'adressa un sourire complice, préférant ne rien répondre pour ne pas risquer d'être entendu par les élèves humains autour de nous.

— Tu veux que je t'aide avec ta dissert ? proposai-je.

— Terminée. Je l'ai déposée ce matin sur le bureau de Mme Bethany.

Au cours de l'été, les vampires devaient « s'impliquer dans la vie moderne », et rédiger ensuite une dissertation sur leur expérience, à rendre en début d'année scolaire. Un genre de « Ce que j'ai fait pendant les vacances » à la mode mort vivant.

Balthazar observait la foule.

— Est-ce que Josephine est là ?

— Non, elle a décidé de rester en Scandinavie. (Elle m'avait envoyé une carte postale des fjords quelques semaines auparavant.) Elle pense revenir d'ici un an ou deux. À mon avis, elle a rencontré un garçon.

— C'est dommage. Il y a tellement de visages inconnus, je me sens perdu. Et ceux que je connais déjà, je préférerais les éviter, comme la personne qui s'approche en ce moment de nous par la droite et…

— Qui ça ? dis-je, et le temps que je comprenne que ma droite n'était pas sa droite, une voix familière et très désagréable me vrilla les nerfs.

— Balthazar !

Courtney lui tendit la main comme si elle s'attendait à un baise-main. Il la serra à peine puis la laissa pendre dans le vide. Le sourire figé de Courtney ne vacilla pas.

— Tu as passé de bonnes vacances ? Moi, j'étais à Miami, à faire la tournée des boîtes de nuit. Absolument génial. Je t'y emmènerai un de ces quatre.

Je la coupai :

— Je suis étonnée de te voir ici. (En disant « étonnée », je pensais « dégoûtée ».) Tu n'avais pas l'air de te plaire à Evernight l'année dernière.

Elle haussa les épaules.

— J'avais envisagé de ne pas revenir mais lors de ma première soirée à Miami, je me suis rendu compte que je portais une robe datant de la saison passée. Et que mes chaussures avaient au moins trois ans de retard. Un faux pas impardonnable ! J'avais de toute évidence encore besoin de rattrapage alors je me suis dit que je pouvais tenir quelques mois de plus dans ce bahut. Et puis, poursuivit-elle en fixant Balthazar, ça me donne l'occasion de passer du temps avec de vieux amis.

— Je ne suis pas sûre que le meilleur endroit pour se tenir au courant de la mode soit un lycée où tout le monde porte un uniforme, déclarai-je.

Balthazar se retint de rire. Courtney fronça les sourcils mais après avoir détaillé mon pull informe et ma jupe écossaise, elle afficha un grand sourire.

— Vu ton sens du style, rétorqua-t-elle, on peut dire que tu es au bon endroit.

Elle tapota l'épaule de Balthazar.

— On se reparle plus tard ?

Puis elle s'éloigna en faisant rebondir sa longue queue-de-cheval blonde.

— Quand je pense que je m'étais promis de faire un effort, soupirai-je. Je n'ai pas tellement changé pendant l'été.

— N'essaye pas de changer. Tu es parfaite comme tu es.

Je baissai les yeux, à la fois gênée et flattée. Après m'être sentie si seule pendant tout l'été – sans Lucas, sans personne —, savoir que quelqu'un ici m'appréciait me réchauffait le cœur.

Avant que je trouve une réponse adéquate, un murmure parcourut l'assistance. Le silence se fit et nous nous tournâmes tous vers l'estrade au fond de la salle où se tenait Mme Bethany.

Elle portait un tailleur cintré gris clair, ce qui convenait idéalement à sa beauté sévère. Elle avait relevé ses cheveux foncés en un chignon élégant. Des perles noires pendaient à ses oreilles. Au lieu de nous regarder, elle fixa le lointain, comme si nous n'étions pas là.

— Bienvenue à Evernight.

Sa voix résonna dans le hall. Tous les élèves se redressèrent.

— Beaucoup d'entre vous ont déjà entendu parler de l'Académie, peut-être par vos parents. Vous vous êtes demandé si vous feriez un jour votre scolarité ici. Nous pensons qu'il est important pour vous tous de côtoyer des personnes issues de milieux différents, dans le but de vous préparer au mieux à affronter le vaste monde.

Je reconnus le discours de l'année précédente, mais en perçus davantage les sous-entendus. Je détectai les mensonges au détour de chacune de ses phrases habiles tandis qu'elle s'adressait à des vampires qui étaient déjà venus ici vingt voire deux cents ans auparavant.

Comme si elle avait lu dans mes pensées, Mme Bethany me toisa d'un air mauvais. Je me raidis, m'attendant presque à ce qu'elle m'accuse d'être entrée chez elle par effraction.

Mais elle me surprit en improvisant.

— Evernight Academy a une signification particulière pour chacun d'entre vous, reprit-elle. C'est un lieu d'apprentissage, de traditions et, pour certains, un sanctuaire.

« Seulement pour les suceurs de sang, songeai-je. Pour les autres, pas vraiment. »

— Pour que chacun profite au maximum d'Evernight, je demande aux anciens élèves de partager leur expérience avec les nouveaux. Accueillez-les. Apprenez à vous connaître, échangez sur vos vie, vos centres d'intérêt. C'est ainsi qu'Evernight pourra accomplir sa véritable mission.

Quelques élèves humains applaudirent timidement – par politesse.

— C'est une impression ou ce discours était très bizarre ? murmura Balthazar. J'ai cru comprendre que Mme Bethany nous demandait à tous d'être gentils.

Mon cerveau tournait à cent à l'heure. Pourquoi Mme Bethany souhaitait-elle que les vampires se rapprochent des humains, alors qu'elle voulait protéger ces derniers – et sur ce point, elle n'avait certainement pas changé d'avis. Que cherchait-elle à faire ?

— Les cours commencent demain, conclut-elle en affichant son sourire faussement affable. Profitez de cette journée pour lier connaissance. Nous sommes très heureux de vous accueillir ici et nous vous souhaitons de passer une très bonne année à Evernight.

— Tu crois qu'elle s'est adoucie pendant les vacances ? demanda Balthazar.

— Mme Bethany ? Ça m'étonnerait.

Je faillis demander à Balthazar ce qu'il pensait de ces étranges encouragements. Il était intelligent et bien qu'il la respectât, il ne prenait pas la parole de Mme Bethany pour argent comptant. De plus, il était sur terre depuis plus de trois siècles ; il avait assez de recul pour avoir un autre point de vue sur ce mystère qui me troublait. Mais il risquait de comprendre que mes motivations découlaient de ma relation avec Lucas. Et je devais éviter de le lui rappeler.

Soudain, Balthazar sourit et salua quelqu'un dans la foule que je ne reconnus pas. Balthazar était ami avec tout le monde.

— On se retrouve plus tard, d'accord ? demandai-je alors qu'il s'éloignait.

— Ok, répondit-il.

Je me sentis tout à coup étrangement seule. J'étais entourée de vampires – des vrais : puissants et forts, dont les visages juvéniles masquaient pourtant des années d'expérience. Je n'étais pas encore entièrement un vampire et la distance qui me séparait d'eux n'avait guère diminué pendant ma première année à Evernight. À côté d'eux, j'étais comme une enfant naïve et maladroite.

Je décidai de me replier dans ma chambre, d'autant que j'avais hâte de saluer ma nouvelle camarade de chambre.

Quand j'entrai dans la pièce, Raquel soupira :

— Bienvenue en enfer.

Elle était allongée sur son matelas, les bras écartés. Son sac de couchage gisait par terre et ses affaires étaient dispersées çà et là. Elle avait vidé son sac sans avoir pris soin de ranger.

— Moi aussi je suis ravie de te revoir, dis-je, ironique. Tu n'es pas contente qu'on partage la même chambre ?

— Crois-moi, ta présence ici est la seule chose qui me réconforte. Est-ce que tes parents ont soudoyé Mme Bethany pour qu'on soit ensemble ? Si c'est le cas, faut que j'aille les remercier.

— Parfois, le hasard fait bien les choses !

Apparemment, il y avait un nombre impair d'étudiants humains et vampires cette année, chez les filles et les garçons. Puisque je consommais encore des aliments « normaux », il avait été décrété que je serais la mieux placée pour vivre avec une humaine – nous étions tenus de manger dans nos chambres.

Que cette humaine soit Raquel avait été un coup de chance, même si le fait que toutes les filles humaines de l'année passée aient décidé de ne pas revenir avait aussi pesé dans la balance. Tant mieux pour moi !

— Alors, repris-je d'un ton léger. À part pour le plaisir de passer du temps avec moi, pourquoi es-tu revenue ? Je sais que tu n'en avais pas envie.

— Sans vouloir te vexer, ta compagnie n'est pas ce qui m'a fait revenir.

Elle se mit sur le ventre et me regarda. Ses cheveux foncés étaient encore plus courts qu'avant mais au moins elle était allée chez le coiffeur et sa nouvelle coupe lui allait bien. Ça lui donnait un côté rock.

— J'ai dit à mes parents que je souhaitais étudier ailleurs. Peut-être partir vivre avec mon grand-père à Houston et aller au lycée là-bas. Ils n'ont rien voulu savoir. Evernight est un lycée privé d'élite, pour eux, c'est tout ce qui compte.

— Même quand ils ont appris pour Erich ?

Elle eut soudain l'air triste.

— Ils pensent qu'il flirtait simplement avec moi. Ils m'ont dit que j'étais trop réservée et que je devais apprendre à m'ouvrir aux autres.

Je la regardai, sidérée. Erich était loin d'être un petit

ami possible. C'était un vampire, bel et bien décidé à la traquer et à la tuer. Et bien qu'elle n'ait pas su la vérité, Raquel avait parfaitement compris qu'il était dangereux. Si moi, j'avais expliqué à mes parents qu'un type me faisait peur, ma mère m'aurait serrée dans ses bras et mon père aurait certainement pourchassé l'individu avec une batte de baseball. Les parents de Raquel, eux, s'étaient moqués d'elle et l'avaient renvoyée dans un établissement qu'elle détestait.

— Je suis désolée, dis-je.

— J'aurais dû savoir qu'ils ne m'écouteraient pas. Ils ne l'ont jamais fait.

Raquel s'assit en tailleur et pointa du doigt le mur derrière moi.

— Si je comprends bien, on est coincées avec Klimt ?

J'avais bien évidemment accroché *Le Baiser* au-dessus de mon lit. Ce tableau était si important à mes yeux que je ne lui avais même pas demandé si ça la dérangeait.

— Pourquoi ? Tu ne l'aimes pas ?

— Bianca, cette peinture est tellement connue ! On la trouve sur des magnets et des mugs dans toutes les boutiques de souvenirs.

— Ça m'est égal. Je l'adore, il est magnifique et je fais ce que je veux sur mon mur.

— Dans ce cas, je vais peindre mon côté en noir, menaça-t-elle.

Je souris :

— Ça pourrait être sympa.

Je nous voyais déjà collant des étoiles phosphorescentes sur la paroi, comme il y en avait dans ma chambre quand j'étais petite.

— Ce serait même super, continuai-je. Malheureusement, je ne pense pas que Mme Bethany nous laisserait faire.

— Pourquoi refuserait-elle ? Elle a tout fait pour rendre cet endroit effrayant. Des murs noirs, ça ne changerait rien.

— Même les salles de bains ? Même les gargouilles ? Je pense que ce serait quand même plus effrayant.

— Peu importe, soupira Raquel. Et puis ce sera toujours mieux que d'être à la maison.

J'imaginai les tours du bâtiment peintes en noir brillant. Difficile de faire plus « Dracula ».

Le regard de Raquel s'assombrit. Elle me parut soudain plus vieille que le plus âgé des vampires d'Evernight.

J'aurais voulu en savoir plus sur ce qui s'était passé avec ses parents mais je ne savais pas comment insister sans la brusquer.

— Allez ! s'écria-t-elle. Aide-moi à ranger tout ça.

— Tout quoi ?

— Mes affaires !

Je descendis du lit alors qu'elle me tendait son sac de couchage.

Quand la pièce fut un peu mieux rangée, Raquel déclara vouloir faire une sieste. Contrairement aux parents des autres élèves, ceux de Raquel n'étaient pas riches, et elle avait dû prendre le car à Boston tôt le matin pour faire un long trajet. Elle était épuisée et elle s'endormit très vite.

Je réfléchissais.

« Raquel est boursière, ce qui veut dire que Mme Bethany paye pour qu'elle suive les cours. Pourquoi ferait-elle une chose pareille ? Manifestement, si elle accueille des humains, ce n'est pas pour l'argent. Alors dans quel but ? Raquel est-elle plus importante que les autres ? »

Tant de questions demeuraient sans réponse...

Je partis me promener sur le campus, qui était bien plus agréable maintenant que les élèves y déambulaient. Les humains discutaient entre eux avec enthousiasme, faisant connaissance, tandis que les vampires les observaient d'un air hautain.

L'heure du déjeuner approchait. J'avais faim. J'espérais être le seul vampire dans ce cas, au milieu de tous ces humains.

— Yo ! Blanche-Neige !

Personne ne m'avait jamais appelée comme ça de toute ma vie et pourtant je savais sans avoir à me retourner de qui il s'agissait.

— Vic !

Vic s'approcha de moi, un immense sourire aux lèvres. Comme d'habitude, il avait quelque peu modifié son uniforme. Au lieu d'une cravate aux couleurs de l'école, la sienne était couverte de Tahitiennes à moitié nues et il portait son éternelle casquette. Nous nous jetâmes dans les bras l'un de l'autre et il me souleva de terre en riant.

J'éclatai de rire à mon tour.

— Tu as passé de bonnes vacances ? demandai-je. J'ai bien reçu tes photos de Buenos Aires mais ensuite tu n'as plus donné de nouvelles.

— Après des semaines de plage, j'ai dû travailler. Mon père a décidé qu'il fallait que je me familiarise avec l'entreprise familiale. Cela dit, être stagiaire ne te familiarise avec rien, à part avec la machine à café. J'ai passé le reste de l'été à distribuer des tasses de café au lait de soja sans sucre. C'était vraiment nul. Et toi ? Tu es restée ici ?

— On est allés à Washington pour la fête de l'Indépendance. Ma mère nous a traînés de monuments en monuments. Le Musée d'histoire naturelle m'a plu, ils ont des météorites qu'on peut toucher et…

Tandis que je parlais, Vic glissa une enveloppe dans la poche de ma jupe et je fis semblant de ne rien remarquer. Les battements de mon cœur s'accélérèrent.

— C'était sympa. Au moins, j'ai pu quitter cet endroit. Parce que si tu trouves qu'on s'ennuie pendant l'année scolaire, imagine ce que c'est l'été quand il n'y a personne. J'ai été deux ou trois fois à Riverton, mais c'est à peu près tout.

— Il faudra que tu me racontes tout ça une autre fois, répondit Vic, qui me sentait impatiente d'ouvrir l'enveloppe. Tu veux qu'on se retrouve après le dîner ? Je te présenterai mon nouveau camarade de chambre. Il a l'air cool.

— Oui, ok. On se retrouve ici ?

— Ça marche, dit-il en s'éloignant.

Je courus jusqu'au kiosque, au fond du parc. Personne d'autre ne s'y cachait et j'étais heureuse de pouvoir profiter seule de cet endroit qui me rappelait tant de souvenirs.

Je m'assis sur un banc et plongeai la main dans ma poche. Sur l'enveloppe blanche figurait mon prénom.

Je reconnus aussitôt cette écriture et ma première réaction fut de ne pas ouvrir la lettre. Elle m'avait été envoyée par l'ancien camarade de chambre de Vic.

Lucas.

Chapitre trois

Bianca,

Cela fait bien trop longtemps, je sais. J'espère que tu n'es pas allée vérifier tes mails tous les jours en espérant avoir des nouvelles de moi. Mon compte Evernight a bien évidemment été suspendu et la Croix noire supervise mes échanges de mails de très près. Et puis, à mon avis, ton compte Evernight à toi est surveillé.

Je sais que c'est étrange, mais j'ai l'impression de t'avoir parlé récemment. C'est parce que je te parle tout le temps, à chaque seconde, et il faut sans cesse que je me rappelle que tu n'es pas là pour m'écouter, alors que c'est ce que je désire plus que tout.

Mon été n'a pas été très passionnant. On est allés deux mois au Mexique, mais pas pour boire des Corona ni traîner sur la plage. J'ai d'ailleurs passé la moitié du temps à dormir à l'arrière d'un vieux camion. Je sens encore les barres en métal qui me rentrent dans le dos.

Lucas n'avait pas besoin de m'expliquer ce qu'il était allé faire au Mexique ni avec qui. Je le savais. La Croix noire avait certainement suivi la piste d'un vampire.

La plupart du temps, j'arrivais assez bien à oublier que le garçon dont j'étais amoureuse était un membre de la Croix noire. Mais la réalité finissait toujours pas resurgir, séparant le monde en deux : moi d'un côté, et lui de l'autre.

La mère de Lucas avait intégré la Croix noire avant même la naissance de son fils, et Lucas avait grandi au sein de ce groupe ; ils étaient sa seule famille. Dès son plus jeune âge, il avait appris que tous les vampires étaient maléfiques, et que les tuer tenait du devoir.

Mais Lucas avait, depuis, découvert que les choses n'étaient pas aussi simples. Amoureux de moi avant de connaître ma véritable identité, il n'avait pas changé d'avis par la suite. Rien ne m'avait plus émue que de l'entendre dire qu'il voulait toujours être avec moi, qu'il me faisait confiance, alors que je lui avais menti et que j'avais bu son sang.

Si tu peux lire cette lettre, poursuivait-il, *c'est que les vampires n'ont pas fouillé les affaires de Vic. De toute évidence, Vic ignore ce qui se passe à Evernight et ne sait rien sur les vampires qui l'entourent. J'ai l'impression en me servant de lui de le mettre en danger. Quelques petits mots par-ci par-là, ça pourrait encore aller. Mais je ne pourrai pas me satisfaire longtemps de si peu. Et toi non plus.*

Non ! Je me redressai, serrant les feuilles contre ma poitrine si fort qu'elles se froissèrent. Lucas s'apprêtait-il à m'annoncer que rester en contact se révélait trop risqué ? Qu'on ne pourrait plus jamais se voir ?

Si j'étais moins égoïste, je romprais avec toi. Je sais que je te demande de défier tes parents, et Mme Bethany, qui pourtant doit t'avoir à l'œil nuit et jour. Je te mets en danger. Je devrais prendre mon courage à deux mains et m'éloigner.

Mais je ne peux pas, Bianca. Cela fait des semaines que j'essaye de m'en persuader, sans succès. Il faut que je te revoie. Bientôt, j'espère, parce que je ne sais pas combien de temps je vais encore tenir.

Dans quelques jours, nous serons de nouveau dans le Massachusetts, dans les environs de Amherst, pas trop loin de Riverton, en fait. Je ne sais pas combien de temps on va rester mais je pense qu'on sera là un bon moment.

Est-ce que tu peux trouver un moyen de venir à Amherst le premier week-end d'octobre ? Si oui, je viendrai te chercher à la gare à minuit – vendredi ou samedi soir, ce qui t'arrange le mieux. De toute façon, je t'attendrai.

Je me rends compte que je suis peut-être à côté de la plaque. Cela fait des mois qu'on ne s'est plus vus ni parlé, et peut-être que tes sentiments pour moi ont changé. Tes parents t'ont peut-être convaincue que je ne suis pas fréquentable, et je ne t'en voudrais pas si la Croix noire te terrorise. Et puis j'imagine qu'une jolie fille comme toi ne reste pas seule longtemps. Peut-être que tu sors avec quelqu'un d'autre maintenant, comme ce Balthazar ?

Les compliments que Balthazar m'avait adressés le matin même – et le plaisir que j'avais éprouvé en les entendant – me revinrent en mémoire, et j'eus honte tout à coup, comme si Lucas nous avait surpris ensemble.

Si c'est le cas, eh bien... fais-le-moi savoir, d'une manière ou d'une autre. Je ne peux pas dire que je serai heureux pour toi, parce que je me sentirai tout sauf heureux. Mais je comprendrai, promis.

Pour ma part, je n'ai pas changé. Je t'aime toujours, Bianca. Je crois même que je t'aime plus que quand on s'est quittés, ce que je ne pensais pas possible, d'ailleurs. S'il reste encore une chance pour qu'on soit ensemble, il faut que je la saisisse.

En relisant cette lettre, je m'aperçois qu'elle est en dessous de ce que je ressens. J'ai toujours eu du mal à m'exprimer, mais tu le sais ça, maintenant, n'est-ce pas ? Je te promets que si tu viens à Amherst, je trouverai les mots justes. À moins que nous n'ayons pas besoin de mots.

Je t'aime
Lucas

De grosses larmes inondaient mes paupières et je clignai des yeux, tenant la lettre entre mes doigts tremblants. Les battements de mon cœur me semblaient assourdissants. J'aurais pu partir à l'instant même en courant vers Amherst. J'aurais tellement aimé fermer les yeux et y être ! Je ne désirais rien de plus au monde.

Le lien entre Lucas et moi restait fragile : quelques lettres clandestines et une promesse secrète. Nous ne pouvions pas faire mieux, et Lucas avait sûrement raison de penser que mon compte mail était surveillé. De peur de perdre le contrôle qu'elle exerçait sur l'école,

Mme Bethany s'efforçait d'être à la pointe de la technologie. Je ne serais pas étonnée d'apprendre que M. Yee, le prof de techno, lui ait donné accès à toutes les messageries électroniques des élèves et des profs.

Pour moi, c'était un miracle qu'une simple lettre suffise à me rapprocher de Lucas. Il avait plié les feuilles et les avait glissées dans une carte de vœux illustrée de la constellation Andromède. Il se souvenait que j'aimais les étoiles.

Un éclat de rire me fit lever les yeux. Courtney et quelques-unes de ses amies traversaient la pelouse, se moquant au passage des élèves humains qu'elles désignaient du doigt en ricanant. L'année dernière, cette fille m'avait terrorisée. Cette année, elle me paraissait aussi inoffensive qu'une mouche.

Sa présence me rappela que la plupart des vampires ici étaient au courant pour Lucas et la Croix noire. La carte dans ma main prouvait que j'étais en contact avec l'« ennemi ». Il me faudrait la détruire, et vite.

Au moins, Lucas avait choisi une image que personne ne pouvait m'empêcher de contempler.

— Ça, c'est Andromède, expliquai-je à Raquel en tendant la main.

Nous traînions sur le campus après le dîner – notre « vrai » dîner, à savoir des sandwichs au thon qu'on avait mangés dans notre chambre. Plus tard dans la soirée, j'allais devoir trouver un moyen de sortir le thermos caché dans un tiroir de ma commode et d'avaler quelques gorgées de sang. Je n'avais pas tellement le choix.

— Andromède ? répéta Raquel en plissant les yeux.

Elle portait le pull noir, déjà usé jusqu'à la corde, de l'année précédente.

— Ça vient de la mythologie grecque, non ? Le nom me dit vaguement quelque chose mais je ne me souviens pas de l'histoire.

— Victime sacrificielle, Persée, la Méduse, tout ça, tout ça… répondit Vic à ma place. Eh, les filles, je vous ai présenté mon camarade de chambre ?

Je me détournai des étoiles pour observer le garçon qui se tenait à côté de Vic.

— Ranulf ? dis-je en écarquillant les yeux

Ranulf me salua d'un geste timide. Il était comme toujours coiffé au bol, ce qui n'avait pas dû changer depuis un bon millénaire. La modernité restait sans doute pour lui un concept peu familier, chaque cours un véritable défi. Ranulf partageait donc sa chambre avec Vic ? Comment Mme Bethany avait-elle pu avoir une idée aussi saugrenue ?

— Salut, Ranulf, dit Raquel.

Elle ne lui serra pas la main. Pour Raquel, le simple fait d'adresser la parole à un étranger était une marque de gentillesse.

— Je me souviens t'avoir croisé l'année dernière, poursuivit-elle. Tu avais l'air sympa. Enfin, pas menaçant. Tu sais, pas comme cette garce de Courtney et ses copines.

Visiblement, Ranulf ne savait pas quoi répondre. Après un moment d'hésitation, il se contenta de hocher la tête. Au moins, il avait appris à faire semblant.

— Vous observez les étoiles ? demanda Vic en

s'asseyant à côté de nous dans l'herbe, son éternel sourire sur le visage. J'avais oublié que c'était ta passion.

— Si tu voyais mon télescope, tu n'oublierais pas.

— Grand ?

— Énorme, insistai-je avec délices. Je regrette de ne pas l'avoir apporté jusqu'ici ce soir. Le ciel est magnifique. Regardez ! Là, c'est Andromède. Tu la vois, Ranulf ?

— Les formes qui brillent dans le ciel ? hasarda-t-il en s'installant prudemment sur la pelouse.

— Oui, les constellations. Tu veux que je te les montre ?

— Quand je regarde le ciel, je ne vois pas de lueurs, expliqua-t-il d'une voix grave. Je vois les esprits des personnes décédées avant nous, et qui nous observent.

Je retins mon souffle, pensant que les deux autres allaient prendre peur ou lui poser toutes sortes de questions auxquelles il ne pourrait répondre. Mais ils levèrent la tête et contemplèrent le ciel, comme perdus dans leurs pensées.

— C'est profond ce que tu dis là, mec, déclara Vic.

Ranulf réfléchit avant de parler.

— Toi aussi, tu dis des trucs profonds, Vic.

— Merci, mec, répondit Vic en lui tapotant amicalement l'épaule.

Résistant à l'envie de rire, je m'allongeai. Mme Bethany n'avait pas décidé que Ranulf vivrait avec un humain, elle avait décidé que Vic vivrait avec un vampire. Elle était consciente qu'il ne s'attarderait pas sur toutes les petites excentricités de son camarade, étant lui-même à la base un peu spécial.

Encore une fois, elle s'était montrée particulièrement perspicace. Elle nous connaissait bien. J'étais contente de m'être débarrassée de la lettre de Lucas : la garder aurait été bien trop dangereux. Et je pouvais toujours me consoler en regardant les étoiles.

J'observai Andromède pendant un long moment. Le mois d'octobre me paraissait encore malheureusement à des années-lumière.

Chapitre quatre

Après une première phase d'euphorie à l'idée de retrouver Lucas, je dus m'atteler à un sacré problème : comment allais-je me rendre à Amherst ?

Les élèves n'étaient pas autorisés à avoir une voiture à Evernight. Je n'aurais pas eu les moyens d'en acheter une, mais je ne pouvais pas non plus en emprunter.

— Pourquoi on n'a pas le droit de venir avec sa voiture ? demandai-je à Balthazar à voix basse alors que nous nous rendions en cours d'anglais. La plupart des élèves conduisent. Mme Bethany n'a pas confiance, ou quoi ?

— Tu oublies que les voitures n'existaient pas quand Evernight a été fondée, répondit-il. À l'époque, tout le monde avait un fiacre, des chevaux… Tu imagines s'il fallait de la place pour tout ça ? Les chevaux doivent manger et il faut entretenir les écuries régulièrement.

— Oui, mais aujourd'hui, pas de risque que quelqu'un se gare dans le parking du voisin. Et il y a plein de places pour se garer. Alors pourquoi Mme Bethany n'a pas modifié le règlement ?

— Mme Bethany ? Modifier le règlement ? Tu plaisantes ?

— Oui, je vois ce que tu veux dire… C'est le genre de chose impossible pour elle.

Mme Bethany dirigeait son cours comme un juge préside son tribunal. Toute vêtue de noir, elle toisait les élèves d'un air autoritaire.

— Shakespeare, commença-t-elle ce jour-là d'une voix retentissante.

Nous avions tous devant nous les œuvres complètes reliées en cuir du dramaturge anglais.

— Même ceux d'entre vous qui sont peu cultivés ont dû en entendre parler à un moment ou à un autre.

Mon imagination me jouait-elle des tours ou bien Mme Bethany m'avait-elle regardée en disant « peu cultivés » ? Compte tenu du sourire méprisant de Courtney, je ne pensais pas délirer. Je me ratatinai dans mon siège, les yeux rivés sur la couverture du recueil.

— Comme vous êtes tous familiers avec Shakespeare, vous pourriez vous demander : pourquoi ? Pourquoi en parler ici ? Pourquoi encore ?

Mme Bethany faisait de grands gestes en parlant, ses longs ongles vernis pareils à des griffes.

— Tout d'abord, il est évident que Shakespeare est une des bases de notre culture occidentale et le restera pendant les siècles à venir. Une parfaite maîtrise de ses textes me paraît indispensable.

Les cours à Evernight ne visaient pas à nous préparer à l'université, ni même à nous rendre plus heureux ou plus intelligents. Ils devaient permettre aux vampires d'endurer l'éternité de leur existence. Depuis toute petite, depuis que j'avais découvert que j'étais différente des autres fillettes de maternelle, j'essayais de me projeter dans cet infini. À chaque fois, j'en avais le vertige.

— Les pièces de Shakespeare ont été interprétées de manières différentes au cours des siècles. À son époque, Shakespeare était populaire. Mais au fil du temps, son œuvre est tombée aux mains d'intellectuels qui l'ont détournée du grand public. Ces cent cinquante dernières années, ses textes ont refait surface, prenant une coloration bien plus dramatique. À mesure que la langue nous échappe, les thèmes nous parlent davantage, dévoilant parfois une symbolique dont Shakespeare luimême n'avait pas conscience.

Même si la voix de Mme Bethany me donnait mal à la tête, j'étais contente de savoir qu'on allait passer l'année sur Shakespeare. Mes parents étaient de grands fans et ils m'avaient prénommée Bianca d'après un des personnages de *La Mégère apprivoisée.* Mon père avait même assisté par le passé à quelques représentations de ses pièces, à l'époque où Shakespeare n'était qu'un écrivain parmi d'autres, luttant pour se faire connaître à Londres. Avant l'âge de dix ans, j'avais mémorisé le chant funèbre dans *Cymbeline*, j'avais vu *Roméo et Juliette* une bonne vingtaine de fois et j'en gardais un exemplaire rangé sur mon étagère. Mme Bethany me rendrait certainement encore la vie difficile cette année mais au moins j'avançais en territoire connu.

J'eus de nouveau l'impression qu'elle lisait dans mes pensées car, s'approchant de mon bureau, elle déclara :

— Préparez-vous à remettre en cause toutes vos certitudes sur Shakespeare. Et ceux d'entre vous qui pensent s'en tirer en regardant les adaptations cinématographiques modernes ont bien du souci à se faire.

Jusqu'à la fin de l'heure, je ruminai l'éventuelle nécessité de relire *Hamlet*. En sortant de cours, je vis Courtney s'approcher de Mme Bethany et lui parler à voix basse, dans l'espoir de ne pas être entendue.

Mme Bethany ne comptait pas lui faire ce plaisir.

— Il n'en est pas question, répondit-elle. Vous devez réécrire votre dissertation, mademoiselle Briganti, car votre premier devoir était largement insuffisant.

— Insuffisant ? s'offusqua Courtney. Savoir comment entrer dans les boîtes de nuit de Miami, c'est super important !

— Peut-être pour certains esprits immatures, en effet. Mais votre devoir ne peut en aucun cas se résumer à des numéros de téléphone griffonnés sur des serviettes en papier !

Sur ce, elle quitta la pièce précipitamment.

— Super, grommela Courtney. Parce que en plus, il faut que je tape à l'ordinateur, maintenant.

J'aurais bien voulu raconter l'histoire à Raquel, qui haïssait Courtney autant que moi et serait sûrement de très mauvaise humeur à la fin de la journée. Mais bien sûr, je ne pus rien lui dire, et nous passâmes la soirée à parler de tout sauf de nos cours.

Malheureusement pour moi, Raquel ne quitta la chambre qu'une seule fois. Je profitai de son absence pour avaler quelques gorgées de sang, mais ce ne fut pas assez. J'avais encore faim. N'y tenant plus, je finis par lui demander d'éteindre la lumière un peu plus tôt que d'habitude.

Quand elle me parut endormie, je me levai. Elle ne réagit pas. Avec précaution, je récupérai le thermos de sa cachette et passai dans le couloir, en faisant bien attention à ne pas faire de bruit. A priori, j'étais seule.

Sur la pointe des pieds, je me dirigeai vers la cage d'escalier. Vêtue d'un simple caleçon et d'un débardeur en coton, j'avais froid. Mais le froid me protégeait aussi : il fallait être archi-motivée pour sortir de son lit et venir jusqu'ici.

« À peine tiède », pensai-je avec déplaisir en entamant mon repas. Je l'avais réchauffé au micro-ondes dans l'après-midi mais je ne pouvais espérer que le thermos le garderait chaud tout ce temps. Tant pis. Je ressentais les bienfaits du sang qui rayonnaient en moi comme une onde de chaleur. Sans me rassasier pour autant.

L'année précédente, Josephine avait arpenté le campus en douce la nuit afin de tuer des écureuils. Et moi, en étais-je capable ? De croquer dans un écureuil ? J'avais toujours pensé que non, imaginant que la fourrure se coincerait entre mes dents.

En y réfléchissant à présent, la réponse me parut différente. La fourrure, les couinements affolés de l'animal, tout ça me semblait anodin désormais. Ce serait si bon de plonger les dents dans ce petit cœur battant et de sentir ce pouls vibrant sur le bout de ma langue ! De sentir les os se briser, comme des grains de maïs soufflés !...

Mon cerveau me tenait un discours raisonnable :

« Comment puis-je penser une chose pareille ! C'est immonde ! »

Mes sens, eux, ne semblaient pas d'accord. J'avais vraiment le sentiment qu'un écureuil vivant serait la chose la plus délicieuse au monde après du sang humain.

Fermant les yeux, je me remémorai ce que j'avais ressenti en buvant le sang de Lucas, allongé sous moi et me serrant dans ses bras. C'était incomparable.

Soudain, j'entendis un craquement dans l'escalier.

— Qui est là ? murmurai-je, effrayée. Il y a quelqu'un ?

De nouveau, je perçus un crissement. Précipitamment, je remis le capuchon sur le thermos afin qu'aucun élève humain ne me voie en train de boire du sang. Puis je me cachai dans le couloir, intriguée.

Une fille s'était-elle aventurée dehors à la recherche d'un en-cas, comme moi ? Et s'il s'agissait plutôt d'un garçon venu retrouver sa chérie ? pensai-je en retenant un rire. Mais peut-être n'y avait-il personne. Le vieux bâtiment grinçait souvent.

Alors que les grincements se faisaient de plus en plus forts, la température autour de moi chuta brutalement, comme si on avait ouvert la porte d'un congélateur. J'eus soudain la chair de poule. Un sentiment de panique me saisit et j'eus encore une fois l'impression d'être observée.

Une lueur bleu-vert vacillante apparut dans la cage d'escalier. Des vaguelettes irisées se reflétaient sur les marches et les parois en pierre. On aurait dit qu'Evernight était sous l'eau.

À présent tremblante de froid, je lâchai le thermos. À l'instant où il atterrit par terre, la lumière disparut. La température remonta aussitôt.

« Ce n'était pas un reflet, songeai-je. J'en suis sûre. Je n'ai rien imaginé. »

Alors qu'est-ce que c'était ?

La porte de la chambre près de l'escalier s'ouvrit. Courtney apparut sur le seuil, dans une nuisette rose fuchsia, ses cheveux blonds en bataille.

— C'est quoi ce bruit ?

— Désolée, murmurai-je en ramassant mon thermos. J'ai dû sortir pour manger. Je… l'ai fait tomber.

J'avais envie de me confier à quelqu'un mais sûrement pas à Courtney. Quand elle entendit mon explication, elle leva les yeux au ciel.

— Bon sang, tu ne peux pas attraper des souris comme tout le monde ? rétorqua-t-elle.

Puis, au lieu de me claquer la porte au nez, elle s'appuya contre l'encadrement et dit :

— N'empêche que ça craint.

— De lâcher son thermos ?

— Non, d'être obligée de se cacher pour manger. T'as vraiment tiré le mauvais numéro en matière de camarade de chambre.

— Raquel n'est pas un mauvais numéro !

— Ouais, si tu le dis.

Et elle referma la porte.

Avais-je rêvé ou bien Courtney avait-elle essayé d'être sympa avec moi ?

Je secouai la tête. L'idée que Courtney puisse se montrer un tant soit peu sympathique était tellement bizarre que j'en aurais presque oublié l'étrange lueur dans l'escalier. Presque.

Quand j'annonçai à mes parents que j'avais l'intention de passer la nuit du vendredi suivant dehors afin d'observer une pluie de météorites, ils n'émirent aucune objection : le campus était un endroit sûr, surtout pour un vampire. Je savais aussi qu'ils ne vérifieraient pas ce que je disais – heureusement d'ailleurs parce que aucune pluie de météorites n'était prévue. Mais ils me posèrent quand même quelques questions et j'eus peur qu'ils aient tout deviné.

— Pourquoi tu ne proposes pas à des amis de venir avec toi ? me demanda ma mère alors que nous nous mettions à table pour notre dîner du dimanche soir : lasagnes pour moi, verres de sang pour tous.

Un disque de Billie Holiday passait dans le salon.

— Propose à Archana ? Elle a l'air sympa.

— Euh, oui, peut-être…

Archana était une vampire indienne d'environ six cents ans ; nous étions ensemble en histoire l'année précédente mais je ne lui avais jamais adressé la parole.

— Je ne la connais pas si bien, continuai-je. Si je devais inviter quelqu'un, ce serait Raquel mais elle se fiche pas mal des étoiles.

— Tu passes beaucoup de temps avec Raquel, remarqua mon père en levant son verre. Tu ne penses pas que ce serait bien d'avoir d'autres amis aussi ?

— Des amis vampires, tu veux dire ? Tu m'as toujours dit de ne pas faire de distinction et que nous étions bien plus humains que ce que pensent la plupart des vampires. Tu as changé d'avis ?

— Non, et ce n'est pas de ça que je parle, répondit mon père doucement. Un jour, tu seras un vampire. Dans cent ans, Raquel sera morte, et ta vie à toi aura à peine commencé. Avec qui passeras-tu le temps ? On t'a amenée ici pour que tu puisses te faire des amis durables, Bianca.

Ma mère posa gentiment sa main sur mon bras.

— Nous serons toujours là pour toi, ma chérie. Mais je suis sûre que tu ne tiens pas à traîner avec tes parents toute ta vie.

— Ce ne serait pas si terrible, avouai-je.

Et je le pensais sincèrement, même si mes idéaux avaient quelque peu évolué. Aujourd'hui j'avais envie de beaucoup plus que de mes seuls parents.

Balthazar s'approcha du terrain d'escrime, son masque sous le bras. Il était très séduisant dans sa combinaison blanche qui soulignait chacun des muscles de son corps.

Apercevant ma silhouette dans un des miroirs de la salle, je soupirai. Comparée à lui, je n'avais rien de séduisant. Et je ne savais même pas comment tenir mon épée. Mais il était hors de question que j'endure encore une année de techno et l'escrime était le seul cours qui collait à mon emploi du temps.

— Tu as l'air terrorisée, observa Balthazar. Tu sais que tu ne risques rien ?

— Oui, je sais, mais bon… Les épées, les duels, tout ça…

— Si ça peut te rassurer, tu ne vas pas te battre avant un bon moment. Et tu n'auras pas de vraie épée non plus. Avant, il faut que tu apprennes à te tenir et te déplacer. Et je me suis arrangé pour que nous soyons partenaires. Pour que tu te sentes plus à l'aise.

— Mouais, et comme ça, tu es sûr de toujours gagner.

— C'est pas faux, rit-il.

Il mit son masque.

— Tu es prête ?

J'enfilai mon masque et découvris à ma grande surprise qu'on voyait parfaitement bien au travers.

Lors de ce premier cours, j'appris à avoir la bonne posture, à placer mes jambes d'une certaine façon, à tendre tel muscle et non tel autre, à positionner mes bras en avant, avec fermeté et élégance. Je n'aurais jamais cru possible d'épuiser chacun de mes muscles en essayant simplement de tenir debout. À la fin de l'heure, je tremblais et j'avais des courbatures de la tête aux orteils.

— Tu te débrouilles très bien, observa Balthazar en m'aidant à placer l'un de mes coudes.

Il avait été nommé assistant par le professeur, maître Carlyle.

— Tu as un bon équilibre, c'est l'essentiel.

La cloche sonna. Soulagée, je m'adossai au mur le plus proche et enlevai le masque pour mieux respirer. Mes joues étaient écarlates et mes cheveux trempés de sueur.

— Au moins, je vais maigrir cette année, remarquai-je.

— Tu n'as pas besoin de maigrir, répliqua Balthazar en ôtant son masque. Tu sais, si tu veux t'entraîner davantage, en dehors des cours... on peut se voir demain, peut-être.

— Ce week-end, je ne peux pas, répondis-je tout en retenant ma joie. On remet ça à une autre fois ?

— Bien sûr.

Il me sourit. Soudain, je me demandai s'il ne cherchait pas avant tout à passer du temps avec moi. Si c'était le cas, j'allais devoir trouver un moyen de l'éviter.

Mais je m'en soucierais plus tard. Nous étions le premier vendredi d'octobre : dans quelques heures, je retrouverais enfin Lucas.

Je me dépêchai de retourner me doucher à la résidence. Je ne me coiffai pas et ne me maquillai pas non plus pour ne pas éveiller les soupçons de Raquel. J'imaginais la tête horrifiée qu'aurait fait Josephine, mon ancienne camarade de chambre si coquette, en me voyant attacher mes cheveux aussi grossièrement.

Raquel se montra néanmoins curieuse.

— Pourquoi tu t'habilles si bien si c'est pour aller errer dans la forêt ?

— N'exagérons rien ! Je ne vois ni diadème ni manteau de fourrure, dis-je en examinant mon jean et mon pull tout simple.

Elle haussa les épaules. Elle était assise par terre, au milieu de son projet pour le cours de dessin. À première vue, son collage me paraissait déprimant : beaucoup de noir et le croquis assez impressionnant d'une guillotine. Au moins, elle ne faisait pas trop attention à moi. Je plongeai la main au fond de mon tiroir à sous-vêtements et attrapai un objet enroulé dans un foulard que je glissai subrepticement dans mon sac à dos, en même temps qu'un thermos.

— On se voit demain soir, ok ? dis-je d'une voix discrète.

Je posai la main sur la poignée, entamant déjà dans ma tête une petite danse de la victoire, quand Raquel fronça les sourcils et me demanda :

— Tu ne prends pas ton télescope ?

Zut ! Comment pouvais-je observer une pluie de météorites sans mon télescope ? Il était lourd et je devais y faire attention mais je pouvais parfaitement le transporter. En revanche, j'allais avoir du mal à le mettre dans le bus pour Amherst. Et moi qui pensais avoir tout bien prévu !

— J'en ai un autre, mentis-je. De télescope. Il n'est pas aussi précis que celui-ci mais il est plus léger. Je monte chez mes parents le chercher.

— Ah, c'est pratique, ça, reconnut Raquel qui leva la tête et me regarda.

Elle avait l'air triste. Bien sûr, elle n'admettrait jamais que j'allais un peu lui manquer, mais je me doutais que ce serait le cas.

— À demain alors.

— Oui, à demain. Et on passera du temps ensemble le week-end prochain, promis-je, pleine de remords. On fera ce que tu veux !

— Ici ? Mouais, bof…

Et elle reporta son attention sur son travail.

La nuit tombait alors que je franchissais le campus. Le crépuscule était mon moment préféré de la journée ; c'était pour moi autant une renaissance que le lever du soleil. Quand j'arrivai à la forêt, le ciel était gris-violet. Je tendis l'oreille, à l'écoute des bruits de la nuit : mes propres pas sur le tapis d'aguilles de pin, le hululement d'une chouette au loin et le rire – éloigné – d'une fille qui me fit penser qu'elle se cachait quelque part en compagnie d'un garçon.

Mon ouïe s'était nettement améliorée depuis l'année précédente. Difficile de s'en rendre compte dans le brouhaha d'Evernight mais ici, dans les bois, c'était évident. J'entendais distinctement le bruit des ailes des oiseaux, le vrombissement de la circulation sur l'autoroute – ce que je n'aurais jamais perçu auparavant.

Auparavant, je n'aurais pas non plus autant désiré boire le sang d'un de ces oiseaux.

Décidément, le vampire en moi prenait le dessus. Et être avec Lucas faisait toujours ressortir davantage cette part de moi, la prédatrice, l'affamée. Je n'étais sans doute pas la seule à courir un risque ce soir.

« Je veillerai sur Lucas. Jamais je ne lui ferai du mal », me dis-je. Mais je savais aussi que si je le mordais et buvais suffisamment de son sang, il deviendrait un vampire et nous resterions ensemble pour l'éternité.

Je secouai la tête. Chaque chose en son temps. Je poursuivis mon chemin jusqu'à la route, puis me rendis au croisement, à quelques mètres de là, et attendis.

Cinq voitures et une moto passèrent, ce qui ne m'aida

en rien. Cachée derrière un buisson, je poussai un soupir de frustration.

Le septième véhicule fut le bon : la camionnette de la société de blanchisserie qui se rendait à Evernight une fois par semaine. Comme toujours, le chauffeur écoutait sa musique à plein tube. Il avait fini sa tournée. Dans mon souvenir, il était basé à Amherst, ce que confirma un logo collé sur la portière avant.

La camionnette s'arrêta au stop. Je me précipitai à l'arrière et priai pour que la portière ne soit pas fermée. Je serrai les dents en ouvrant, craignant de faire du bruit, mais le chauffeur ne remarqua rien, distrait par la musique. Je sautai à l'intérieur et me dissimulai parmi les sacs de linge sale tandis que la camionnette repartait.

Trop facile ! Je sentis monter en moi un rire nerveux que je réprimai de toutes mes forces. Je m'installai confortablement au milieu des sacs de linge : le voyage durerait environ une heure. En approchant de Amherst, je jetai des coups d'œil furtifs par la vitre arrière. Au prochain stop, je descendrais en m'efforçant de ne pas me faire remarquer. Ensuite, je prendrais un taxi ou bien je marcherais jusqu'à la gare.

À minuit, je serais de nouveau dans les bras de Lucas.

Chapitre cinq

— Wouhou !!

La voiture me dépassa à toute allure, en direction de la place centrale de Amherst. Penchés aux fenêtres, des étudiants essayaient d'attirer l'attention des filles qu'ils croisaient.

J'aurais pensé qu'à cette heure-ci les rues seraient désertes, mais j'avais oublié que Amherst hébergeait quatre ou cinq universités toutes rassemblées à l'entrée de la ville. La nuit ici ne faisait que commencer.

Certains étudiants avaient cinq ans de plus que moi. Sur leurs visages et dans leurs attitudes, je lisais davantage de maturité que chez les élèves d'Evernight. Pour autant, mes camarades de classe possédaient plus d'expérience, d'assurance, de force. Ils avaient beau avoir l'air jeunes, on percevait dans leur regard le poids des années.

Et moi alors ?

La question m'effleura un instant puis s'évanouit, chassée par un immense sentiment de joie. J'oubliai tout : les mensonges que j'avais racontés, les règles que j'enfreignais, les conséquences que mon escapade pourrait avoir. Seul Lucas comptait en ce moment.

— Excuse-moi.

Une fille s'était faufilée près de moi.

— Je peux marcher à tes côtés un instant ? me demanda-t-elle.

Je m'apprêtai à lui dire qu'elle devait me confondre avec une autre mais dès que nos yeux se croisèrent, je ravalai mes paroles. Un mot jaillit dans ma tête : vampire.

Alors qu'aux yeux des autres, elle se fondait étonnamment dans la masse, elle me parut brusquement sortir du lot. Toute ma vie, j'avais su distinguer les vampires des humains. Ce qui me frappa, c'était que parmi les vampires, cette fille détonnait. Elle était très jeune, elle avait le visage rond et des yeux noisette attendrissants. Son sourire était presque timide. Une tache de naissance recouvrait une partie de sa nuque, le long de sa jugulaire, à peu près à l'endroit où on l'avait mordue. Immédiatement, j'eus envie de la protéger, de m'occuper de cette jeune fille perdue qui portait un vieux pull et une jupe rapiécée.

— Attends, dit-elle en me dévisageant.

Elle me faisait penser à une poupée en porcelaine, au visage à la fois innocent et malicieux.

— Il y a quelque chose en toi qui… Tu n'es pas… Ah. Tu es un bébé. Je veux dire, tu es née parmi nous.

Qu'elle l'ait compris aussi rapidement m'impressionna, d'autant plus qu'elle n'avait jamais dû croiser un vampire comme moi avant.

— Euh… Oui, j'en suis un. Et oui, tu peux m'accompagner un petit moment.

— Merci.

Elle me prit le bras, comme si nous étions de vieilles amies. Elle tremblait. De peur ou de froid ?

— Il y a un gars qui me suit, m'expliqua-t-elle. Peut-être qu'il me lâchera s'il voit que je suis avec une copine.

— Désolée mais en fait, je dois retrouver quelqu'un.

Sitôt que je prononçai ces paroles, son sourire s'estompa, révélant une immense solitude. Je pensai alors à Ranulf et à tous les égarés d'Evernight. Elle me faisait de la peine.

— Mais je peux t'aider à traverser la place, si tu veux, dis-je, me voulant plus rassurante.

— Ah oui, je veux bien, merci. Quel soulagement.

Je constatai avec surprise qu'elle était plus grande que moi, presque aussi grande que Balthazar.

— Est-ce que ça va ? dis-je. Y a-t-il une personne que je peux appeler de ta part ?

— Je vais bien. Et je suis seule.

Effectivement, elle semblait être la personne la plus seule de l'univers. Je regardai son bras enroulé autour du mien. Elle avait tiré les manches de son pull de telle sorte qu'on voyait seulement le bout de ses doigts. Ses ongles étaient sales et cassés comme si elle avait passé la soirée à creuser le sol.

Au début, elle me laissa l'entraîner sans rien dire. Nous passâmes devant une pizzéria. L'endroit devait plaire car il y avait au moins une centaine d'étudiants en train de discuter dehors, pizza et bière à la main.

Quelques types nous regardèrent passer, s'arrêtant plutôt sur ma voisine que sur moi. Malgré sa jeunesse et son apparence débraillée, elle avait une beauté innocente et éthérée qui attirait.

Alors que nous quittions la place, elle me demanda :

— Où vas-tu ?

— À la gare.

— Ce n'est qu'à quelques pâtés de maisons d'ici.

Elle jeta un coup d'œil inquiet derrière elle. Je ne sais ce qui attira son attention au milieu de tout ce monde, mais elle se raidit.

— Je crois qu'il est toujours là. Laisse-moi t'accompagner à la gare. Il y fait plus sombre et je pourrai m'éclipser sans être vue.

Ma première réaction fut de refuser ; je voulais être seule quand Lucas arriverait. La présence d'un autre vampire serait loin de le ravir, surtout qu'il n'avait confiance qu'en moi. Et compte tenu de son appartenance à la Croix noire, je savais qu'il la reconnaîtrait immédiatement. Mais elle me semblait si effrayée que je n'eus pas le cœur de la chasser.

— Ok. Allons-y.

Nous traversâmes la place, bras dessus bras dessous, et nous fondant dans le brouhaha et la musique.

— Je parie que tu es à Evernight, dit-elle.

— Oui. Tu connais ?

— Je n'y suis restée que quelques mois. La proviseure, Mme Bethany, me détestait. Elle est toujours là ?

— Elle ne quittera jamais son royaume ! lançai-je, ironique.

— C'est bien vrai. En tout cas, elle ne m'aimait pas et ça m'a rendu la vie difficile.

— Mme Bethany ne m'aime pas non plus. Je crois qu'elle déteste la plupart des gens qui ne sont pas... comme elle.

— Est-ce que tu t'es enfuie, toi aussi ? Moi, c'est ce que j'ai fait.

Je souris.

— Uniquement le temps d'un week-end.

— Je ne crois pas que je pourrais y retourner. À moins que... Non, rien.

Elle regarda soudain au loin, puis secoua la tête.

Tandis que nous nous éloignions de la place, je sentis chez elle une forte odeur de transpiration. Cela accentua ma tristesse à son égard : elle ne semblait pas capable de s'occuper d'elle-même.

Pour la première fois, je compris les raisons de l'existence d'un endroit comme Evernight. Je savais que les vampires avaient tendance à perdre le fil de la réalité. Mes parents m'avaient déjà expliqué à quel point il était facile de s'oublier, de vivre en marge de la société, inconscient du temps, et, surtout, à quel point il était facile de ne pas s'en soucier. Mais avant de rencontrer cette fille, je ne m'étais jamais rendu compte des dégâts qu'un tel isolement pouvait causer.

Il nous fallut encore un moment pour arriver à la gare. L'absence soudaine de bruit nous poussa naturellement à ralentir. Je jetai un œil à ma montre. 23 h 55. La gare ressemblait à une vieille cabane en bordure de voie. Ma camarade semblait n'avoir plus rien à dire, se contentant de marcher à mes côtés.

Elle poussa la porte de la gare d'un geste plein d'appréhension, comme si elle avait été prête à exploser.

— Personne. Ton ami n'est pas encore là, me dit-elle.

Je parcourus la pièce d'un air déçu. J'avais espéré un lieu plus romantique que ce sol en lino sale, que ces néons maussades et ces quelques bancs en bois vissés aux murs.

D'un autre côté, ce n'était pas grave. Dans quelques minutes, j'allais voir Lucas. Et plus rien n'aurait d'importance.

Tout à coup, je fus prise d'un élan de panique. Lucas et moi ne nous étions pas vus depuis six mois. Et si ses sentiments pour moi avaient changé ?

— Tu dois être heureuse.

Recroquevillée sur un banc, ma camarade tapotait ses mollets du bout des doigts. La semelle d'une de ses chaussures se décollait.

— Heureuse de ne plus être seule, poursuivit-elle. Parfois, j'ai l'impression que si je devais rester tout le temps seule, j'en mourrais.

— Si ça ne te dérange pas, murmurai-je, j'aimerais bien que tu me laisses. On ne s'est pas vus depuis longtemps, mon ami et moi.

Elle m'adressa un sourire triste et timide. Je m'en voulais de l'abandonner mais que pouvais-je faire d'autre ? Je lui aurais bien proposé de rentrer à Evernight avec moi mais elle avait été assez claire sur le sujet, et je ne pouvais que compatir. Moi aussi, je détestais Mme Bethany.

— Je comprends, dit-elle, comme si elle avait perçu

ma culpabilité. En fait, je pensais simplement attendre qu'il arrive, mais... Ok.

J'entendis des bruits de pas derrière moi et me retournai au moment où Lucas entrait.

Il portait une veste kaki, un t-shirt noir et un jean. Hormis ses cheveux un peu plus longs, il n'avait pas changé.

— Lucas ?

Je fis un pas en avant. J'avais envie de me jeter dans ses bras et pourtant quelque chose me retint, je demeurai clouée sur place.

— Tu es là ! Enfin !

Bizarrement, il ne me regardait pas. Il observait quelque chose derrière moi. Ma camarade vampire.

— Éloigne-toi de Bianca ! cria-t-il.

— On non, murmura-t-elle en reculant dans un coin de la pièce. Non non non non non.

— Lucas, tout va bien. Elle est inoffensive.

— C'est ce que tu crois !

— Je te l'avais dit ! s'écria la vampire. Je te l'avais dit, il me traque. Il nous traque toutes les deux.

C'était donc Lucas ! Elle avait essayé de semer Lucas !

La main de Lucas enveloppa la mienne. C'était la première fois qu'il me touchait depuis bien longtemps. Il tenta de m'entraîner vers la porte.

— Bianca, tu dois t'en aller.

— Attendez ! Arrêtez, tous les deux.

Je les dévisageai tour à tour mais ils ne m'écoutaient pas. Ils se préparaient à se battre.

Je restai figée un instant, incapable d'agir. Ce furent quelques secondes de trop. La vampire se jeta sur nous, bondissant comme un tigre ; Lucas me poussa sur le côté avec une telle force que je trébuchai et m'étalai par terre. Derrière moi, j'entendis une planche en bois craquer.

Je me redressai précipitamment. Avec horreur, je vis que Lucas avait percuté la porte, qui avait volé en éclats. En dépit de son air de gamine sur la réserve, elle était puissante – plus puissante que je ne l'aurais pensé. Elle lui sauta dessus et ils s'empoignèrent violemment, leurs silhouettes hargneuses se découpant à la lumière d'un lampadaire. Puis elle fit basculer Lucas par-dessus la balustrade du perron. Il tomba brutalement sur les voies.

— Lucas ! hurlai-je.

Il avait du mal à se relever, et je le vis cligner des yeux à plusieurs reprises. Il semblait vraiment sonné.

— De quel droit harcèles-tu les jeunes filles ? cria la vampire, en passant d'un pied sur l'autre, nerveusement. Tu n'as rien à faire ici. Et je vais t'empêcher de recommencer !

Je me rendis compte alors qu'elle avait suffisamment peur de lui pour tenter de le tuer. Je devais aider Lucas, mais comment ? J'avais beau être plus forte qu'un être humain de base, je ne valais rien comparée à un vampire, quel que soit son âge. Soudain, du coin de l'œil, je remarquai les restes de la porte qui avait éclaté quand Lucas était passé à travers. Je ramassai un morceau de bois idéal pour faire un pieu efficace.

Enfoncer un pieu dans le corps d'un vampire ne le tue pas. En revanche, il s'écroule, comme s'il était mort.

Il suffit que le pieu soit retiré, et le vampire revient à la vie. Sachant cela, je n'aurais pas dû hésiter.

Et pourtant. Je n'avais pas le courage d'attaquer cette pauvre fille.

Je saisis une sorte de batte et m'approchai d'elle lentement, centimètre par centimètre.

— Tu n'aurais pas dû me suivre ! lança-t-elle pleine de morgue à Lucas.

Les muscles de ses mains se raidirent et je crus qu'elle allait l'étrangler.

— Tu vas le regretter.

Je la frappai d'un grand coup avec mon gourdin improvisé. La vampire roula à quelques mètres de nous. Je lâchai mon arme et saisis la main de Lucas.

— Tu peux courir ? lui dis-je d'une voix pressante.

— On va bien voir, souffla-t-il.

Je l'entraînai dans la direction de la place centrale, pensant qu'on aurait plus de chances d'échapper à la vampire au milieu de la foule. Mais Lucas me tira dans un sens opposé ; bientôt, nous parcourions à perdre haleine les rues tranquilles d'un quartier résidentiel.

— Il n'y a personne par ici, Lucas. On sera seuls !

— Tant mieux. Comme ça personne d'autre ne sera blessé. Je te protégerai, Bianca. Fais-moi confiance.

Nous pénétrâmes dans une rue bordée de maisons typiques de la Nouvelle-Angleterre. De belles voitures familiales et des 4 × 4 étaient garés dans les allées et une douce lumière bleue en provenance des télévisions auréolait les fenêtres de devant. J'aurais aimé demander de l'aide mais je savais que notre présence ici mettait la vie de ces gens en danger. S'ils sortaient de chez eux, ils risquaient de se retrouver pris entre deux feux ; un affrontement entre nous et le vampire me semblait désormais inévitable. Lucas et moi devions nous débrouiller seuls.

— Il n'est pas celui que tu crois ! m'interpella une petite voix qui me parut bien trop proche. Il appartient à la Croix noire. Tu ne peux pas rester avec lui !

Je compris alors qu'elle nous pourchassait afin de me sauver.

— Lucas, on n'est pas obligés de s'enfuir, dis-je, le souffle coupé.

Malgré notre capacité à courir très vite, la vampire nous rattraperait.

— Laisse-moi lui parler.

— Elle ne va pas se contenter de parler !

Lucas pensait toujours que tous les vampires étaient dangereux – et il n'avait peut-être pas tort cette fois-ci. Ce vampire était d'autant plus puissant qu'elle avait peur. Et je savais que les vampires étaient capables de tout en pareille situation. Si elle tuait Lucas à cause de moi, je ne pourrais jamais me le pardonner.

Elle se rapprochait. J'entendais le bruit de ses pas sur le trottoir. Un frisson me parcourut l'échine.

— À trois, on se sépare, m'annonça Lucas en me serrant la main. Toi, tu vas te cacher. D'accord ?

— Lucas, je ne vais pas te laisser !

— Je vais chercher de l'aide. Tu dois rester à l'abri. Un, deux…

Pas le temps de protester. D'un geste brusque, il me poussa sur le côté. Je tombai en avant, m'éraflant les genoux et les paumes, puis je me faufilai derrière les roues d'un gros camion.

Au cours des secondes qui suivirent, je n'entendis plus rien. Lucas avait dit qu'il irait chercher de l'aide. La Croix noire était ici en mission, il y avait sûrement des renforts dans les parages. Sans moi, il avait une chance de s'en sortir. Je me calmai, l'imaginant déjà en sécurité avec les siens – quand, tout à coup, la vampire surgit à côté de moi.

Mon envie de la protéger refit surface. Je n'avertis pas Lucas.

Comme je m'en doutais, elle ne m'attaqua pas ; elle me tendit la main.

— Tu ne peux pas rester là, déclara-t-elle. Tu ne sais pas qui il est vraiment.

— Si, je sais qu'il appartient à la Croix noire. Il ne me fera aucun mal mais il va bientôt revenir avec d'autres. Il faut que tu partes !

Elle secoua la tête, horrifiée.

— Tu es folle. C'est notre ennemi.

— Ne t'en fais pas pour moi, insistai-je. C'est toi qui es en danger.

Elle m'observa un instant, la tête penchée sur le côté. Puis tout à coup, elle pivota et s'éloigna rapidement.

— Lucas ? m'écriai-je quand elle eut disparu.

Pas de réponse.

— Lucas ?

Un bruit de pas sur le bitume. Je me relevai et aperçus Lucas qui courait vers moi.

— Elle est partie, déclarai-je. On ne risque plus rien.

Lucas ralentit puis s'arrêta au milieu de la rue, haletant, les mains sur les genoux.

— Tu en es sûre ?

— Oui. Ça va ?

— Je vais bien si tu vas bien.

Il se redressa et passa la main dans ses cheveux.

— Bianca... Si elle t'avait pourchassée...

— Elle a eu peur, c'est tout. Elle ne nous aurait rien fait.

— Ah bon ? Tu crois ? dit-il encore, incrédule.

Tout à coup, je pris conscience que c'était la première fois depuis six mois que Lucas et moi étions ensemble. Je me jetai dans ses bras et il me serra si fort que je pouvais à peine respirer.

— Tu m'as manqué, murmurai-je. Tu m'as tellement manqué !...

— Toi aussi, rit-il doucement. J'ai même du mal à croire que tu sois là.

— Je vais t'en convaincre, répondis-je en posant mes deux mains sur ses joues.

J'approchai mes lèvres des siennes, impatiente de l'embrasser. Soudain, deux phares de voiture se braquèrent sur nous. Je sursautai.

Les pneus de la camionnette crissèrent. Malgré la faible lumière, j'aperçus plusieurs silhouettes à l'intérieur.

Quand l'une des portières s'ouvrit, Lucas lança :

— La crise est passée. Merci d'avoir pris votre temps !

— Ça va ! Tu nous as prévenus il y a cinq minutes...

La voix de la femme. Je la reconnus : Kate, la mère de Lucas.

Puis la porte passager s'ouvrit, révélant une grande jeune femme noire aux cheveux tressés. Je fouillai dans ma mémoire afin de retrouver son prénom : Dana. Son visage d'abord inquiet s'adoucit quand elle m'aperçut.

— Tiens tiens ! Mais qui voilà ! sourit-elle.

Elle s'appuya au capot et poursuivit en riant :

— Lucas, on n'appelle pas les renforts pour impressionner les filles !

— Maintenant je comprends mieux pourquoi tu as insisté pour venir à Amherst, renchérit Kate en croisant les bras.

— Ok, vous avez découvert mon secret, répondit-il d'un ton léger. Est-ce qu'on peut emmener Bianca en lieu sûr ? Ce vampire lui a fichu la trouille.

— Si tu veux, poursuivit Kate d'un ton plus amical.

Elle m'aimait bien, en grande partie parce qu'elle pensait que j'avais sauvé la vie de Lucas. Les occupants de la camionnette nous accueillirent chaleureusement.

— Ne t'inquiète pas, Bianca. Tu es en sécurité avec nous.

En sécurité ? Avec la Croix noire ? Oui, tant qu'ils ne se rendaient pas compte que j'appartenais au camp ennemi. Ils s'étaient montrés gentils la première fois, mais mon séjour chez eux avait très mal tourné. J'espérais qu'on n'en arriverait pas là de nouveau.

Lucas accrocha mon regard et je sus qu'il me protégerait. J'affichai mon plus beau sourire, les remerciai tous et montai dans la camionnette.

Chapitre six

Lucas me prit la main quand nous arrivâmes dans la zone industrielle. L'endroit avait connu des jours meilleurs à en juger par le nombre de bâtiments abandonnés. J'étais encore sous le choc de l'agression que nous avions subie et je ne réalisais pas bien encore que Lucas et moi étions enfin réunis.

« Ou peut-être, pensai-je, que j'ai l'impression que nous n'avons jamais été séparés. »

— J'imagine que vous ne vous êtes pas rencontrés par hasard, déclara Kate en observant son fils dans le rétroviseur. Lucas, ne me dis pas que tu es retourné là-bas !…

— Je ne suis pas allé à Evernight, répondit-il. J'ai demandé à Bianca de me retrouver ici. Mais s'il faut que j'y remette les pieds pour voir Bianca, je le ferai.

— C'est beaucoup trop dangereux. Pas question !

— Y a-t-il un endroit sur Terre où je ne sois pas en danger, maman ?

En réalité, quand mon père et Balthazar l'avaient attaqué l'année dernière, il avait bien failli y rester.

Kate soupira, secoua la tête puis me dévisagea. Bien qu'il n'y ait rien de tendre dans son regard, je sus qu'elle ne m'en voulait pas pour ce qui était arrivé ce soir.

— Je suis contente de voir que tu vas bien, Bianca. J'avoue que je n'étais pas sûre que les suceurs de sang tiennent leur promesse.

« Ces suceurs de sang sont mes parents », avais-je envie de répondre.

— Si. On est rentrés à la maison et on a fait comme s'il ne s'était jamais rien passé.

— Ils doivent se dire que même si tu racontes ton histoire, personne ne te croira, intervint Lucas.

— Tu t'es montrée très courageuse en acceptant de repartir avec eux et de nous sauver des flammes, dit un homme âgé assis à côté de Dana.

Je me rappelai son nom : M. Watanabe.

— Nous te devons la vie.

— Ouais, Bianca, c'était super ce que t'as fait ! renchérit Dana en posant son bras sur mon épaule. Sérieux, t'as du cran.

— Je n'irais pas jusque-là, répondis-je d'une voix timide, ce qui fit rire la demi-douzaine de personnes dans la camionnette.

Je fus soulagée de sentir la tension se dissiper légèrement.

Quelques mois plus tôt, quand la véritable identité de Lucas avait été dévoilée, il avait été forcé de fuir Evernight. Et j'avais fui avec lui. Nous avions trouvé refuge auprès de Kate et Eduardo dans un lieu sûr. Mais Mme Bethany, mes parents et d'autres vampires nous avaient poursuivis et j'avais été obligée de retourner vivre avec mes parents. La Croix noire ne savait pas qui j'étais vraiment. Ils me croyaient l'une des leurs et pensaient que mes parents m'avaient kidnappée quand j'étais enfant. Il fallait à tout prix qu'ils continuent de le croire.

Nous nous arrêtâmes devant un bâtiment délabré à l'écart des autres. Kate fit clignoter les phares à plusieurs reprises selon un code établi. Une énorme porte en métal s'ouvrit, révélant une descente de garage, et nous pénétrâmes dans un parking souterrain éclairé par des lanternes. Des cloisons faites de cartons et de rideaux délimitaient les différents espaces.

— C'est ici le quartier général de la Croix noire ? demandai-je avec surprise.

Les autres éclatèrent de rire. Lucas me serra la main et me sourit, me faisant comprendre qu'ils ne se moquaient pas de moi.

— Nous n'avons pas de quartier général, expliqua-t-il. On se déplace en fonction des besoins, et on s'installe où on peut. Ici, on est à l'abri.

L'endroit me paraissait horriblement glauque. Ça empestait les gaz d'échappement et l'essence. Que Lucas ait pu passer sa vie dans des lieux pareils me déchira le cœur.

Tandis que nous descendions du véhicule, une demi-douzaine de personnes vinrent à notre rencontre, dont un homme à la carrure menaçante avec des cicatrices sur la joue. Je reconnus Eduardo, le beau-père de Lucas. Lucas le détestait. Il incarnait tout ce qui me terrifiait dans la Croix noire.

— Alors c'était ça l'urgence ? demanda-t-il en me fixant.

— Eduardo, voyons... Tu aurais préféré qu'on les abandonne ? répondit Kate sur un ton faussement léger.

Le message était clair : touche pas à mon fils.

Mais soit Eduardo ne l'entendit pas soit il choisit de l'ignorer. Il se tourna vers Lucas.

— La vampire t'a échappé. Encore ? fit-il remarquer avec insistance.

La mâchoire de Lucas se contracta brusquement, et je crus qu'il allait lui sauter dessus. Il se ressaisit.

— Oui, elle est rapide.

— Tu as vu la bande avec qui elle traîne ?

Kate secoua la tête. « Quelle bande ? » pensai-je. La jeune fille que j'avais rencontrée n'avait pas d'amis, encore moins une bande.

— Tu fréquentes des vampires pendant un an et tu ne parviens pas à découvrir pourquoi ils accueillent des humains, puis tu pourchasses un vampire qui te file entre les doigts parce que tu préfères être avec ta petite amie. Ce n'est pas digne de l'entraînement que tu as reçu, Lucas !

— Celui qui consiste à suivre tes ordres et à me taire ?

— La discipline, c'est fondamental. Tu n'as jamais voulu le comprendre.

— Avoir une vie, aussi, c'est fondamental.

— Ça suffit, intervint Kate en s'interposant entre son fils et son mari. Vous n'avez sans doute pas fini d'épuiser le sujet mais nous, on en a marre de vous entendre.

« Ils s'intéressent toujours aux humains à Evernight, pensai-je. Il faut que je découvre la vérité et peut-être qu'Eduardo laissera un peu Lucas tranquille. »

Le mépris avec lequel il traitait Lucas m'agaçait au plus haut point.

— Bianca a l'air encore sonnée, dit Dana. Lucas, tu devrais l'emmener à l'infirmerie et t'assurer qu'elle va bien.

— Oh mais je t'assure que...

Je m'interrompis, comprenant où Dana voulait en venir.

— En fait, c'est une bonne idée.

Kate avait compris aussi et elle nous fit signe de disparaître.

Les conversations reprirent tandis que nous nous éloignions. Lucas m'emmena dans une guérite surélevée qui avait dû servir de bureau à l'ancien gardien de parking.

— Tu crois qu'ils parlent de nous ? demandai-je.

— Non, ils parlent sûrement de cette fille vampire. Mais ensuite, ils passeront à nous.

— C'était qui, cette fille ?

— J'espérais que tu pourrais me le dire, répondit Lucas. Vu que vous étiez ensemble.

— C'est elle qui m'a abordée. Je n'avais jamais croisé un vampire dans la rue, j'étais curieuse.

— Franchement, Bianca, il faut que tu fasses plus attention.

Lucas ferma la porte derrière lui. Il alluma la lanterne électrique de la pièce. Une douce lumière se répandit.

L'endroit était presque confortable et avait au moins le mérite d'être isolé. Une onde de chaleur me parcourut. Enfin, nous étions seuls.

Lucas m'attrapa, me poussa contre le mur et m'embrassa. Puis il m'embrassa encore plus passionnément. Je passai mes bras autour de son cou ; son corps se colla contre le mien. Je pouvais respirer son odeur, cette odeur qui m'évoquait la forêt autour d'Evernight.

« Tu es à moi, pensai-je. À moi. »

Nous nous embrassâmes avec frénésie, affamés l'un de l'autre et débordants de désir. Puis il posa sa main dans le creux de mon dos, sous mon t-shirt. Je tressaillis. Le contact de sa peau contre la mienne me fit tourner la tête, sans me la faire perdre. Au contraire. Je ne m'étais jamais sentie aussi forte, aussi lucide.

— Tu m'as manqué, murmura-t-il, et son souffle me chatouilla la nuque. C'est fou ce que tu m'as manqué.

— Lucas...

Je ne pouvais rien dire d'autre que son nom. Le reste n'avait pas d'importance.

Je l'embrassai, plus doucement cette fois. Il avait plaqué ses deux mains dans mon dos, nous nous serrions l'un contre l'autre et je me demandai s'il nous serait possible d'être plus proches encore. Puis je me souvins de ce que j'avais ressenti en buvant son sang.

— Attends, bredouillai-je.

Il me fallut quelques secondes pour reprendre ma respiration.

— Pas si vite.

Lucas ferma les yeux puis acquiesça.

— Ma mère est à côté.

Il se parlait à lui-même.

Nos regards se croisèrent et nous éclatâmes de rire. Lucas fit un pas en arrière pour me donner de l'air puis me prit les deux mains.

— Tu es magnifique, Bianca.

— J'ai passé la moitié de la nuit à fuir un vampire. À mon avis, j'ai une tête pas possible. Mes habits sont sales et mes cheveux doivent être décoiffés.

— Stop ! Détends-toi ! Il va vraiment falloir que tu t'habitues aux compliments ! répliqua-t-il en riant.

Il guida une de mes mains jusqu'à ses lèvres, si douces contre ma peau. De l'autre côté de la cloison, le brouhaha s'intensifiait.

— Tu peux rester combien de temps ?

— Jusqu'à demain après-midi.

— Génial ! Presque une journée entière.

Voyant son visage s'illuminer de bonheur, je rougis.

Je savais que, dans une semaine, le peu de temps que nous aurions passé ensemble me paraîtrait ridicule. Mais pour le moment, seul l'instant présent comptait.

Je m'assis sur le lit de camp qui occupait presque toute la pièce et il s'installa à côté de moi. Il posa sa tête sur mon épaule et enveloppa ma taille de ses bras. Je passai mes doigts dans ses cheveux emmêlés.

— J'ai tellement eu peur de ne jamais plus te revoir. Et j'avais beau me dire que ce serait mieux pour nous deux, je ne pouvais pas m'y faire… commença-t-il.

— Surtout, ne crois jamais ça, répondis-je en lui embrassant la joue. Jamais.

En bas, les esprits s'échauffaient. Je me raidis. Lucas se redressa et soupira.

— Eduardo a l'air furieux.

— Cette fille, celle de ce soir, demandai-je, c'est elle que vous pourchassez ?

— Oui, c'est à cause d'elle qu'on est venus à Amherst. Elle et sa bande font beaucoup parler d'eux depuis quelque temps. On a reçu pas mal d'infos.

— Des infos ? Dans les journaux ?

— Oui, entre autres, même si les journalistes ne comprennent pas vraiment de quoi ils parlent. Il y a aussi des gens qui nous envoient des rapports, des gens qui connaissent la vérité sur le monde et qui savent qu'on existe. De temps en temps, on récupère même des infos auprès de vampires qui veulent nous faire croire qu'il y a quelqu'un de plus dangereux qu'eux dans les parages. Et parfois, ils disent vrai. Il paraît que les membres de ce gang tuent environ une fois par semaine, ce qui est énorme, même pour le plus assassin des vampires.

Je trouvais quelque peu rassurant le fait que même la Croix noire pouvait entretenir des liens avec les vampires.

— La fille que l'on a croisée ce soir n'a rien à voir avec ces criminels, objectai-je. Elle était morte de peur.

Lucas posa ses yeux vert sombre sur moi et je perçus toute sa lassitude. Nous avions déjà eu ce type de conversation ; en général, ça finissait mal.

— Certains vampires sont vraiment dangereux, Bianca, murmura-t-il doucement.

— Certains ne le sont pas, répondis-je, sur le même ton.

— Je sais bien, puisque tu es là…

Lucas bascula sa tête en arrière contre le mur, épuisé. Il avait trois ans de plus que moi, une différence d'âge qui ne m'avait jamais frappée jusqu'à maintenant. Il me semblait plus usé, fatigué.

— Les mauvais vampires doivent être éliminés. La Croix noire les élimine, ce qui me permet de m'accrocher à l'idée que cette mission est juste. Mais si nous avons tort à propos de cette fille – ou de n'importe quel autre vampire –, je crois que je ne m'en remettrai pas. Et le problème, c'est que je ne sais pas comment savoir.

J'aurais aimé lui apporter une réponse rassurante, mais je n'en avais pas.

Un bruit de pas résonna de l'autre côté de la porte.

— C'est moi ! annonça Dana.

Elle passa la tête dans l'ouverture puis plissa le front.

— Mince alors, je pensais vous interrompre à un moment critique !

Je virai au cramoisi. Lucas leva les yeux au ciel.

— Cela fait à peine cinq minutes qu'on est là, Dana…

— Il faut profiter de tous les instants ! affirma-t-elle. Qui sait quand vous aurez de nouveau cinq minutes de tranquillité. Parce que là, on s'apprête à repartir. Kate et Eduardo veulent reprendre la chasse avant que le vampire s'éloigne.

« Reprendre la chasse ? Oh non ! »

— Ils avaient dit qu'on ne patrouillerait pas cette nuit, grommela Lucas. Notre équipement n'est pas prêt et…

— Désolée, mais on t'a entraîné à être prêt en toutes circonstances, mon pote, sourit-elle. Bianca peut rester ici bien au chaud. Mais toi, moi et les autres, on sort.

— Dana, poursuivit-il, les yeux implorants. Je n'ai pas vu Bianca depuis des mois. Allez…

Pareil regard m'aurait fait fondre ; Dana, elle, resta de marbre.

— Tu sais que si ça ne tenait qu'à moi, je te dirais oui, mais Kate et Eduardo ne veulent même pas en entendre parler. Tu as déjà de la chance qu'ils t'aient autorisé à l'amener ici. Quand tu nous as envoyé ton signal de détresse, j'ai cru qu'Eduardo allait nous placer en état d'alerte.

Lucas soupira et se tourna vers moi.

— Pour faire simple, Bianca, je n'ai pas le choix. Mais je te promets de revenir vite.

— Je comprends, ne t'inquiète pas, dis-je en essayant de garder contenance.

— Dépêche-toi, Lucas, annonça Dana en ressortant. Je reviens dans deux minutes prendre notre matériel de secours et tu as intérêt à être prêt !

— Ok, dit-il.

Dès que la porte se referma, il m'embrassa tendrement, mais très vite nos baisers s'accélérèrent, entraînés par la fougue de nos sentiments. La situation dérapait de nouveau. Un bruit de l'autre côté de la porte nous rappela à l'ordre. Lucas posa son front contre le mien et me caressa la joue.

— Je t'aime.

— Moi aussi je t'aime.

Il m'embrassa une dernière fois puis se leva et cria :

— Dana ! Elle est à toi !

— Je ne veux pas de ta copine ! répondit-elle. Je veux juste la trousse de secours.

Leur plaisanterie fut accueillie par des éclats de rire. Eduardo me considérait sans doute comme une plaie mais les autres membres de la Croix noire semblaient contents pour moi et Lucas. J'avais encore du mal à accepter que des chasseurs de vampires puissent être aussi… sympas.

« Ça va aller, tentai-je de me convaincre. On va s'en sortir. »

Mon ventre gargouilla ; je l'ignorai. Je ne pouvais bien évidemment pas prendre le risque de boire du sang ici. Demain, peut-être que je trouverais un moment pour avaler quelques gorgées de mon thermos. Je pouvais tenir jusqu'au lendemain soir s'il le fallait.

Lucas contourna Dana et descendit. Celle-ci remplit une mallette de bandages et de gaze avec efficacité.

— Est-ce que ça va, Bianca ? finit-elle par me demander.

— Je crois. Ça vous arrive souvent de partir en chasse comme ça, à la dernière minute ?

— À t'entendre, il y a des chevaux qui nous attendent dehors et des chiens. Notre vie est assez simple, en fait. On se déplace d'un endroit à un autre, on va là où on a besoin de nous. Certains ont encore leur maison et s'y rendent parfois, mais la plupart d'entre nous n'en ont pas. En tout cas, pas moi. Lucas non plus, d'ailleurs. Je ne sais pas s'il te l'a dit...

— Il n'en a pas eu vraiment l'occasion.

— J'oublie que vous n'avez pas tellement eu le temps de discuter depuis cette embuscade au printemps dernier. Ça doit être dur pour toi.

— Oui, ça l'est.

— Lucas est un type bien.

Elle referma sa trousse de secours et me fit face, tout à coup sérieuse.

— C'est un garçon très réservé. Je le connais depuis nos douze ans et il ne s'est jamais comporté avec une fille comme il le fait avec toi. Au cas où tu te poserais des questions...

— Merci.

Ses paroles me ravissaient, mais j'avais d'autres sujets de préoccupation en tête. Je repensais notamment à la jeune vampire, au sourire hésitant et aux ongles abîmés. Elle était en danger. Elle m'avait paru si seule, si perdue. Une autre victime de la condescendance de Mme Bethany.

Allais-je finir ainsi, un jour ? L'idée me fit frissonner. Il y avait peu de chances. J'aurais toujours mes parents, mes amis. Peut-être même Lucas.

Non seulement cette jeune fille était seule au monde, mais la Croix noire l'avait prise pour cible. Un sentiment d'injustice me saisit. Lucas y pouvait-il quelque chose ? Et moi ?

La réponse m'apparut presque immédiatement, à la fois évidente et terrifiante. Il me fallut quelques secondes pour l'articuler.

— Je viens avec vous.

Dana écarquilla les yeux.

— À une chasse aux vampires ? Tu es folle !

— Sans doute, soupirai-je. Mais je viens quand même.

Chapitre sept

— Nous n'avons que faire des amateurs, déclara Eduardo.

À la lumière des lanternes, j'eus l'impression de voir vibrer les deux cicatrices qu'il avait sur la joue.

Je réagis vite.

— Je ne suis pas amateur. Je vais en cours avec des vampires depuis plus d'un an.

C'était la vérité, même si elle était incomplète. J'avais la voix qui tremblait, et j'espérais qu'Eduardo mettrait ça sur le compte de l'émotion, pas de la peur. Cet homme excellait dans l'art de tuer des vampires ; le regarder dans les yeux m'était difficile.

— Ça pourrait m'être utile de mieux les connaître.

Pour la première fois, Eduardo sourit. Cela n'avait rien de plaisant.

— Ils font attention à Evernight, en principe. Tu n'es qu'une ado. Contente-toi de ceux qui prétendent aussi être des ados.

— Quand j'ai commencé à me battre contre des

vampires, j'étais plus jeune que Bianca, rétorqua Lucas. Je pense qu'elle peut se débrouiller.

Il passa son bras autour de mon épaule, ce qui eut pour effet de dissiper mes craintes. Le soutien de Lucas sembla aussi mettre fin à la discussion. Eduardo ne protesta pas davantage et personne d'autre n'émit d'objection.

Lucas me lança un regard interrogateur et je lui fis comprendre qu'on en parlerait plus tard.

Au début, la chasse prit plutôt des allures de départ en vacances. Bavardant tranquillement entre eux, les membres de la Croix noire prirent place dans la vieille camionnette et dans le pick-up turquoise de Kate.

Je me souvins de ma première excursion en voiture : mes parents m'avaient emmenée à la plage un été. Ils détestaient l'eau – à la fois les rivières que nous devions traverser pour nous y rendre et l'océan qui s'étirait devant eux – mais ils avaient accepté d'y aller parce que cela faisait des jours que j'insistais. Ils restèrent assis sous un parasol toute la journée. Même s'ils avaient bu du sang avant de partir, ils craignaient de passer autant de temps au soleil. Pendant que je faisais des châteaux de sable et me baignais, ils me souriaient. Pour mes beaux yeux, ils étaient prêts à tenter le diable.

La Croix noire se trompait sur les vampires, ce qu'ils auraient compris s'ils avaient vu mes parents.

Je montai à l'arrière de la camionnette avec Eduardo, Dana, deux autres types et Lucas. Alors que Kate reculait dans le parking, je lui demandai :

— Qu'est-ce qu'on fait ?

— On retourne à l'endroit où on l'a vue la dernière fois et on part de là.

Un silence régnait sur la ville à présent. Même les fêtards les plus motivés étaient allés se coucher. Le quartier tranquille où Lucas et moi avions atterri était désormais plongé dans le noir.

Dès que nous fûmes arrivés, les chasseurs sortirent des véhicules et partirent à pied dans des directions différentes. Lucas et moi restâmes ensemble, bien sûr. Kate nous adressa un regard désapprobateur mais ne dit rien.

Lucas attendit que nous soyons tout à fait seuls avant de parler.

— Ok, j'imagine que notre plan est de trouver le vampire et de la prévenir avant que les autres ne passent à l'attaque. J'ai raison ?

Ses paroles me touchèrent droit au cœur, si violemment que j'oubliai un instant notre mission et les dangers qui nous guettaient. Je lui pris la main. Il se tourna vers moi, d'abord surpris, puis rassuré, et un sourire timide se dessina sur son visage. J'eus l'impression que le sol vacillait sous mes pieds. J'allais l'embrasser mais il posa sa main sur ma bouche.

— C'est pas le moment. On a un boulot à faire.

— Un boulot, répétai-je, et mes lèvres caressèrent le bout de ses doigts.

Il frémit, ferma les yeux un instant.

— Ok, allons-y, déclarai-je.

Lucas passa devant moi.

— Elle est partie en direction du nord.

— Comment tu le sais ?

— Je vois ce que les autres ne voient pas. Ma vision de nuit s'est encore améliorée.

Il n'avait pas besoin de m'expliquer. Je savais que c'était parce que j'avais bu son sang à deux reprises. La première morsure n'avait eu aucun effet mais la deuxième lui avait donné des pouvoirs de vampire. Tandis que les membres de la Croix noire patrouillaient à l'aveuglette, Lucas suivait la vampire grâce à de minuscules indices que lui seul voyait : branches déplacées, empreintes de pas, cheveux tombés sous un buisson.

Ses seuls pouvoirs de vampire n'auraient pas suffi. Lucas était aussi un excellent pisteur, ce qui fut pour moi une révélation. Il n'avait pas seulement appris à se battre, il avait appris à chasser.

J'aperçus un objet luisant accroché à sa ceinture.

— Qu'est-ce que c'est ? demandai-je.

— Mon meilleur couteau, répondit-il, presque fier.

Il ouvrit légèrement sa veste pour me le montrer. La lame était de la taille d'un hachoir à viande.

— Je l'ai depuis mes douze ans.

— Tu penses vraiment que c'est nécessaire ?

— Je préfère l'avoir sur moi et ne pas m'en servir qu'en avoir besoin et ne pas l'avoir, expliqua-t-il. Cette fille n'est peut-être pas dangereuse mais tu as vu toi-même ce dont elle est capable si elle a peur.

J'acquiesçai. Nous les vampires n'étions peut-être pas les tueurs effrénés qu'imaginait la Croix noire mais, comme tout le monde, on réagissait mal en cas d'agression.

Nous pénétrâmes dans une rue plus commerçante et Lucas se détendit.

— Il y a peu de chances qu'elle soit ici.

— Je n'en suis pas si sûre, répondis-je en désignant un panneau lumineux sur lequel figurait une croix. Les hôpitaux ont des banques de sang.

— Un vrai fast food ! J'arrive pas à croire qu'on n'y ait jamais pensé.

Lucas me sourit comme si je venais d'accomplir un miracle.

— Allons-y.

Les portes automatiques de l'hôpital s'ouvrirent devant nous. Un vigile nous interpella, voyant sûrement d'un mauvais œil la présence de deux jeunes à une heure pareille.

— Qu'est-ce que vous venez faire ici ?

— C'est ma grand-mère, répondit Lucas d'un ton si sincère que je faillis exploser de rire. Elle n'en a plus pour longtemps, il paraît.

Le vigile nous fit signe de passer et nous nous dépêchâmes. Les couloirs étaient silencieux ; même si l'hôpital ne fermait jamais, l'activité était forcément ralentie. Quelques infirmières et aides-soignantes en blouse nous observèrent d'un air surpris mais comme Lucas et moi avancions d'un pas décidé, personne ne nous posa de questions.

— À ton avis, où se trouve la banque de sang ? me demanda Lucas.

— Prenons l'ascenseur, les différents services y sont parfois indiqués.

J'avais deviné juste. Les panneaux d'affichage près de

l'ascenseur nous informèrent que les dons de sang se faisaient au -1.

Le sous-sol ne semblait pas différent des autres étages mais je ne m'y sentais pas à l'aise. L'éclairage était plus sombre. Une odeur de désinfectant flottait dans l'air, m'irritant la gorge et me faisant tousser. Un silence pesant régnait. Lucas et moi étions apparemment les deux seules personnes ici.

— En général, la morgue est au sous-sol, non ? murmurai-je.

— Ne me dis pas que tu as peur des morts ? répondit-il en passant la tête à travers une porte. Tu vas en cours avec eux tous les jours.

— Je n'ai pas peur, je pensais à voix haute.

La salle des dons de sang était fermée, ce qui n'avait rien de surprenant. En revanche, la porte d'à côté avait été forcée.

— Bingo.

Lucas posa la main sur son couteau.

Nous pénétrâmes dans une grande pièce avec des congélateurs. La banque du sang. Quelques microscopes et autres appareils scientifiques étaient rangés sur des étagères. Dans l'ensemble, cette pièce servait de lieu de stockage. Dans un coin, il y avait de grands frigos. L'une des portes était entrouverte, montrant des poches de sang. Elles avaient été déplacées, certaines étaient même tombées par terre ou bien avaient été déchirées et vidées. Des gouttes de sang maculaient le lino.

— Le sang n'est pas sec, remarquai-je. Elle était là il n'y a pas longtemps.

— Mais maintenant, elle n'y est plus.

— Peut-être pas. Peut-être qu'elle a eu envie de se reposer.

— De se reposer ?

— Une petite sieste après un bon repas. Quand je l'ai rencontrée, elle était épuisée, comme si elle avait erré pendant des jours. Elle aura besoin de se reposer. Elle sera calme. On pourra lui parler.

— On doit être absolument sûrs qu'elle est inoffensive avant de la laisser partir. Je ne dis pas ça parce que je ne te fais pas confiance. Mais on doit être sûrs, d'accord ?

— Le mieux, c'est encore de lui parler.

J'étais à peu près certaine que Lucas se rangerait à mon avis quand il la verrait.

— Tu dis ça comme si tu savais où elle était.

— Oui, elle est dans un endroit où elle peut dormir sans être dérangée. Un endroit où personne ne sera surpris de l'y trouver. Réfléchis, Lucas.

— Non ! C'est pas vrai !

— Si !

J'avais peut-être passé ma vie entourée de morts, notamment mes parents, mais cela ne voulait pas dire que je considérais les morgues comme des endroits agréables. Je n'avais pas peur, je les trouvais simplement tristes : ces vies, ces êtres, ces espoirs réduits à des étiquettes sur des tiroirs métalliques. Il me fallut quelques secondes avant d'entrer.

Sur trois longues tables gisaient trois sacs mortuaires. Je m'en approchai doucement. Le premier était trop grand. Le troisième était au contraire trop petit. Celui du milieu me parut être le bon.

Avec hésitation, j'avançai la main vers la fermeture Éclair. La tirette était plus dure et froide que prévu. Lucas se plaça à côté de moi, le couteau dans la main, prêt à frapper. Retenant malgré moi ma respiration, je tirai la fermeture.

La main de la vampire jaillit du sac et s'enroula violemment autour de mon poignet. Je ne pus m'empêcher de hurler. Lucas baissa le bras mais je le retins avant qu'il ne la touche.

La vampire se redressa et nous toisa. Elle me paraissait moins pâle que tout à l'heure, et la tache lie-de-vin sur sa nuque moins prononcée. Manger l'avait revigorée. Elle avait détaché ses cheveux et ils tombaient à présent sur son visage. Sans quitter Lucas des yeux, elle me demanda :

— Pourquoi l'as-tu amené ici ?

— Il est avec moi. On te cherchait.

— Afin de me tuer.

— Non, on voulait s'assurer que tu étais en sécurité.

Perplexe, elle fronça les sourcils.

— En sécurité ? C'est toi qui es en danger.

— Non. Lucas ne me fera jamais de mal.

— Tu es plus en danger que tu ne le crois, insista-t-elle.

— Tu t'es nourrie à la banque de sang, dis-je, avant tout pour Lucas. Je le vois. Tu as meilleure mine.

— Oui, j'ai plus de forces maintenant, reconnut la jeune fille.

Elle fixait Lucas avec haine. Il fallait que je désamorce la situation rapidement.

— Lucas est un ami. Il n'est pas là pour te tuer.

— Pourtant, ça m'en a tout l'air, répondit-elle en désignant le couteau.

D'un geste maladroit et réticent, Lucas rangea son arme.

— La famille, commença-t-il d'une voix tranchante. À Albion… Est-ce que tu as eu quelque chose à voir là-dedans ? C'est ce qu'on pensait, en tout cas.

— Les gens commettent de telles erreurs, répondit-elle d'un ton évasif.

— J'ai besoin de savoir qui a fait ça, poursuivit-il. Il y a là-bas des êtres dangereux qui font beaucoup de dégâts. Si tu sais qui rôde à Albion ou si tu es liée à cette bande, dis-le-moi. Je peux m'en occuper et toi, eh bien, toi tu peux continuer comme avant.

Au lieu de répondre à Lucas, elle posa sur moi un regard méprisant.

— Il est au courant, c'est ça ?

— Oui. Dis-nous ce que tu sais, et on fera en sorte qu'il ne t'arrive rien.

Ses doigts se détendirent et elle lâcha le poignet. La lumière du néon au-dessus d'elle l'enveloppait d'une sorte d'auréole. Elle était morte si jeune, à quatorze ans à peine me semblait-il.

Alors qu'elle s'apprêtait à parler, la porte de la morgue s'ouvrit bruyamment. Nous sursautâmes et mon cœur sombra quand j'aperçus Dana et Kate sur le seuil. Dana brandit son arbalète, Kate, son pieu.

— Reculez ! hurla Dana. Les renforts arrivent.

La vampire poussa un cri suraigu, semblable à celui d'un aigle qui fond sur sa proie. Elle se précipita dans un coin de la pièce.

— Vous m'avez piégée ! murmura-t-elle.

J'aurais voulu lui dire que nous n'y étions pour rien mais Lucas me serra le bras et je me tus. Il recula, m'entraînant avec lui.

Ni Kate ni Dana ne parlèrent au vampire. Kate resta postée dans l'encadrement de la porte tandis que Dana s'avançait, le visage grave. Dana était une personne bien mais elle s'apprêtait à faire quelque chose d'horrible et il fallait que je l'en empêche.

Ensuite, tout alla très vite. La vampire avança le bras et pendant la micro-seconde qui précéda le hurlement de douleur de Dana, je vis un objet métallique scintiller. Dana bascula en arrière et la vampire en profita pour bondir, déployant une force surhumaine. Elle fonça sur la porte, bousculant Kate au passage qui tomba à son tour.

— Maman ! s'écria Lucas.

La vampire n'avait pas l'intention de se battre. Rapidement, elle disparut dans le couloir. J'entendis ses pas résonner sur le carrelage.

Lucas et Kate s'élancèrent à sa poursuite.

— Reste ici ! m'ordonna-t-il. Occupe-toi de Dana.

Je savais qu'il s'assurerait que la jeune fille prenne la fuite. Mais moi, j'étais supposée faire quoi ? Je n'y connaissais rien en premiers secours. Pourtant, quand je vis le visage tordu de douleur de Dana, je me précipitai auprès d'elle.

— Tu as mal ?

— Oui, assez, grimaça-t-elle. Ce devait être un couteau à autopsie. Je crois que… mon bras est cassé… ça saigne beaucoup ?

— Pas mal mais l'artère n'est pas touchée.

Je savais que si l'artère avait été touchée, des jets de sang auraient jailli aussitôt de son bras.

— À mon avis, la trousse de secours ne va pas suffire. Il faut t'emmener aux urgences.

— Et comment comptes-tu expliquer ça aux infirmiers ? Non, il faut qu'on sorte d'ici.

Elle pesta et finit par appuyer sa tête contre le mur. Je compris qu'elle ne se sentait vraiment pas bien.

— Tu as besoin de soins !

— Il y a davantage de matériel à la planque. Je… je tiendrai le coup jusque là-bas. Aide-moi, ok ?

— Ok.

Je passai son bras valide sur mes épaules et l'accompagnai jusqu'à la porte. Dans le couloir, la lumière était meilleure et je vis pour la première fois la tache de sang grandissante sur son bras. Elle me parut incroyablement belle.

Soudain, j'eus faim.

La sensation n'était pas la même que quand j'étais avec Lucas. C'était plus basique mais tout aussi puissant. Le sang de Dana sentait bon la viande, le bord de mer, toutes ces choses merveilleuses que je pouvais désirer et dont j'avais été privée. Je respirai un grand coup, savourant ce goût métallique qui affolait mes papilles. Ma main posée sur son omoplate enregistrait les battements de son cœur. J'avais mal à la mâchoire, comme si mes canines allaient pousser. Je ne pouvais plus penser, plus parler, totalement obsédée par l'idée de boire.

« Ressaisis-toi ! »

Je détournai la tête et fermai les yeux.

— Je sais que c'est impressionnant, murmura Dana. Mais tu dois tenir le coup.

— Tu ne devrais pas me réconforter, répondis-je avec embarras. C'est toi qui es blessée.

— Je comprends que ça puisse être effrayant... Surtout quand on n'a pas l'habitude.

Elle parlait d'une voix haletante, fatiguée.

— Tu... n'as jamais... vu ça avant.

Je me souvins du visage de Lucas après que je l'avais mordu, et de sa léthargie.

— Je vais m'y habituer.

Nous retrouvâmes M. Watanabe sur le parking et il nous emmena aussitôt. La blessure de Dana n'était pas si grave mais elle eut quand même besoin de me tenir la main pendant que M. Watanabe lui faisait des points de suture. Quelques heures plus tard, Lucas et les autres revinrent. Je n'eus pas besoin de demander comment ça s'était passé, l'air découragé de Kate suffisait. Ils étaient tous épuisés ; l'aube se levait.

Quand Lucas me serra dans ses bras, je murmurai :

— Est-ce qu'elle s'est enfuie ?

Il hocha la tête.

— Tu ne cesseras jamais te t'inquiéter pour les autres...

Il m'embrassa tendrement sur le front, devant tout le monde, ce qui fit sourire Dana pour la première fois depuis notre retour.

Ensuite, l'atmosphère se détendit. L'heure n'était plus à la discipline. Kate n'avait aucun ordre à donner et il n'y avait apparemment rien à faire dans l'immédiat. Certains allèrent se reposer sur des lits de camp. Kate alluma un réchaud et prépara le petit déjeuner pendant que M. Watanabe rangeait méticuleusement les armes. Lucas et moi emmenâmes Dana dans la guérite qui servait d'infirmerie et l'aidâmes à s'installer sur le lit.

— Je suis désolée, déclara-t-elle en s'allongeant.

— Pourquoi ? demandai-je. Tu n'y es pour rien.

— Oui mais voilà que j'occupe la seule pièce où toi et Lucas auriez pu être seuls. Je suis un tue-l'amour !

— Pour cette fois, je te pardonne, répondit Lucas. Tu as faim ?

— Que quelqu'un m'apporte des pancakes. Et s'il n'y en a pas, qu'il en fasse. À quoi ça sert de se faire poignarder si on peut pas se faire chouchouter, hein ?

Tandis que Lucas transmettait les désirs de Dana à Kate, je m'enfermai dans ce qui semblait être la salle de bains. Il s'agissait d'une petite pièce cimentée près de l'infirmerie, encore plus petite et plus sale que dans les stations-services. Je ne pouvais pas faire de miracle alors je me contentai d'épingler la broche que m'avait offerte Lucas sur mon pull. Quand je sortis, il s'illumina de joie en l'apercevant. Ou bien il était simplement content de me voir.

— Ah, vous deux… soupira M. Watanabe.

Il aiguisait un petit couteau sur une meule à affûter, surveillant la lame par-dessus ses lunettes. C'était étrange de penser qu'un homme aussi gentil que lui passait son temps à réparer des armes destinées à tuer des vampires.

— Je suis content de te voir avec une fille, Lucas. Un jeune homme doit avoir une petite amie.

— Ce n'est pas moi qui vais te contredire, répondit-il en m'enlaçant. Je parie qu'à mon âge tu ne savais plus où donner de la tête.

— Ah non. Pas moi. J'avais déjà rencontré ma Noriko.

Ses yeux s'adoucirent quand il prononça son nom.

— Quand Noriko est entrée dans ma vie, toutes les autres filles de la planète ont disparu. Littéralement, comme si elles n'existaient pas. Je voulais être avec Noriko. Tout le temps.

— C'est très romantique, dis-je.

Je voulus lui demander où était Noriko, mais j'avais l'impression qu'elle n'était plus en vie. Peut-être que cet homme adorable avait rejoint un groupe de tueurs de vampires parce que sa femme avait croisé le chemin d'un vampire particulièrement cruel. J'aurais compris qu'il ne désire qu'une seule chose : la vengeance.

— On ne passe jamais assez de temps avec ceux qu'on aime, affirma M. Watanabe en caressant la lame avec son pouce. Vous devriez sortir. Allez vous promener en ville. Ne vous souciez pas de nous. Profitez l'un de l'autre.

— Il est tôt, déclara Eduardo qui s'était approché de nous sans que je le remarque. Je ne vois pas ce que vous pourriez faire en ville à cette heure. Vous êtes plus à l'abri, ici.

— Les cafés sont ouverts, répondit Lucas en me prenant la main. Et nous ne sommes pas en état d'alerte que je sache. Si j'ai envie de sortir, je peux.

Je crus un instant qu'Eduardo allait tenter de s'interposer mais il hocha la tête.

— Ok, dans ce cas allez-y.

Nous nous précipitâmes dehors. La journée s'annonçait magnifique, une de ces belles matinées d'automne où le soleil semble transformer les arbres en sculptures dorées. Lucas et moi aurions certainement dû saisir l'occasion pour évoquer notre situation compliquée mais nous discutâmes en fait de tout et de rien. Une seule journée sans soucis, sans sujets qui fâchent – nous ne pouvions espérer plus. Je n'avais pas l'intention de la gâcher.

Sur la place centrale de Amherst, nous nous assîmes sur un banc et inventâmes, pendant deux heures, des histoires sur les gens qui passaient. Cette femme au manteau rouge était un agent secret, et l'homme aux cheveux gris qui montait dans sa voiture possédait les dossiers top secret dont elle avait besoin pour sauver le monde. La vieille dame en face avait été dans sa jeunesse danseuse de cabaret à Las Vegas et avait porté des plumes dans les cheveux. Nous savions bien que nos propres vies étaient certainement plus bizarres que tout ce que nous pouvions imaginer pour les autres, mais ça n'en rendait pas le jeu moins drôle.

À la librairie, nous échangeâmes sur nos lectures d'enfance. Nous nous découvrîmes une passion commune pour Narnia.

— Je ne savais pas en le lisant que c'était un conte chrétien, avouai-je. En y repensant, c'est évident. Mais bon, j'ai une excuse. Mes parents sont un peu fâchés avec l'Église.

J'avais dit ça sur le ton de la plaisanterie, pensant faire rire Lucas, mais il me regarda d'un air hésitant.

— Ça te dérange ? Les trucs sur Dieu dans les bouquins ?

— Non. Ce sont plus les symboles extérieurs qui me posent problème.

Nous étions assis par terre au sous-sol, à l'écart des autres clients. Personne ne viendrait nous déranger. Nous pouvions parler librement.

— Tu as perçu des changements ? osai-je enfin. Au niveau de tes pouvoirs ?

— Je me sens plus fort. Je cours plus vite. Autour de moi, ceux qui l'ont remarqué en ont conclu que je m'entraînais. De toute manière, c'est pas comme si j'avais des superpouvoirs. Mme Bethany a dit qu'il y aurait des inconvénients. Pour l'instant, je ne sens rien.

Une lueur d'espoir jaillit en moi.

— Tu m'as dit une fois que tu envisageais peut-être de quitter la Croix noire.

— Oui, mais pour mener quel genre de vie ? À part me battre, je ne sais rien faire. Je ne suis pas sûr de trouver un travail.

Il soupira.

— Bianca, je ne suis jamais allé au lycée, à part ces quelques mois à Evernight. J'ai étudié dans mon coin, mais ce n'est pas pareil. Ces manuels de préparation aux examens d'entrée à l'université, pour moi, c'est du chinois. Jamais je ne pourrai y aller.

— Tu sais que tu peux obtenir un diplôme de lycée par équivalence.

— Et ensuite ? Il n'y a pas de bourse pour ces élèves-là, et ma mère n'a pas les moyens de payer les frais de scolarité. L'argent qu'elle possède va à la Croix noire. Et même si je trouve un jour un petit boulot...

Il se troubla et je compris qu'il y avait déjà longuement réfléchi.

— Je n'ai pas encore abandonné l'idée, seulement, ça me paraît peu probable...

Tout en comprenant sa détresse, je ne sus quoi lui dire. Je n'avais pas de paroles réconfortantes, pas d'idée brillante. Je lui pris la main.

— Et si tu pouvais aller à l'université, ce serait pour étudier quoi ? lui demandai-je.

— Le droit, je pense.

— Le droit ? J'ai du mal à t'imaginer en avocat avec un attaché-case et un costume trois pièces.

— Si ça peut envoyer un méchant en prison, je ferai un effort, répondit-il en esquissant un sourire. J'ai bien porté l'uniforme débile d'Evernight !

— Ne te moque pas ! Moi, il faut encore que je le mette tous les jours.

Il écarta une mèche de mon front.

— Moi, je sais ce que tu pourrais étudier : l'astronomie.

Je hochai la tête.

— Bianca, qu'est-ce qui te plaît à ce point dans les étoiles ? Tu m'as montré toutes les constellations mais tu ne m'as jamais dit pourquoi tu aimais tant les contempler.

Je ramenai mes genoux sous mon menton, pensive. Je connaissais la réponse mais j'avais du mal à la formuler.

— Mes parents m'ont expliqué qui j'étais vraiment quand j'étais encore petite. Ils m'en ont parlé comme d'un secret, comme de quelque chose d'exceptionnel. À mes yeux, ça ressemblait à ce qu'on lit dans les contes de fées, quand la jeune servante découvre qu'elle est en fait une princesse. Mon secret avait un aspect magique.

Lucas parut vouloir m'interrompre mais il se ravisa quand il me vit hésiter. Je repris :

— La première fois que je me suis rendu compte que ça n'avait rien de merveilleux et de magique, la première fois que j'ai compris qu'il y avait un côté obscur au fait d'être un… (nous étions toujours seuls mais j'évitai quand même de prononcer le mot)… c'est quand j'ai compris que mes amis de l'école, Carrie, Tom, Renée, allaient tous mourir. Tous. Et pas moi. Ils vieilliraient, disparaîtraient, et me laisseraient seule. Ça m'a fait peur, j'ai réalisé que la plupart des gens que j'aimais ne resteraient pas avec moi.

Il posa sa main sur ma joue. Un nœud se forma dans ma gorge mais je poursuivis.

— Il fallait que je trouve quelque chose de permanent. Qui durerait pour l'éternité.

— Les étoiles, murmura Lucas. Il y aura toujours les étoiles.

J'acquiesçai, soulagée de voir qu'il comprenait. Il me prit dans ses bras et me serra si fort que je voulus croire un instant que Lucas ne m'abandonnerait jamais.

En fin d'après-midi, Lucas me raccompagna à Evernight avec le vieux pick-up de Kate. Nous arrivâmes à la tombée de la nuit. Le temps était si médiocre qu'on n'y voyait déjà plus grand-chose. Un brouillard épais avait envahi les collines, tapissant le monde d'un gris laiteux. Ne pouvant me déposer devant la porte d'entrée, Lucas se gara sur une route secondaire à l'orée du bois. Je pouvais facilement rentrer à pied ensuite – dix minutes, maximum. Je savais que Raquel allait commencer à s'inquiéter mais m'extraire des bras de Lucas s'avérait très difficile. Nous nous embrassâmes jusqu'à ce que les vitres du camion soient embuées. J'aurais voulu qu'on ne s'arrête jamais, même si je ressentais de plus en plus la sombre présence de l'Académie.

— Je ne peux pas attendre encore six mois, murmura Lucas. Il faut qu'on se revoie bientôt.

— Quand tu veux, tu le sais. Envoie-moi un mail. Je doute que Mme Bethany ait mon mot de passe.

— Non, c'est pas possible. L'utilisation d'ordinateurs portables est interdite depuis qu'on a été débusqués il y a trois ans par des vampires hackers, soupira-t-il. Je peux toujours aller dans un cybercafé en ville mais je ne sais jamais si on va se retrouver en état d'alerte. Et dans ces cas-là, je reste coincé à la base pendant des jours.

— Alors comment on va faire ?

— On va prendre rendez-vous à l'avance. On se met d'accord pour la prochaine fois, et la prochaine fois, on se mettra d'accord pour la fois d'après. Et on se débrouille pour être là. Quoi qu'il arrive.

— Ça me va. Et pour le mois prochain, c'est déjà tout vu.

Lucas me regarda d'un air perplexe et je lui tapotai gentiment l'épaule.

— Riverton. Il y a une sortie prévue à Riverton. Tu ne te souviens pas ?

— Ah mais si, c'est parfait.

Lucas sourit, manifestement ravi. Puis il s'assombrit.

— Impossible. Il risque d'y avoir des élèves qui me reconnaîtront.

— Pas si on se retrouve à l'écart de la foule. Disons, les berges de la rivière. Personne n'y va jamais à part Vic, et si Vic t'aperçoit, ce ne sera pas non plus la fin du monde.

— Je préfère laisser Vic en dehors de ça mais ça me paraît être une bonne idée. De toute façon, il y a des chances que Vic passe la soirée ailleurs.

Enchantée, je l'embrassai de nouveau. Puis, Lucas me serra longuement dans ses bras, ce qui rendit notre séparation encore plus douloureuse. Y avait-il un endroit à Riverton où on pourrait s'isoler du monde ? Il fallait que j'y réfléchisse.

Le brouillard s'était densifié ; quelqu'un risquait de s'inquiéter.

— Il faut que j'y aille, annonçai-je. Je devrais être déjà rentrée.

— Va. Dépêche-toi. Et ne t'inquiète pas, on se revoit bientôt.

Nous nous embrassâmes une dernière fois et il posa sa main sur mon cœur, me faisant tressaillir. Je parvins néanmoins à me détourner et à descendre du camion. Je me mis à courir sans me retourner. Derrière moi, je l'entendis démarrer.

« Il est parti », pensai-je. Le cœur à l'agonie, je m'arrêtai le temps de voir les phares arrière disparaître dans la brume.

Tout à coup, une voix grave retentit :

— Je pense que je n'ai pas besoin de te demander qui c'était.

Je me retournai. Devant moi, se tenait Balthazar.

Chapitre huit

Balthazar avait les bras croisés sur sa poitrine, ce qui renforçait sa carrure. Il me semblait aussi imposant que les chênes autour de nous. Je me sentis très mal à l'aise.

— Je… je peux t'expliquer.

— Pas la peine.

Ses yeux fixèrent la broche noire toujours épinglée sur mon pull. Je savais qu'il l'avait reconnue ; je l'avais portée tous les jours l'année précédente.

— Ça dure depuis combien de temps, cette histoire ?

— Ça ne te regarde pas ! rétorquai-je.

Puis, je pris une grande respiration afin de me calmer.

— Je te promets que je n'ai rien dit de compromettant à Lucas. Il ne cherche plus à nous espionner.

— Contrairement à l'année dernière ?

— Tu ne comprends pas. Lucas ne voulait pas me mentir, c'est juste qu'on l'a envoyé ici en mission et…

— Une mission qu'il a remplie et il se fichait bien de te faire de la peine au passage, cracha-t-il. Je ne suis pas en colère contre toi, Bianca. Tu… Tu es amoureuse et tu ne sais plus très bien ce que tu fais.

— Balthazar, écoute-moi.

Il m'interrompit, l'air résolu.

— Peu importe, on va régler cette affaire.

Mon cœur cessa de battre.

— Qui ça, « on » ?

— Ceux qui tiennent vraiment à toi.

Il pivota en direction de l'école et je m'accrochai à son bras afin de le retenir.

— Balthazar, ne dis rien à mes parents, s'il te plaît. Ne dis rien à personne !

Il posa sa main sur mon épaule comme s'il cherchait à me réconforter.

— Un jour, tu comprendras que je fais ça pour ton bien.

Pour mon bien ! En général, ceux qui décrétaient agir pour mon bien avaient tout faux. Dans un élan de rage, je poussai Balthazar qui trébucha.

— Tu es jaloux, lançai-je. C'est pour ça que tu agis ainsi. Par simple jalousie.

Bien sûr, nous savions tous les deux que ce n'était pas vrai. Balthazar se contenta de poursuivre son chemin et je m'élançai après lui.

— Ce n'est pas ce que tu crois. Lucas m'aime. Il veut être avec moi ! Ça lui est égal de ne pas être comme moi. Quand on s'aime suffisamment, ça n'a pas d'importance.

— C'est la première fois que je t'entends dire une chose aussi stupide, répondit-il calmement. J'espère que c'est la dernière.

Balthazar repoussa une branche de pin sur le chemin, faisant attention à moi alors même qu'il refusait de me regarder.

— Tu crois que ça me ferait quelque chose s'il n'était qu'un humain ordinaire ? demanda-t-il.

— Oui.

Balthazar n'agissait peut-être pas par jalousie, mais cela ne voulait pas dire qu'il n'était pas jaloux.

Il s'arrêta.

— Ok, tu as raison. Mais je m'interposerais pas. Et les autres non plus. Sauf que Lucas n'est pas n'importe qui. Il fait partie de la Croix noire, ce qui veut dire qu'il a l'intention de nous détruire. On ne peut pas lui faire confiance.

— Tu ne le connais pas ! m'écriai-je. Moi si ! Et j'ai confiance en lui !

On pouvait m'entendre mais c'était le dernier de mes soucis, d'autant que Balthazar avait l'intention de tout raconter. J'avais tout à la fois envie de lui envoyer un coup de poing à la figure et de pleurer jusqu'à ce qu'il me réconforte. Ma vie me semblait sur le point de s'effondrer. J'étais tellement en colère et effrayée que mes pensées s'embrouillaient.

— Tu ne sais pas ce qu'il a fait hier soir !

Balthazar m'observa des pieds à la tête et je pris conscience de mon t-shirt froissé et de mes cheveux décoiffés.

— J'ai une petite idée.

— Il m'a aidée à sauver un vampire ! À la sauver, Balthazar ! Les autres de la Croix noire voulaient lui faire du mal, mais pas Lucas. Il m'a écoutée. Cette fille, c'était une gamine. Je n'avais jamais croisé un vampire aussi jeune. Elle était pâle, mal habillée, perdue. Elle m'a fait de la peine. Et elle a fait de la peine à Lucas !

Balthazar n'avançait plus. Il se retourna lentement, l'air si surpris que je le reconnus à peine.

— À peine une enfant ?

— Euh… oui, bredouillai-je, déboussolée.

— À quoi ressemblait-elle ?

— Les cheveux blonds, légèrement bouclés. Mais ce qui compte, c'est que Lucas l'a aidée à s'échapper. Il comprend mieux maintenant et…

— Dis-moi exactement à quoi elle ressemblait.

— Je viens de le faire !

— Bianca, s'étrangla-t-il. S'il te plaît. J'insiste.

Il était difficile d'ignorer son ton suppliant. Je tentai de me rappeler trait pour trait la jeune vampire avec qui j'avais marché main dans la main. Je lui décrivis son visage en forme de cœur, ses yeux sombres, ses cheveux de la couleur des blés. Quand je mentionnai la tache lie-de-vin sur sa nuque, Balthazar tressaillit. Il baissa les yeux et murmura :

— Elle est revenue.

— Quoi, tu la connais ?

Il hocha lentement la tête, le regard toujours baissé. Il me parut tout à coup si malheureux et troublé que ma colère s'estompa sur l'instant.

— Balthazar, qui est-ce ?

— C'est Charity.

Le prénom évoqua aussitôt un souvenir : à Noël dernier, alors que nous nous promenions dans la forêt,

Balthazar m'avait parlé de sa vie d'avant. Une personne en particulier lui manquait le plus.

— Charity, répétai-je. Ta sœur ? C'était elle ?

Lors de cette balade, j'avais cru qu'il m'avait révélé ses secrets les plus enfouis. Mais il m'avait caché que sa sœur adorée avait elle aussi été transformée en vampire.

Alors qu'il avançait de nouveau sur le chemin, le pas hésitant et lourd, il murmura :

— Ne dis rien à personne.

— Ok, je promets.

Puis, je me souvins de mon propre secret.

— Et toi, tu ne diras rien ?

Il ne confirma pas mais je savais qu'il ne parlerait à personne de ce qu'il avait appris ce soir. Je restai un long moment à le regarder s'éloigner. Enfin, je repartis, frissonnante, en direction de l'école, prête à décrire à Raquel une pluie de météorites que je n'avais pas vue.

Raquel n'eut aucun mal à me croire. Elle me posa peu de questions, ce qui fut un soulagement. J'étais à peu près assurée de m'en sortir jusqu'au dimanche soir, lors du dîner avec mes parents. D'un ton décontracté, ma mère me demanda où j'étais samedi après-midi – ils m'avaient cherchée. Je bredouillai la première excuse qui me vint à l'esprit, pas trop éloignée de la vérité.

Quand je vis mes parents s'illuminer de bonheur, je compris que j'avais commis une énorme erreur.

— Tu te promenais dans la forêt avec Balthazar ? demanda mon père d'un ton exagéré, à la manière d'un vieil inspecteur de police anglais, ce qui fit rire ma mère. Et qu'est-ce qu'une jeune fille comme toi faisait à discuter avec Balthazar More jusque tard dans la soirée ?

— Il n'était pas tard, répondis-je en me beurrant une tartine de pain.

Ma mère m'avait préparé un festin mais j'étais surtout contente de pouvoir enfin boire du sang, après en avoir été privée une journée entière.

— C'est personnel, d'accord ? S'il vous plaît, ne lui dites rien.

— Très bien, concéda ma mère. On est simplement contents de t'avoir à la maison.

Ils affichaient tous les deux un sourire si radieux que je dus me retenir de leur avouer la vérité. Heureusement, le souvenir de Lucas suffit à me persuader qu'il valait mieux garder certains secrets.

Je reverrais bientôt Lucas. D'ici là, j'avais de nouveaux souvenirs auxquels me raccrocher, des baisers et des sourires, si bien que j'eus presque l'impression de retomber amoureuse. Dans les jours qui suivirent, j'aurais presque pu me sentir au septième ciel.

Mais une incertitude gâchait mon bonheur : Balthazar allait-il me dénoncer ? Je savais qu'il voulait garder l'existence de sa sœur pour lui, mais compte tenu de la haine qu'il vouait à Lucas, je n'étais pas sûre qu'il tienne parole.

Tous les jours, je scrutais son visage : en cours d'anglais, pendant que Mme Bethany parlait de Macbeth ; en salle d'escrime alors qu'il se mesurait au professeur ; ou encore quand on se croisait dans le couloir. Il ne me regardait jamais, il n'avait plus un regard pour personne, d'ailleurs. Lui qui avant saluait toujours tout le monde errait désormais dans les couloirs telle une âme perdue, les yeux vides et l'allure incertaine.

— Ce type est complètement défoncé, affirma Vic un jour alors que nous dépassions Balthazar dans le hall.

— Non, je ne pense pas, répondis-je.

— Pas vraiment, je sais. S'il prenait vraiment de la drogue, il aurait l'air moins déprimé. Et il ne semble pas beaucoup s'amuser en ce moment. On dirait même qu'il ne s'est jamais amusé.

— Oui, il paraît triste, remarquai-je.

— Il a une sale tête, ça, c'est clair.

Il claqua soudain des doigts.

— Eh, j'ai une idée ! Si je l'invitais au ciné-club ? Je prépare une séance spéciale, entièrement dédiée aux dangers de la finance mondiale. Tu crois que ça lui plairait ?

— Sûrement ! répondis-je.

Malgré ses allures de dilettante, Vic était plus intelligent que la plupart des gens ici.

Balthazar étant mon ami, le voir aussi misérable me fendait le cœur. Plus égoïstement, chaque fois que je l'apercevais, perdu et malheureux, je ne pouvais m'empêcher de penser qu'il allait me dénoncer.

Balthazar resta encore silencieux et mélancolique pendant une semaine entière. Jusqu'au premier cours de conduite.

Pour ces cours, nous étions répartis en deux groupes. D'un côté, il y avait les humains, pour qui la voiture était un objet familier et qui avaient déjà certainement pris le volant avec leurs parents. De l'autre, il y avait les vampires. Certains conduisaient depuis l'invention des premiers modèles de voiture et leur aisance au volant serait suspecte aux yeux des humains. D'autres n'avaient jamais conduit et leurs réactions parfois surprenantes rendaient préférable qu'on les tienne à l'écart. En principe, j'aurais dû me retrouver avec les humains mais bizarrement j'échouai parmi les vampires – sans doute parce que mes parents étaient intervenus. Ils trouvaient que je ne passais pas assez de temps avec les « bonnes personnes ».

— Je ne comprends pas pourquoi les voitures doivent avoir un ordinateur, râla Courtney tout en cherchant le clignotant. À quoi ça sert ? C'est pas comme si je faisais des maths en même temps.

— Concentrez-vous sur la route, mademoiselle Briganti, conseilla M. Yee.

Il soupira puis nota quelque chose sur son calepin. Nous étions dans une des voitures officielles de l'école, une berline grise de quelques années, et Courtney faisait le tour d'un des terrains à la limite nord du campus.

— Au prochain tournant, je vais vous demander d'accélérer.

— C'est dangereux de rouler trop vite, s'insurgea-t-elle. J'ai appris ma leçon.

— Très impressionnant, mademoiselle Briganti, mais vous faites actuellement du 13 kilomètres/heure. J'aimerais savoir comment vous vous débrouillez à vitesse normale.

Courtney agrippa davantage le volant. Sa nervosité la poussait à prendre les virages trop serrés et je vérifiai que ma ceinture était bien attachée, ce qui s'avérait difficile car j'étais coincée à l'arrière entre Ranulf et Balthazar. Ranulf observait l'intérieur de l'habitacle comme s'il s'agissait d'une soucoupe volante et Balthazar fixait l'extérieur d'un air triste.

— Ces automobiles ne sont populaires que depuis une centaine d'années, fit remarquer Ranulf. Elles ne le resteront peut-être pas.

— Parce que tu crois qu'on va revenir aux calèches ? ricana Courtney tout en appuyant sur l'accélérateur.

La voiture bondit en avant. M. Yee se retint au tableau de bord.

— Tu rêves !

— Le progrès n'est pas toujours ce que l'on croit, répondit Ranulf, songeur.

— J'ai bien peur que les voitures perdurent, dis-je en regardant Ranulf avec compassion.

Le pauvre semblait toujours déboussolé.

— J'aimais bien les chevaux. Un cheval était presque un ami. Un compagnon, en tout cas. Maintenant, nous sommes dans une machine en métal et le paysage défile bien trop vite.

Je n'avais jamais entendu Ranulf parler autant.

— Je suis sûre que c'était une époque sympa, lui dis-je, compréhensive.

Pendant un instant, je songeai au choc que certains vampires avaient dû ressentir à l'avènement de la voiture, après des siècles de transport à cheval. Et tout à coup, j'eus une illumination.

— Et si on créait une communauté amish ?

Ma proposition tira Balthazar de sa torpeur. Il se tourna vers moi, troublé.

— Quoi ?

— Un lieu de refuge pour les vampires, là où aucun humain ne pourrait se rendre. Il y a Evernight Academy, et je sais qu'il existe aussi un centre de désintoxication en Arizona. Alors pourquoi ne pas créer une communauté amish ?

Ils me regardaient tous comme si je venais d'une autre planète. Je changeai de tactique.

— Comme ça, ceux qui ont du mal avec le progrès technologique auraient un endroit où vivre tranquillement. Ils auraient des chevaux, des carrioles, ils s'éclaireraient à la bougie, fabriqueraient leurs habits, et personne ne trouverait ça bizarre, du moins pas plus que maintenant. Allez, c'est une super bonne idée, non ?

M. Yee semblait avoir été happé par la conversation malgré lui.

— Nos établissements sont censés aider les vampires à s'intégrer dans le monde moderne, pas à s'y dérober. Mettez votre clignotant à gauche, mademoiselle Briganti.

— Disons que ce serait une étape, alors. Les gens commenceraient dans la communauté et ensuite iraient à Evernight, ou je ne sais où.

Ma trouvaille me paraissait vraiment excellente.

— Et ceux qui se languissent du bon vieux temps pourraient y faire des séjours express.

Soudain, la voiture fit une embardée et sortit du terrain. Courtney poussa un cri puis freina brusquement, et nous fûmes projetés sur le côté. Le véhicule bascula dans le fossé. Ce dernier étant petit, les dégâts furent minimes.

— Ce qui nous amène au premier chapitre du manuel, déclara M. Yee. Ne jamais quitter la route des yeux.

— Est-ce que ça veut dire que j'aurai pas la moyenne ? s'indigna Courtney.

Elle pivota vers moi, le regard noir.

— Tu as essayé de me déconcentrer exprès !

— Pas du tout !

Fâchée, elle ouvrit la portière et partit à pied en direction de l'école. Je voyais sa queue-de-cheval rebondir au rythme de ses pas. M. Yee l'interpella :

— Mademoiselle Briganti, nous devons remettre la voiture sur la route !

— Faites-le vous-même ! hurla-t-elle. De toute façon, j'ai échoué à ce cours !

— Maintenant oui, marmonna M. Yee.

Quand enfin nous réussîmes à sortir la voiture du fossé, nous étions couverts de boue. J'étais en jupe et j'avais les jambes sales et éraflées. M. Yee m'autorisa à rentrer me nettoyer et Balthazar proposa de me raccompagner car il était déjà tard.

Je n'avais pas tellement besoin d'être protégée, mais M. Yee hésita un instant puis accepta.

La voiture repartit, nous laissant seuls, Balthazar et moi, pour la première fois depuis qu'il m'avait surprise avec Lucas. Un silence pesant s'installa, que j'hésitais à interrompre.

— Des vampires amish, murmura-t-il finalement, et

l'ombre d'un sourire s'esquissa sur son visage. Il n'y a que toi pour inventer un truc pareil.

— Tu te moques de moi ?

— Pas du tout. Jamais.

Il prit une grande respiration.

— Tu n'as parlé à personne de Charity.

— Non, j'avais promis de ne rien dire.

— Ce n'était pas une question. Si tu en avais parlé, Mme Bethany m'aurait déjà interrogé sur le sujet.

— Interrogé ? Pourquoi ?

— Mme Bethany et Charity ne s'entendaient pas.

— Oui, j'ai cru le comprendre. Mais si toi et ta sœur êtes si proches, pourquoi n'êtes-vous plus en contact ?

— On se perd de vue parfois. C'est... c'est compliqué.

Il cessa de marcher. La tristesse qui se lisait sur ses traits était pénible à voir et je baissai les yeux. Nous restâmes un instant immobiles, nos pieds s'enfonçant dans l'herbe humide.

— Elle ne m'a jamais pardonné.

— Pardonné quoi ?

Il sembla sur le point de répondre puis se ravisa.

— Ce qui est sûr, c'est qu'elle a besoin de moi. Ça, ça ne change pas et ça ne changera jamais. Rien ne change pour les vampires. Toujours la même routine : elle disparaît, elle a des ennuis, ensuite je la retrouve et tout va mieux.

Je me rappelai les habits sales de Charity, son corps émacié, sa solitude évidente. De toute évidence, elle avait l'air de quelqu'un dont il fallait s'occuper.

— Ça fait longtemps que tu ne l'as pas vue ?

— Ça fait trente-cinq ans.

« Trente-cinq ans ! pensai-je en me souvenant de notre conversation sous la neige l'année précédente. C'est à ce moment-là qu'il a cessé de se mêler aux humains. Perdre Charity l'a poussé à se retirer du monde. »

— Mais elle finit toujours par revenir dans le Massachusetts, poursuivit-il. C'est ici que nous avons grandi ; c'est chez nous, Bianca. Si elle est revenue, c'est qu'elle a le mal du pays. Je peux renouer avec elle maintenant. Mais pour ça, il faut que je la retrouve.

— La Croix noire peut la localiser, ensuite il faut juste que tu l'atteignes avant eux. Tu veux que je t'aide ?

— Oui, et que tu envoies la Croix noire sur de fausses pistes, si possible.

Il se redressa, dessinant une silhouette carrée dans le soleil couchant.

— Je sais que je t'en demande beaucoup. Mais je suis prêt à te rendre service.

— Tu ne diras rien à propos de moi et de Lucas.

— Je n'aurais pas révélé ton secret, soupira-t-il, et je sus qu'il le pensait vraiment.

Il y avait de la résignation dans sa voix. Un immense soulagement m'envahit.

— Si tu m'aides, je t'aiderai à quitter le campus pour que tu puisses voir Lucas.

— Sérieux ? demandai-je, prise d'un vertige. Mais comment ?

— Facile, continua-t-il sur un ton légèrement ironique. Il suffit d'un mensonge. On dira qu'on sort ensemble.

Ensemble ? Je le dévisageai, curieuse.

— Les vampires plus âgés peuvent quitter Evernight, reprit-il. Il suffit de l'autorisation de Mme Bethany et elle l'accorde facilement à ceux en qui elle a confiance. Elle me fait confiance. Tes parents ont tellement envie de nous voir passer du temps ensemble qu'ils ne protesteront pas. Si toi et moi faisons semblant d'être en couple…

Il s'interrompit un instant et détourna le regard. Je savais que ce « faisons semblant » lui était douloureux.

— Je pourrai te faire sortir. Si tes parents sont d'accord, Mme Bethany le sera aussi. Ils t'encourageront même. Ils penseront que tu te prépares à devenir un « vrai » vampire.

Son idée était bonne. Imparable.

— Tu y as pas mal réfléchi, apparemment.

— Ces derniers jours, oui. Si tu ne veux pas me répondre tout de suite, je comprends.

— Je n'ai qu'une question. Pourquoi Charity doit-elle rester un secret ? Elle a été élève ici, Mme Bethany sait qu'elle existe.

— Elles ne s'entendaient pas, et c'est le moins qu'on puisse dire. Si j'amène Charity à Evernight, Mme Bethany doit lui accorder l'asile – elle est obligée d'accueillir tous les vampires qui le demandent, c'est la règle la plus sacrée ici. Mais tu peux être sûre qu'elle se débrouillera pour que Charity ne reste pas. Elle lui fera peur, elle la retournera contre moi. Je n'ai pas envie d'attendre encore trente-cinq ans.

— Je comprends.

Épargner des années de souffrance à Balthazar me semblait dans mes cordes. De toute manière, pour revoir Lucas, j'étais prête à tout.

— Alors, c'est d'accord ? demanda-t-il.

— Oui. On commence quand ?

— Autant commencer maintenant, répondit-il en me tendant la main.

Je la lui pris et nous rentrâmes à l'école. Je gardai ma main dans la sienne quand nous pénétrâmes dans le grand hall où se trouvaient encore quelques élèves. Je sentis leurs regards fondre sur nous, avides de potins ; ils aimaient les ragots presque autant que le sang frais. En bas de l'escalier menant à la résidence des filles, Balthazar m'embrassa sur la joue. Ses lèvres me parurent froides.

En montant dans ma chambre, je cherchais un moyen habile d'expliquer tout ça à Lucas. « Je ne sors pas avec Balthazar, je fais semblant. Alors oui, on doit se tenir la main pour de vrai et s'embrasser pour de vrai. Mais en fait, on joue la comédie. C'est clair, non ? »

Je me raclai la gorge. J'en étais déjà malade.

Chapitre neuf

Cette nuit-là, je procédai à mon deuxième cambriolage.

Depuis ma première tentative d'effraction ratée, j'avais eu envie de recommencer. Mais Mme Bethany ne s'était pas absentée d'Evernight, et je n'avais pas pu accéder à la grange. Et dans quel autre endroit pouvais-je aller pour obtenir des réponses ?

Il y avait une autre possibilité : la salle des archives en haut de la tour nord, mais je l'avais déjà écartée. Si Mme Bethany avait rangé là-haut des documents expliquant pourquoi elle admettait des élèves humains à Evernight, Lucas et moi l'aurions découvert l'année dernière. Il avait eu largement le temps de fouiller.

Allongée dans mon lit, incapable de dormir et assoiffée de sang, j'essayais toujours de trouver une manière simple d'expliquer à Lucas le marché passé avec Balthazar. Je tentai plusieurs versions du même discours et aucune ne me parut convaincante. Je savais que Lucas finirait par accepter mais je savais aussi que ça prendrait un peu de temps.

Je soupirai et enfouis mon visage dans mon oreiller, cherchant à étouffer les milliards de pensées qui s'agitaient dans mon crâne. Mon estomac gargouillait ; j'avais faim. J'avais bu un verre de sang à l'heure du déjeuner, ce qui aurait dû me suffire pour le reste de la journée théoriquement. Mais mon appétit pour cette boisson essentielle ne cessait d'augmenter.

En fin de compte, je décidai de me lever. Je passai ma robe de chambre, mis mes chaussons et lançai un regard rapide à Raquel qui dormait profondément.

Le sang dans mon thermos était tiède mais néanmoins bienvenu et je le bus tout en descendant l'escalier. J'errai un peu au hasard, marchant plus pour me distraire qu'autre chose mais quand j'arrivai à l'étage des salles de cours, et au couloir menant à la résidence des garçons, je me souvins avoir croisé Lucas ici. Ç'avait été la seule fois où je m'étais sentie bien à Evernight.

Pour faire accepter à Lucas ma fausse relation avec Balthazar, je devais lui trouver des réponses. Si je lui révélais le secret d'Evernight que la Croix noire cherchait désespérément à connaître, il aurait l'occasion d'épater Eduardo. Du coup, ce dernier serait moins fâché contre moi. Tous ces scénarios me tournaient dans la tête.

Je glissai mon thermos dans la poche de ma robe de chambre et me dirigeai vers la résidence des garçons. Cet apport de sang semblait décupler mes facultés d'audition car j'entendais à présent parfaitement le bruit de pas du prof surveillant. Je fermai les yeux et me concentrai sur ses déplacements. Bientôt, il s'éloigna et la voie fut libre.

Tout doucement, je poussai la grosse porte. Je montai les marches de l'escalier, attentive au moindre son : un robinet qui coulait, des ronflements, un interrupteur qui s'éteint.

Tout en haut de l'escalier se trouvait la salle des archives, où j'avais décidé de me rendre malgré tout. Évitant soigneusement les toiles d'araignée et les nuages de poussière, j'entrai dans la pièce. La gargouille de l'autre côté de la fenêtre semblait me toiser d'un air méfiant. Des cartons et des malles s'entassaient dans les moindres recoins, recouverts d'une écriture vieillotte aujourd'hui disparue. Ils contenaient des renseignements sur les anciens élèves d'Evernight – des vampires pour la plupart.

« Réfléchis, me dis-je. Ils veulent des infos sur les humains, pas sur les vampires. Mais si tu apprends des choses sur les vampires, peut-être que tu en découvriras sur les humains... »

Une idée me traversa l'esprit : et si les humains ici étaient liés aux vampires ? S'ils étaient de la même famille, ou même des descendants ?

Prise d'un regain d'énergie, je m'avançai vers la malle à côté de moi, puis je m'interrompis. La dernière fois que j'étais venue ici, j'avais trouvé les restes d'un vampire mort dans un coffre. Mme Bethany aurait-elle laissé le crâne d'Erich pourrir ici ?

Lentement, je soulevai le couvercle et jetai un œil à l'intérieur. Aucun crâne en vue. Tout en soupirant, je l'ouvris complètement et saisis des papiers au hasard. J'allais devoir parcourir de nombreux dossiers afin de prouver ma théorie, autant commencer par là.

Tout à coup, dans un coin du coffre, quelque chose bougea. J'aperçus le bout d'une queue noire : une souris, prise au piège.

En un éclair, et sans avoir le temps d'y penser, j'attrapai la souris et la mordis.

Elle couina à peine et si elle se débattit, je n'en sus rien. Un flot de sang m'emplit la bouche – du sang frais, chaud, riche et foisonnant – et peu m'importait le reste. J'eus l'impression de mordre à pleines dents dans un fruit mûr. Non, c'était même encore meilleur que ça. Les battements de cœur de la souris vinrent mourir sur mes lèvres tandis que je m'abreuvais, encore et encore. Et puis ce fut fini.

Alors que je sortais la souris de ma bouche, mes yeux tombèrent sur son petit corps inanimé. Une violente envie de vomir me saisit.

Je crachai à plusieurs reprises, essayant d'expulser les restes de la souris. Ensuite, je lançai le corps contre le mur où il glissa mollement jusqu'au sol. Je m'essuyai la bouche avec le revers de ma manche. Mais je sentais encore le goût de sang sur ma langue et je trouvais ça absolument délicieux.

« Au moins, Lucas n'est pas là pour me voir, pensai-je. À partir de demain, je vais boire beaucoup plus de sang à midi. Des litres s'il le faut. Hors de question que je continue de tuer des souris. »

Ma perte de contrôle me contraria tellement que j'eus envie de redescendre et de me blottir dans mon lit. Mais les occasions de venir ici étaient rares, et je me convainquis de rester. J'attrapai un dossier et commençai à lire : Maxine O'Connor, Philadelphie...

Je soupirai. Mon souffle formait des nuées blanches dans l'air.

« C'est marrant, songeai-je, je n'avais pas remarqué qu'il faisait aussi froid. » Je frissonnai et ramenai mes bras autour de moi dans l'espoir de me réchauffer. La feuille jaunie entre mes doigts se froissa. Je réalisai soudain ce qui se passait. « Non, il ne faisait pas aussi froid il y a une minute. »

Le givre se propageait sur le mur.

J'écarquillai les yeux, pétrifiée. En un rien de temps, la salle des archives en haut de la tour nord fut recouverte du sol au plafond d'une fine couche de glace. Quelques poussières de neige flottaient dans l'air, donnant à l'ensemble un côté délicat, aérien, et complètement irréel.

Bien que terrifiée, j'étais incapable de crier ou de partir en courant, et je restai là à grelotter, le cerveau en ébullition. Ensuite, avisant à peine mes doigts gelés et gourds, je tendis les mains. J'avais envie de toucher les molécules de givre afin de me convaincre de leur existence.

Dans un fracas pareil à une détonation, la glace se brisa. Je sursautai. Le givre avait entièrement voilé les fenêtres, bloquant les rayons de lune, et pourtant, j'y voyais encore. Sur la vitre gelée, des ombres se creusaient au milieu des entrelacs cristallins. Soudain, une forme apparut.

Un visage.

J'en distinguais les traits, les contours, les yeux, furieux et sombres, si parfaitement dessinés. De longs cheveux auréolaient ce visage. Il me fit penser à ces vieux capitaines de navire qu'on trouve sur des illustrations du XVIIIe siècle.

Et d'un coup, la vérité me transperça, telle une flèche : l'homme de glace me fixait.

Ses lèvres remuèrent, disloquant les filaments de givre qui se rejoignirent de nouveau pour former des mots que je ne pus ni entendre ni comprendre. Sidérée, je secouai la tête.

Il ferma les yeux. L'air se rafraîchit davantage, au point que c'en était douloureux.

La pellicule de verglas sur la fenêtre se décomposa ; prenant de l'épaisseur, le visage se détacha et s'avança vers moi, comme en trois dimensions, s'approchant toujours plus. « Stoooooop ! » hurla-t-il d'une voix suraiguë.

Puis le visage s'affaissa et se fractura en milliers de confettis qui tombèrent à mes pieds. Il n'y eut pratiquement aucun bruit. Les particules étaient si minuscules qu'elles fondirent en un instant. Le givre disparut des murs et des fenêtres et la pièce se réchauffa. Je reçus des gouttes d'eau et en levant les yeux, j'aperçus des traces d'humidité au plafond.

Toujours sous le choc, je restai sans bouger. Quand je retrouvai mes esprits, une seule pensée me vint : que diable s'était-il passé ?

Je sortis de la salle des archives, dégringolai les marches de l'escalier et traversai la résidence des garçons à toute allure, me souciant peu de me faire surprendre. Je ne cessai de courir qu'une fois arrivée devant ma chambre. Je me blottis rapidement sous la couverture, frissonnante, les cheveux mouillés, le cœur battant la chamade. Plus question de dormir à présent. Dans ma tête, je ressassais sans fin les événements qui venaient de se produire.

Avais-je eu une hallucination ? J'en doutais. Je n'étais ni fiévreuse ni droguée, et la réponse ne pouvait être aussi simple.

Était-ce un cauchemar ? Jamais de la vie. Mes rêves avaient beau être intenses, je savais faire la différence avec la réalité. Et j'avais encore froid aux pieds.

Il restait une autre possibilité mais que je me refusais à considérer. Les histoires que mes parents m'avaient racontées quand j'étais petite ne pouvaient être vraies. D'ailleurs, je n'y avais jamais cru.

Je ne dormis pas de la nuit. Lentement, l'obscurité vira au gris, puis au rose pâle. Peu après l'aube, Raquel s'agita, s'étira et rabattit les couvertures.

— Raquel ? murmurai-je.

Elle cligna des yeux puis s'assit. Ses cheveux se dressaient sur sa tête.

— Tu es déjà réveillée ?

— Oui, faut croire.

Je rassemblai mon courage.

— Eh, je peux te parler d'un truc ? Même si c'est un peu… disons un peu bizarre ?

— Bien sûr. Tu m'as bien écoutée l'année dernière quand j'étais convaincue qu'il y avait quelqu'un là-haut, sur le toit.

Il y avait bien eu quelqu'un sur le toit, un vampire résolu à lui faire du mal, mais le lui dire ne me parut pas opportun. Ni maintenant ni à l'avenir.

— Est-ce que... commençai-je. Est-ce que tu crois... euh...

— En Dieu ? Non, répondit-elle en souriant, essayant manifestement de me faciliter la tâche. Au père Noël ? Non plus.

— Je m'en doutais, déclarai-je d'un ton que j'espérais léger. Non, je voulais savoir si tu croyais aux fantômes ?

Je m'attendais à ce qu'elle éclate de rire. J'aurais même trouvé ça normal. Ou bien à ce qu'elle se moque de moi. Ou me pose des questions. Je m'attendais à presque tout, sauf à ça.

— Arrête. Tais-toi. Tout de suite.

— Raquel, j'ai seulement demandé...

— Non ! ordonna-t-elle, le souffle court et les yeux affolés. Je ne veux plus jamais t'entendre parler de ça. Plus jamais. C'est clair ?

J'acquiesçai, espérant que cela la calmerait mais elle me semblait encore plus paniquée. Brusquement, elle bondit de son lit, attrapa sa trousse de toilette et sortit, bien qu'il y ait encore quelques heures avant le début des cours. Elle claqua la porte derrière elle. Au bout du couloir, j'entendis Courtney se plaindre : « C'est quoi ce boucan ?! »

Pour résumer, j'avais été témoin d'événements difficiles à expliquer et le simple fait de les mentionner avait terrifié Raquel au-delà du possible.

Mon anxiété s'estompa pendant la matinée. Alors que je prenais tranquillement des notes en cours de psycho, je ressentis tout à coup une immense fatigue qui me donna envie de poser ma tête sur le bureau. Épuisée, je m'efforçai de rester attentive. À la fin de l'heure, je sus que la journée allait me paraître horriblement longue. Normalement, j'aurais profité de la pause du déjeuner pour faire la sieste mais je craignais de croiser Raquel. Entre nous, c'était devenu compliqué.

Me frayant un chemin dans le couloir au milieu d'une foule d'élèves, j'aperçus un visage amical.

— Salut, Balthazar, dis-je en passant.

Il me sourit, encore plus chaleureusement que d'habitude.

— Salut, toi, murmura-t-il.

Il changea alors de direction et passa son bras autour de mes épaules dans un geste d'appropriation. Surprise, il me fallut quelques secondes pour me rappeler que nous étions supposés être ensemble.

— Essaye au moins d'avoir l'air heureuse, me murmura-t-il.

— En fait, je suis contente de te voir, j'aimerais te parler.

— Bien sûr.

Il m'entraîna dans l'escalier jusqu'au rez-de-chaussée. Nous croisâmes quelques personnes en route, qui firent aussitôt des commentaires à leurs voisins. Bien que notre relation ne soit qu'une mise en scène, je me sentais fière d'être au bras d'un aussi beau garçon – surtout quand j'imaginais la réaction de Courtney.

Mais alors que nous traversions le grand hall, quelqu'un d'autre nous aperçut.

Le sourire dessiné en permanence sur le visage de Vic s'estompa quand il me vit, et mon cœur se serra. Lui et Lucas étaient encore amis, et Vic avait pris des risques afin de me transmettre les lettres de Lucas. À présent, il devait penser que je trompais Lucas – et je ne pouvais pas vraiment le persuader du contraire.

Vic ne dit rien. Il baissa les yeux et fixa ses chaussures. De mon côté, je fis semblant de ne pas l'avoir remarqué.

Nous marchâmes jusqu'à l'orée de la forêt. D'autres couples étaient tapis dans l'ombre, à quelques mètres de nous. Balthazar s'assit sur un lit de feuilles rouge et doré et s'adossa au tronc d'un érable. Je posai ma tête sur son épaule, étonnée de constater qu'être contre lui ne me mettait pas mal à l'aise.

— Tu devrais parler de nous à tes parents, me conseilla Balthazar en glissant son bras autour de ma taille. Et bientôt. Ce sera plus facile pour moi de leur demander la permission de te faire sortir de l'enceinte de l'école.

— Il n'y a aucune urgence. Je dois retrouver Lucas à Riverton le mois prochain et... et on pourra s'organiser à ce moment-là. Mais je parlerai à mes parents, promis.

J'allais encore leur mentir. En réalité, j'en avais assez de tous ces mensonges et la seule personne qui pouvait le comprendre – Lucas – était loin.

— Tu m'as l'air épuisée. Ça va ?

— Je n'ai pas dormi la nuit dernière. J'ai vu quelque chose qui m'a fait très peur, mais j'ai peut-être tout imaginé. Je voulais te demander... (Je pris une grande respiration.) Tu crois aux fantômes ?

— Bien sûr, répondit-il comme si c'était évident. Tes parents ne t'ont jamais parlé des spectres ?

— Si, quand j'étais petite. Ils m'ont dit de m'en méfier mais pour moi ces histoires n'étaient que des histoires.

Balthazar me regarda d'un air amusé.

— Si les vampires existent, pourquoi pas les fantômes ? Mais, tu es encore novice en ce domaine. Dans un ou deux siècles, le surnaturel n'aura plus de secret pour toi.

— Et les loups-garous, ça existe aussi ? Les sorcières, les momies ?

— Pas de loups-garous, ni de sorcières, et les momies se trouvent uniquement dans les musées. Du moins, je pense. Il y a d'autres êtres surnaturels sur Terre mais je ne suis pas certain qu'ils aient un nom, ou un visage. Voire un corps. Ce sont des forces obscures et anciennes.

Il plissa le front.

— Qu'est-ce que tu as vu hier soir qui t'a fait peur ?

— Un fantôme. Un spectre, en fait, répondis-je.

— Ce n'est pas possible. Il ne peut pas y avoir de spectres à Evernight.

— Pourquoi ? demandai-je, étonnée. On dirait déjà un manoir hanté.

— Dans les fondations de l'école, il y a des métaux – notamment du fer et du cuivre – et des minéraux censés éloigner les spectres.

Il fit courir son doigt sur le haut de mon front, geste tellement intime que j'en rougis. Balthazar pouvait tenir une conversation et jouer la comédie en même temps.

— En plus, les spectres sont supposés avoir peur de

nous, du moins avoir autant peur de nous que nous d'eux. Il se peut qu'ils harcèlent un vampire, mais c'est extrêmement rare. En général, ils préfèrent nous éviter le plus possible.

— Pourquoi les spectres ont-ils peur de nous ? Je comprends que les humains nous craignent, mais nous ne pouvons pas boire le sang d'un fantôme. Ils n'en ont même pas !

— Si. Ils en ont quand ils prennent forme humaine. Cela dit, ils existent surtout sous forme de brume, de givre, de courant d'air froid, parfois à la limite un visage ou une ombre, c'est tout.

Le visage de l'homme de givre jaillit dans ma tête et je frissonnai. Balthazar me serra contre lui, comme s'il voulait me protéger. Je me sentis un peu mieux.

— Ok, si les spectres ont peur des vampires, je comprends qu'ils n'approchent pas d'Evernight, notamment si les pierres du bâtiment servent à les repousser. Mais alors comment expliquer ce que j'ai vu cette nuit ?

Je lui racontai les événements en détail : le crissement de la glace, la lueur bleu-vert, le visage et son avertissement final. Les yeux de Balthazar s'écarquillaient au fur et à mesure de mon récit. Quand j'eus fini, il resta un moment silencieux, visiblement troublé.

— Ça ne peut être qu'un spectre, affirma-t-il. Et sous une forme des plus théâtrales. Je ne pensais même pas que ce soit possible. Et ce « stop ». Qu'est-ce que ça veut dire ?

— Aucune idée. Est-ce qu'il y a une différence entre les spectres et les fantômes ?

— Non, c'est la même chose.

Il posa la main sur mon bras.

— Il faut qu'on en parle à Mme Bethany.

— Jamais de la vie !

J'agrippai son pull, écrasant entre mes doigts l'écusson d'Evernight – deux corbeaux encadrant une épée – puis je me rendis compte que ça pouvait donner une fausse idée de notre couple et le relâchai. Doucement, je passai ma main sur son torse, comme le ferait toute petite amie.

— Balthazar, si on lui en parle, elle va vouloir savoir ce que je faisais aux archives.

— Et qu'est-ce que tu faisais aux archives ?

— J'espérais trouver des infos expliquant pourquoi elle a ouvert Evernight aux humains.

Balthazar parut un instant réfléchir à la question puis revint au premier problème.

— On peut lui dire qu'on avait prévu de s'y retrouver. Que tu as vu le spectre juste avant que j'arrive.

— Oui, ça pourrait marcher, admis-je. Lucas et moi, on… Disons, qu'on y est allés une fois.

Le regard de Balthazar s'assombrit quand je mentionnai Lucas, d'autant plus que l'évocation de ce souvenir me fit réagir. Un sentiment de bonheur s'empara de moi tandis que je repensais à cet instant où Lucas m'avait laissée boire son sang pour la première fois. Comme s'il pouvait lire dans mes pensées, Balthazar se détourna et se racla la gorge.

— Très bien, notre histoire n'en sera que plus crédible. Je lui en parlerai, tu n'es pas obligée d'être là. Je lui dirai que tu es trop gênée pour venir. Par précaution, elle en parlera sans doute à tes parents, pour les mettre au courant de notre relation.

— Ça me va.

Épuisée, je posai de nouveau la tête sur l'épaule de Balthazar.

— Après tout ça, impossible de m'endormir. J'ai l'impression que je vais m'effondrer.

— Tu devrais aller te reposer.

— Je ne veux pas retourner dans ma chambre.

Sans me demander pourquoi, il tapota sur sa cuisse, offrant de me servir de coussin. Je voulus refuser, gênée, mais j'étais bien trop fatiguée. Il posa sa main sur mon bras et je m'endormis, enfin en sécurité.

Les jours suivants, la nouvelle de ma « relation » fit le tour de l'école. Balthazar et moi nous retrouvions après les cours et passions du temps à la bibliothèque – ce que nous faisions déjà souvent l'année précédente – mais cette fois il nous suffit de nous tenir par la main pour que notre amitié devienne aux yeux de tous une histoire d'amour torride. Je voyais bien que la plupart des gens se demandaient pourquoi un beau garçon sexy comme Balthazar sortirait avec une fille comme moi, mais personne n'émit de doutes sur notre couple. Je devins de nouveau la cible des commentaires de Courtney, ce que je trouvais surtout ridicule.

Je ne savais pas si Raquel était au courant et je ne pouvais pas lui demander. Nous n'étions pas fâchées, mais étrangement depuis que je lui avais parlé du spectre, elle m'évitait autant que possible. Quand j'entrais dans la chambre, elle trouvait une excuse pour sortir, et quand j'entamais une conversation, elle répondait uniquement par oui ou par non, m'obligeant rapidement à laisser tomber. Je ne m'inquiétai pas vraiment de la situation, jusqu'à ce que je me rende compte que Raquel passait en fait beaucoup trop de temps enfermée seule dans notre chambre. Visiblement, ça n'allait pas, et ce que je lui avais dit semblait avoir aggravé la situation. Pour autant, je ne voyais pas comment aborder le problème avec elle.

En revanche, la personne dont la réaction me préoccupait le plus fut celle qui me surprit le plus. Un soir que j'entrais dans le grand hall, j'aperçus Ranulf et Vic qui jouaient aux échecs. Vic paraissait très concentré. Il déplaça son cavalier sur une nouvelle case d'un geste brusque.

— Prends ça ! s'écria-t-il. Ça fait mal, hein ?

— Je ne ressens aucune douleur face à tes coups maladroits, rétorqua Ranulf, qui faisait manifestement des efforts au niveau de son vocabulaire.

Il réfléchit à sa stratégie, tandis que Vic s'étirait. Quand il m'aperçut, je frémis, prête à partir, mais il se leva et vint vers moi.

— Salut, dit-il d'un ton hésitant. Ça va ?

— Oui, ça va. Peut-être qu'on devrait en parler ? proposai-je avec difficulté. Tu sais... de moi et Balthazar.

— Je n'ai qu'une seule chose à dire, répondit-il en posant sa main sur mon épaule. Tu es mon amie. Et je veux que tu sois heureuse.

— Oh, Vic !

Incapable d'en dire plus, je le serrai dans mes bras.

— J'aime bien Balthazar, poursuivit Vic. Il est sympa. Mais tu l'as dit à Lucas ? Ou bien tu vas lui dire ? Parce que tu ne peux pas lui cacher.

— On doit se voir bientôt. J'ai pensé que ce serait mieux si je lui en parlais de vive voix.

— J'imagine que c'est dur d'être éloignés l'un de l'autre.

— C'est sûr que tout serait différent si Lucas était encore ici.

— Tu m'étonnes ! Au moins j'aurais un camarade de chambre qui sait jouer aux échecs.

— Dis donc, j'entends tes sarcasmes, intervint Ranulf, toujours rivé sur l'échiquier. Et j'ai bien l'intention de te battre !

— Tu peux toujours rêver !

J'étais contente que Vic le prenne aussi bien. Je devais espérer maintenant que Lucas soit aussi compréhensif. Ensuite, tout irait bien. Mais il me restait encore un obstacle à franchir, le plus important : mes parents.

Chapitre dix

La confrontation que je redoutais eut lieu le lendemain. Alors que, en retard, je marchais d'un pas rapide dans le couloir, une voix glaciale m'immobilisa.

— Vous êtes bien pressée, Bianca.

D'un regard acéré, Mme Bethany m'observa des pieds à la tête.

— On dirait que vous avez vu un fantôme.

Espérait-elle que j'éclaterais de rire ? Je me contentai d'attendre la suite.

Heureusement, elle ne semblait pas vouloir que je lui réponde.

— Peut-être pourrions-nous discuter de ce que vous avez vu là-haut ? reprit-elle.

— J'en ai parlé à Balthazar, qui vous en a parlé. Vous en savez autant que moi.

— Avez-vous évoqué le sujet avec vos camarades ? Vos parents ?

— Non. Avec personne.

Ce qui n'était pas tout à fait vrai. J'en avais parlé à

Raquel – enfin, j'avais essayé – mais vu qu'elle avait refusé de m'écouter, j'estimais avoir gardé le silence.

— Bien. Que ça reste ainsi. Je suis sûre que cet événement n'est qu'une anomalie. Aucune raison de semer la panique.

Je voyais où elle voulait en venir. La simple mention d'un fantôme avait terrorisé Raquel. Et la dernière chose dont j'avais besoin était que mes parents veillent sur moi d'un peu trop près.

— Oui, madame. Je ne dirai rien.

Un sourire complice barra le visage de Mme Bethany.

— En échange de votre discrétion, je passe l'éponge sur le fait que vous vous êtes introduite de nuit dans la résidence des garçons. Malgré ce manquement évident à la discipline, je trouve ça plutôt encourageant. Au moins, cette fois, votre attention se porte vers un candidat bien plus méritant.

Qu'elle critique Lucas me piqua au vif mais je restai calme.

— Balthazar est un garçon génial. D'ailleurs, je dois le retrouver dans quelques minutes. Nous allons dîner avec mes parents.

— Je ne vais donc pas vous retenir plus longtemps. Et saluez vos parents de ma part.

J'acquiesçai et me dépêchai de m'éloigner, sentant le regard de Mme Bethany dans mon dos jusqu'au bout.

Raquel ne dit rien en me voyant entrer. Elle se tourna vers le mur et poursuivit la lecture de son magazine. Pour ma part, je n'avais pas l'intention de faire un effort ; si elle refusait de m'adresser la parole à cause d'une simple question que je lui avais posée, tant pis pour elle.

J'ouvris mon tiroir à pulls. « Mon pull parme à col évasé ? Non, je l'ai souvent porté l'année dernière avec Lucas, et le mettre avec Balthazar me dérange. Le cardigan vert ? Trop léger, il y a des courants d'air terribles là-haut à cette époque de l'année. Mon pull col V noir ? Trop basique. Il faut tout de même que j'aie l'air d'avoir fait un effort. »

— D'habitude, tu ne prends pas la peine de te changer quand tu vas dîner chez tes parents, fit remarquer Raquel, toujours tournée vers le mur.

J'hésitai, incertaine de la marche à suivre. C'était la première fois qu'elle lançait une conversation depuis l'épisode du fantôme. J'étais soulagée, et en même temps agacée parce que j'estimais que Raquel s'était mal comportée. Pourquoi avais-je l'impression qu'elle me pardonnait ?

— Balthazar sera là.

Je sortis mon pull cachemire bordeaux du tiroir, sans la regarder.

— Je vous ai vus ensemble l'autre jour, et je me suis demandé s'il y avait quelque chose entre vous.

— Oui.

Elle ne chercha pas à en savoir plus et j'en conclus qu'elle s'était replongée dans son magazine. Sans faire de bruit, je me préparai : le pull, une paire de boucles d'oreilles et même un peu de parfum au gardénia.

Alors que je rangeais le flacon dans mon tiroir, mes doigts effleurèrent l'étole qui enveloppait la broche offerte par Lucas. Étrangement, je me souvins du jour où j'avais dû la vendre à un brocanteur, parce que nous avions fui Evernight et étions fauchés. Nous avions de sérieux ennuis à l'époque, mais je me rendis compte soudain que j'aurais donné cher pour pouvoir revivre ça, pour être de nouveau seule avec Lucas.

Raquel se retourna enfin et je crus même apercevoir un sourire.

— Je suis contente que ça aille un peu mieux pour toi dans le domaine amoureux. Même si ça peut difficilement être pire que la dernière fois.

Elle n'avait jamais aimé Lucas et l'entendre le rabaisser comme l'avait fait Mme Bethany me mit en colère.

— Ça ne te regarde pas, rétorquai-je d'un ton sec. Et je ne vois pas ce qui t'autorise à commenter ma vie amoureuse après m'avoir ignorée pendant des jours. Tu te contentes seulement d'être mon amie quand ça t'arrange et j'en ai marre.

— Ok, répliqua-t-elle. T'inquiète, je t'embêterai plus !

Elle jeta son magazine et quitta la chambre précipitamment.

De toute manière, j'avais d'autres soucis : je dînais avec mon « petit ami » et mes parents.

— Alors, est-ce que vous allez au bal d'automne cette année ? demanda ma mère tout en me servant une bonne portion de purée.

Balthazar croisa mon regard. Nous n'avions pas du tout évoqué le bal d'automne.

— Absolument, répondit-il avec empressement. Je ne m'étais pas rendu compte que c'était bientôt.

— Le temps est traître, remarqua mon père en avalant une gorgée de sang. Et j'ai l'impression que plus on vieillit, plus il passe vite.

— Oui, c'est terrible, admit Balthazar.

Dans ces moments-là, je prenais vraiment conscience que malgré son air juvénile, Balthazar avait en fait plus de trois cents ans, à peine moins que mes parents.

J'étais le vilain petit canard à cette table : la seule à manger de la dinde et de la purée.

— Il faut qu'on se dépêche de te trouver une robe, me dit ma mère, le visage radieux.

— Oui, ce serait bien, répondis-je.

Elle me serra l'épaule, visiblement ravie pour moi, et je me sentis encore une fois coupable. L'époque où je racontais tout à mes parents me manquait.

La suite du dîner me parut moins tendue. Puis mon père mit un disque de Ella Fitzgerald, une de nos chanteuses préférées. On aurait dit que lui et ma mère faisaient de leur mieux pour s'assurer que je passais une bonne soirée. Quand j'annonçai que je voulais raccompagner Balthazar, ils nous chassèrent presque.

Alors que nous descendions les marches, je lançai :

— Tu vas voir ! D'ici la semaine prochaine, ils auront déjà commandé la pièce montée.

— Ils veulent seulement que tu sois heureuse, constata Balthazar d'un ton mesuré.

Je perçus une note de regret dans sa voix – il aurait aimé être celui qui me rendrait heureuse.

— Balthazar, tu sais que je t'aime bien, et j'aime bien passer du temps avec toi, mais c'est pas comme si toi et moi... Qu'est-ce qui peut t'intéresser dans une fille de mon âge ?

— Nous ne sommes pas tellement différents, expliqua-t-il. Je sais que ça ne devrait pas être le cas, mais c'est vrai. Tous les élèves ici se comportent comme des adolescents. Même ceux qui sont plus vieux que moi.

— Oui, mais je pensais que c'était une sorte de complexe. Parce qu'ils ne trouvent pas leur place dans le monde.

— Il n'y a pas que ça. La maturité n'est pas qu'une question d'âge. C'est physique aussi. Ceux d'entre nous qui sont morts jeunes ne seront jamais des adultes. Quel que soit le nombre de siècles parcourus, ou les expériences vécues. On ne peut pas changer.

Soudain, il me parut triste, presque abattu. Puis il se ressaisit et m'adressa un sourire amical.

— Mais ne t'inquiète pas. En ce qui nous concerne, je ne me fais pas d'illusions.

— Tant mieux, répondis-je, mais j'étais loin d'en être persuadée.

Quand je poussai la porte de ma chambre, il était tard mais Raquel n'était pas là. Elle avait dû se trouver un autre endroit. Je mis mon pyjama et profitai de ma tranquillité pour avaler un thermos entier de sang. J'en avais déjà bu pas mal chez mes parents mais je ne voulais plus me réveiller à 3 heures du matin avec le ventre qui gargouillait. Au moins, cette nuit, je dormirais d'une traite.

Ce ne fut pourtant pas le cas. Vers une heure du

matin, je sentis une main sur mon épaule et j'entendis Raquel murmurer :

— Bianca ? Faut qu'on parle.

J'entrouvris les yeux. Encore quelque peu groggy, j'en oubliai notre dispute.

— Qu'est-ce qu'il y a ?

Raquel était blême et une lueur de panique brûlait dans son regard. Je m'assis.

— Qu'est-ce qui se passe ? Pourquoi tu as réagi comme ça quand je t'ai demandé si tu croyais aux fantômes ?

— Avant de te répondre, il faut que tu me dises la vérité, déclara-t-elle. Est-ce que tu as vu un fantôme ici ?

— Non, pas dans notre chambre. Mais j'ai vu quelque chose là-haut, dans la tour nord, et je pense qu'il s'agissait d'un fantôme.

Je ne pouvais pas lui en dire plus sans avoir à fournir trop d'informations, ce qui me semblait être une mauvaise idée. Elle avait déjà assez de mal avec les fantômes, elle n'avait pas besoin de savoir qu'elle était aussi entourée de vampires.

À ma grande surprise, Raquel parut soulagée.

— Il n'était pas ici. Il ne s'est pas approché de moi ?

— Non, pas du tout.

Je ne voulais pas l'effrayer davantage alors je m'expliquai au minimum.

— C'était un homme, la quarantaine à peu près, avec une longue barbe et de longs cheveux, à l'ancienne. Il paraissait… oui… ancien. Et je sais que je ne l'ai pas imaginé.

— Tu es sûre qu'il n'était pas vieux ? Un vieillard, plutôt voûté.

Quand elle me vit acquiescer, elle se mordit brusquement le poing. Je compris qu'elle s'empêchait de pleurer.

— Raquel, qu'est-ce qu'il y a ?

Elle resta silencieuse.

— Raquel, repris-je, j'ai l'impression que tu en sais plus sur les fantômes que moi.

Elle baissa la main ; j'aperçus des empreintes de dents sur son pouce.

— Il y a quelque chose dans la maison de mes parents.

— Quelque chose… un fantôme ?

— Un vieux. Maigre et osseux. Chauve. Je le vois depuis que je suis toute petite. À l'époque, je le voyais rarement, et surtout dans mes rêves. Je croyais qu'il n'était pas réel.

Raquel parlait d'une voix posée mais elle tremblait comme une feuille.

— Il y a quelques années, j'ai commencé à le voir de plus en plus, et j'ai compris que je ne l'avais pas imaginé. Il me surveillait, m'attendait le soir pour me faire peur. Il aimait me faire peur. Enfin, je crois que c'est un homme, une vieille chose maléfique pleine de haine. Parce qu'il me déteste. Depuis toujours.

— Et tes parents, qu'est-ce qu'ils ont dit ?

Je me sentis maladroite. Raquel m'avait très souvent raconté que ses parents n'accordaient que peu d'attention à ses angoisses. Ils l'ignoraient et la laissaient se débrouiller seule.

— Ils ne t'ont pas crue, murmurai-je.

— Ni eux, ni mon curé, ni mes profs. Il ne me restait plus qu'à souffrir en silence, tout en sachant qu'il était là, qu'il serait toujours là, à m'attendre. À m'observer, de son regard pressant. Jusqu'à l'été dernier, il s'est contenté de m'observer. Et je croyais qu'il ne ferait rien de plus, et j'avais commencé à m'y habituer mais...

Elle fut parcourue d'un spasme si violent que je posai ma main sur son épaule pour la calmer.

— L'été dernier, parfois, je le voyais... je faisais des cauchemars dans lesquels il se montrait agressif envers moi. Je me débattais, essayant de me débarrasser de lui, mais je ne pouvais pas bouger. Et il revenait, nuit après nuit.

— Mon Dieu !

Elle accrocha mon regard et une larme coula le long de sa joue.

— Bianca, je ne sais pas si je l'ai rêvé ou pas. Toute ma vie, je me suis dit que j'avais imaginé cet homme. Mais l'année dernière, avec les bruits sur le toit, je me suis retrouvée de nouveau hantée par ces forces maléfiques, les mêmes que chez moi. Et puisque tu les vois, toi aussi, alors c'est que c'est vrai.

— Oui, elles existent, affirmai-je, sans pour autant être sûre que ce soit plus rassurant. Mais ce que j'ai vu n'avait pas grand-chose en commun avec ce qu'il y a dans ta maison.

Même si c'était tout aussi terrifiant...

— Tu ne peux pas imaginer à quel point j'ai eu

peur ! Cela dit, je n'aurais pas dû m'en prendre à toi. Je suis désolée, murmura-t-elle en baissant la tête.

— Non, c'est à moi d'être désolée.

Je me sentais vraiment nulle. Le comportement étrange de Raquel ne datait pas de cette semaine ; elle était à cran et déprimée depuis le début de l'année. Et moi, j'avais cru que c'était seulement parce qu'elle n'aimait pas cette école, sans chercher à en savoir plus. Jamais je n'aurais pu imaginer qu'il lui était arrivé une chose pareille, mais j'aurais dû prendre son mal-être plus au sérieux. J'étais tellement absorbée par mes propres problèmes que j'en avais oublié d'être son amie.

— J'aurais dû insister pour te parler, et ne pas te laisser tomber, dis-je. Je te demande pardon.

— T'inquiète pas, renifla-t-elle, puis elle rit légèrement, cherchant comme toujours à chasser une émotion par une autre.

— Tu sais que tu peux tout me dire ? À n'importe quel moment.

— Oui, et ça vaut pour toi aussi, d'accord ?

Il y avait pourtant tellement de choses que je ne pourrais jamais lui dire ; je hochai la tête.

Raquel s'endormit. Allongée dans mon lit, je repensai à l'histoire terrifiante qu'elle m'avait racontée, et dont la véracité ne faisait aucun doute à mes yeux. Balthazar m'avait dit que la plupart des spectres craignaient les vampires, ce qui maintenant que je savais de quoi ils étaient capables ne me rassurait pas tant que ça.

La chose que j'avais vue là-haut était dangereuse, et pas seulement pour les humains.

Chapitre onze

— Pourquoi l'amour est-il un ressort dramatique aussi répandu ?

Mme Bethany arpentait lentement la salle de classe, faisant résonner ses bottes pointues sur le parquet. À ce stade, nous savions que quand elle posait une question sur ce ton, elle ne s'attendait pas à ce qu'on lui réponde. Au contraire, nous devions nous taire et écouter.

— C'est, bien sûr, parce que l'amour est convaincant. Bien que souvent éphémère, il pousse des êtres parfaitement raisonnables à se conduire de manière étrange. Il est donc compréhensible que Shakespeare se serve de l'amour comme moteur pour *Roméo et Juliette*. Nous pouvons nous demander si des adolescents se comporteraient comme eux. La réponse est oui. À cet égard, la pièce nous parle.

Je m'agitai sur mon siège et jetai un coup d'œil à l'horloge au-dessus de la porte. Encore trois minutes.

— Mais l'étude de *Roméo et Juliette* ne peut se cantonner à cette passion amoureuse.

Mme Bethany s'arrêta à côté de moi, m'imposant comme toujours les effluves de son parfum à la lavande. Elle fit une pause, puis reprit :

— Pour la semaine prochaine, vous m'écrirez une dissertation de trois pages sur ce que sont, selon vous, les faiblesses dramatiques de *Roméo et Juliette*. Ce qui m'intéresse, c'est votre point de vue et votre argumentation.

Des faiblesses ? Dans *Roméo et Juliette* ? Ma pièce de théâtre préférée ?

Mme Bethany s'interrompit, toisant l'assemblée, et j'eus une nouvelle fois l'impression qu'elle avait entendu mes pensées et s'apprêtait à m'interpeller. Mais pour une fois son agacement n'avait rien à voir avec moi.

— J'ai l'impression que ceux d'entre vous qui prévoient de faire la sortie à Riverton ont déjà la tête ailleurs. J'espère que vous aurez récupéré toutes vos facultés intellectuelles la semaine prochaine, quand il vous faudra rendre votre devoir. Mais pour le moment, je vous libère.

Je fus presque la première à franchir la porte. Tandis que je parcourais le couloir, je ne pus retenir un sourire. Dans quelques heures, je verrais Lucas.

Avant d'entrer dans la résidence des filles, j'aperçus Balthazar qui attrapait son sac à dos. En le voyant, j'eus une idée, qui en plus collait à notre mise en scène. Je me précipitai sur lui et me jetai pratiquement dans ses bras.

— Holà ! s'écria-t-il en m'attrapant.

Il me serrait si fort que je ne touchais plus terre. Je lui souris.

— Tu m'as l'air de bonne humeur, rit-il.

— Oui.

— Je crois savoir pourquoi. On se retrouve dans le bus.

Il soupira et me reposa.

En principe, les membres de la clique d'Evernight ne se rendaient pas à Riverton avec les humains. La plupart des élèves humains voyaient dans ce refus une énième preuve de leur condescendance : les élèves cool refusant de se mêler aux losers. C'était à moitié vrai. Mais plus que tout, les vampires redoutaient de quitter l'enceinte protectrice d'Evernight et d'affronter le monde moderne qu'ils maîtrisaient mal.

Balthazar faisait sécession ce soir. Il s'agissait en partie de faire croire qu'on était tellement amoureux qu'on ne pouvait rester éloignés l'un de l'autre même le temps d'une soirée. Mais si j'avais demandé à Balthazar de venir, c'était aussi pour que Raquel ne reste pas seule quand le temps viendrait pour moi de m'éclipser.

Jusque-là, je comptais ne pas la lâcher d'une semelle, que ça lui plaise ou non.

— Il n'y a rien à faire à Riverton, protesta Raquel tandis que je passais mon bras autour du sien et l'entraînais vers le bus. Honnêtement, je préférerais rester dans notre chambre.

— Tu en auras largement l'occasion plus tard. Allez, viens, ça te changera les idées ! On va aller au restaurant. Tu n'en as pas marre de manger des sandwichs au beurre de cacahuètes ?

— C'est sûr que vu comme ça...

Elle observa ma tenue : une chemise blanche, une robe grise qui dévoilait un peu mes jambes, et les talons que j'adorais mais que je mettais rarement parce que je manquais d'équilibre.

— Tu as fait un effort pour Balthazar, à ce que je vois !

Je me demandai ce que Lucas dirait en me voyant et un énorme sourire illumina de nouveau mon visage. Témoin de mon bonheur, Raquel éclata de rire. Nous nous prîmes par la main pour aller jusqu'au bus, nous souciant peu du ridicule de la scène. Dans le bus, Balthazar me proposa de m'asseoir sur ses genoux, ce qui permettait à Raquel de s'installer à côté. J'acceptai, tout en sachant que son offre cachait d'autres motivations.

Nous discutâmes et rîmes pendant tout le trajet, Balthazar faisant des efforts pour remonter le moral de Raquel. Elle nous parla de sa passion pour le skateboard, qu'elle pratiquait depuis le collège, et se moqua de Balthazar qui n'y connaissait rien. Une seule ombre vint gâcher le tableau. Quand le bus s'engagea sur le pont au-dessus de la rivière, Balthazar se crispa et m'agrippa l'épaule un peu trop fort.

Les vampires détestent les étendues d'eau. Ils parviennent à les franchir mais il leur faut du temps. Balthazar n'aurait pas ce luxe et l'épreuve allait être difficile. Je lui pris la main afin de l'encourager. Le bus passa au-dessus de la rivière. Balthazar ferma les yeux.

Une puissante envie de vomir me saisit. J'eus l'impression d'avoir le souffle coupé et de ne plus pouvoir me repérer dans l'espace. Le monde devint flou.

J'avais la tête qui tournait, comme quand on se relève trop vite. Je serrai davantage la main de Balthazar ; il avait les paumes moites, tout comme moi.

Puis, tout aussi rapidement, le malaise se dissipa. Je regardai autour de moi, cherchant à me réorienter. Le bus avait franchi le pont.

Ce que ressentaient les vampires, désormais, je le ressentais aussi.

Balthazar me dévisagea d'un air intrigué. Avait-il perçu ma détresse ? Je me tournai vers la fenêtre, incapable de lui confirmer ce que je refusais encore d'admettre.

Nous dînâmes tous ensemble, assis au comptoir du restaurant. Vic glissa des frites dans son hamburger, ce qui nous écœura dans un premier temps mais s'avéra en fait très bon. Voir Balthazar manger des oignons frits et boire un milk-shake me parut très bizarre ; il mâchait lentement et sûrement, comme s'il avait oublié comment faire. Mais il s'en sortit bien, et personne ne remarqua quoi que ce soit.

Ensuite, il suggéra qu'on aille à la librairie. Dès que Vic et Raquel eurent accepté, je lançai, d'un ton décontracté :

— Je vous y retrouve, d'accord ? Je crois que je vais passer voir mes parents au cinéma. En principe, ils sont là.

Raquel haussa les épaules.

— Et si on allait tous au cinéma ?

Avant même que j'aie eu le temps de paniquer, Vic intervint :

— Jamais de la vie. Tu as vu ce qu'ils diffusent ? Un film qui propose une vision quand même très misogyne de l'infidélité conjugale.

Raquel resta un instant interdite à l'écoute du vocabulaire raffiné de Vic.

— C'est clair, dis-je en riant, qui aurait envie de voir ça ? Allez ! Je vous retrouve à la librairie !

Après les avoir quittés, je me dirigeai vers le cinéma, au cas où l'un d'entre eux me suive du regard. Puis je poursuivis mon chemin.

J'y étais presque. Presque. Mes pieds me faisaient mal à cause de la hauteur de talons mais à mesure que je me rapprochais de Lucas, la douleur s'estompait. Comme si ma joie me rendait invincible.

Au bout de quelques minutes, j'atteignis les berges, que quelques maisons bordaient. Un trottoir mal entretenu longeait la rive ; entre les dalles de ciment fendues poussaient des mauvaises herbes. Ici et là, les racines avaient soulevé le macadam, ce qui rendait le parcours compliqué, surtout en talons.

Les lumières d'un pont se reflétaient dans l'eau. Pourquoi la traversée de la rivière m'avait-elle à ce point perturbée ? À présent, je ne ressentais aucun trouble. Je trouvais ça joli, rien de plus.

Soudain, j'entendis des bruits de pas derrière moi Lucas ? Mon cœur s'emballa, et je me retournai, un immense sourire sur le visage. Une silhouette se dessinait dans la pénombre.

Ensuite, tous mes espoirs s'évanouirent d'un seul coup.

— Salut, dit Dana en avançant. Je sais que je ne suis pas la personne que tu espérais voir. Je suis désolée.

Ma déception fut tout à coup remplacée par une terrible appréhension.

— Il... Il ne lui est rien arrivé ?

— Lucas va bien, ne t'en fais pas. Mais son unité a été placée en état d'alerte. Ils ont été attaqués par un groupe de vampires près de Boston et il est coincé pour les semaines à venir. Je n'étais pas avec eux quand c'est arrivé, et il m'a demandé de venir te retrouver. Je suis supposée organiser le prochain rendez-vous, ce qui me donne un peu l'impression d'être une entremetteuse, à vrai dire.

J'essayai de rire de sa plaisanterie, mais je ne pus retenir un sanglot. Dana me tapota maladroitement l'épaule.

— Hé, pleure pas. Tu sais qu'il serait venu s'il avait pu.

— Je sais, c'est juste que... j'avais vraiment envie de le voir. Mais merci d'être venue.

Au moins, comme ça, je n'avais pas à l'attendre toute la nuit. Je regardai Dana, espérant qu'elle comprendrait que je voulais qu'elle s'en aille. J'avais envie de pleurer seule dans mon coin.

— C'est rien.

Brusquement, le sourire de Dana disparut. Elle se redressa et son attitude tout entière se modifia.

— Il y a quelqu'un qui vient, annonça-t-elle, sur ses gardes. Tu es sûre qu'il n'y a pas de vampires ?

— Il n'y en a qu'un et il n'est pas dangereux.

Dana me regarda comme si j'étais folle, et je poursuivis, refusant de m'attarder sur les gentils et les méchants vampires.

— C'est soit un habitant, soit un élève. Sois naturelle.

Tout à coup, nous vîmes apparaître Raquel. Ironiquement, ce fut moi qui eus du mal à paraître naturelle.

— Hé ! m'écriai-je, un peu trop fort. Je croyais que tu étais à la librairie !

— Je m'ennuyais, répondit-elle en haussant les épaules.

« Super, pensai-je. Voilà que Balthazar va passer sa soirée à la chercher partout. »

— Et toi ? Je croyais que tu devais aller au cinéma voir tes parents ?

Elle regarda Dana d'un air méfiant mais cette dernière lui sourit et lui tendit la main.

— Dana Tryon. Contente de te rencontrer. Je suis une vieille connaissance de Bianca. On s'est rencontrées par hasard en ville, tu te rends compte !

— Ah, d'accord, fit Raquel en lui serrant la main. Tu étais au collège avec Bianca ?

— Eh oui, ce bon vieux collège d'Arrowwood, intervins-je, épatée par la vitesse de réaction de Dana. On passait pas mal de temps ensemble, avant. Je suis ravie qu'on se soit croisées ce soir.

Raquel sourit.

— C'est super. Et vous vous promeniez ? dit-elle pour montrer son intérêt.

Manifestement, Raquel avait l'intention de traîner avec nous. Comment allions-nous feindre une pareille amitié alors que je ne l'avais rencontrée que deux fois dans ma vie ?

Dana ne semblait pas gênée.

— En fait, je m'apprêtais à retourner en ville manger un morceau. Et j'ai proposé à Bianca de m'accompagner. Tu veux te joindre à nous ?

— Eh bien, je viens de dîner…

Je compris que Raquel avait envie de venir. La personnalité enjouée de Dana l'avait conquise.

— … Mais je n'ai pas pris de dessert. Et les tartes avaient l'air délicieuses.

Nous bavardâmes sans problème pendant toute la soirée, et personne n'aurait cru que Dana et moi nous connaissions à peine. Raquel ne se douta de rien, notamment parce que nous fîmes en sorte d'orienter nos conversations vers elle : ses projets artistiques, sa passion pour le skateboard, et tout le reste. Quand nous dérivions loin des centres d'intérêt de Raquel, Dana me posait des questions absurdes à propos de notre soi-disant histoire commune.

— Et comment va Hubert ? Quand je pense que vous vous êtes tournés autour pendant si longtemps. Tu te souviens de ses lunettes en écailles de tortue ? Et du jour où il a participé à une soirée déguisé en Star Trek ?

— C'est vrai que j'aime bien les types plutôt intellos.

— Si tu avais vu le mec avec qui elle sortait l'année dernière, tu l'aurais jamais cru, déclara Raquel.

— J'imagine, sourit-elle.

Je savais qu'elle se ferait un plaisir de se moquer de Lucas plus tard.

D'humeur revancharde, je lançai :

— Et toi, Dana ? Tu collectionnes toujours les peluches ? Il me semble que ta chambre était déjà pleine à craquer quand on s'est quittées.

Tandis que Raquel explosait de rire, Dana me fusilla du regard – tout en souriant, amusée malgré tout.

— Non, c'est fini tout ça.

À un moment donné, Raquel s'éloigna. Dès qu'elle fut loin, Dana dit :

— Alors, toi et Lucas ? Où et quand ?

— Le plus simple serait ici, à Riverton. Devant le cinéma. Disons le samedi suivant Thanksgiving. À 20 heures.

D'ici là, Balthazar aurait sûrement reçu la permission de m'emmener en ville.

— Ils ne seront plus en état d'alerte ?

— A priori, non, répondit-elle. Et vu tout ce que j'ai fait pour votre histoire d'amour, je pense que je suis bonne pour porter l'auréole.

— Toi, une sainte ? demandai-je, amusée. Ça m'étonnerait !...

À force de rire toute la soirée aux blagues de Dana, je n'avais pas tellement eu le temps d'éprouver de la déception. La tristesse arriva plus tard, quand nous montâmes dans le bus du retour. Balthazar m'adressa un regard interrogateur, et je dus me contenter de hausser les épaules. Il comprit que notre rencontre n'avait pas eu lieu mais nous n'eûmes pas la possibilité d'en parler.

Raquel était d'humeur joyeuse au moment de se coucher. Je ne l'avais jamais vue aussi heureuse et j'étais reconnaissante à Dana de lui avoir remonté le moral. Quant à moi, j'avais l'impression d'avoir laissé un peu de mon âme sur les berges de la rivière, à attendre Lucas. Je fermai les yeux avec l'espoir de m'endormir. Il fallait que cette journée prenne fin pour que je cesse de repenser à l'absence de Lucas.

Mais même mes rêves se liguèrent contre moi. Charity y intervint.

— Tu dois te cacher, dit Charity.

Nous sommes dans la vieille église où j'ai rencontré les membres de la Croix noire la première fois. Je me sens tellement mal dans ce lieu saint, que j'en ai le vertige. Charity s'accroche à l'encadrement de la porte, comme si elle allait s'effondrer.

— Nous n'avons pas besoin de nous cacher, lui réponds-je. Lucas ne nous fera aucun mal.

— Ce n'est pas de Lucas que tu dois te cacher.

Elle écarte une mèche de son visage. Elle a les mêmes cheveux bouclés, la même taille, les mêmes yeux foncés intenses que Balthazar.

— Mais tu dois quand même te cacher.

De quoi parle-t-elle ? Soudain, j'ai un pressentiment. On avait mis le feu à l'église lorsque j'y avais été. Les ombres étranges qui dansent tout autour ont-elles un rapport avec l'incendie ? Est-ce de la fumée ?

Charity me tend la main. Cherche-t-elle à me mettre à l'abri ou en danger ?

— Lucas ne sait pas que tu vas prendre feu.

— Il viendra me sauver ! Il ne m'abandonnera pas !

Elle secoue la tête ; j'aperçois les premières lueurs des flammes derrière elle.

— Non, il ne viendra pas. Parce qu'il ne peut pas.

Je me réveillai en sursaut, terrifiée et seule au monde.

Chapitre douze

— Roméo et Juliette ne se connaissent pas bien.

Les mots me parurent étranges alors que c'était moi qui les avais écrits.

— Ils défient leurs parents, ils risquent leur vie l'un pour l'autre, et ils meurent l'un pour l'autre, alors qu'ils ne se sont vus que quelques rares fois. Leur histoire d'amour s'est construite sur un engouement. Peut-être que Shakespeare aurait dû leur laisser un peu plus de temps.

— Ce que vous dites est vrai, Bianca, mais je ne suis pas persuadée que ce soit une des faiblesses de la pièce.

Mme Bethany était assise à son bureau et en tapotait la surface du bout des ongles.

— Roméo et Juliette restent des étrangers l'un pour l'autre, même à la fin de la pièce. Et si c'était là justement que Shakespeare voulait en venir ? Que la passion dévorante et folle que les amoureux partagent ne peut appartenir qu'aux premiers temps de l'amour ? Que leurs erreurs n'auraient pas été commises par des individus plus matures et informés ?

Je m'affaissai sur mon siège. Fort heureusement, Mme Bethany ne semblait pas vouloir se défouler sur moi aujourd'hui. Elle fit le tour de la salle.

— Quelqu'un d'autre a une idée ?

Courtney leva la main, ne ratant jamais une occasion de se mesurer à moi.

— Roméo et Juliette agissent comme s'il n'y avait aucun moyen pour eux d'avoir une relation physique sans être mariés. Mais, euh… C'est carrément pas vrai !

Mme Bethany soupira.

— Gardez à l'esprit, mademoiselle, que, malgré l'humour parfois grivois de Shakespeare, il se conforme en général aux mœurs de son époque. Qui d'autre ?

Vic leva la main, pour ce qui me semblait être la première fois.

— À mon avis, la famille des Montaigu n'est pas mieux que celle des Capulet, du moins si on en croit le prince à la fin. Cela aurait été plus courageux de faire en sorte que Roméo et Tybalt s'affrontent uniquement parce qu'ils se détestent. Mais comme Tybalt a tué Mercutio, Roméo peut se cacher derrière son amitié pour Mercutio et on l'excuse presque.

Après cette tirade, j'attendis l'inévitable torpillage, qui ne vint pas.

— M. Woodson soulève un point intéressant. En encadrant ainsi le meurtre de Tybalt par Roméo, Shakespeare lui laisse le beau rôle et élimine toute ambiguïté morale.

Tandis que Mme Bethany écrivait « ambiguïté morale » sur le tableau, je me tournai vers Vic qui haussa les épaules comme s'il ne faisait vraiment pas exprès d'être un génie.

Toute la journée un étrange malaise m'envahit. Dans la bibliothèque, je restai assise dans un coin à contempler mes notes, dans la faible lumière du soleil. Lucas et moi nous connaissions-nous bien ? Nous nous étions rencontrés il y a plus d'un an et j'avais tout de suite ressenti quelque chose de fort entre nous. Mais notre rendez-vous raté à Riverton me rappela la rareté de nos échanges et le fait que nous avions eu si peu l'occasion de nous montrer l'un à l'autre sous notre vrai jour.

Et si nous étions comme Roméo et Juliette, trop impulsifs ?

Des souvenirs remontèrent à la surface : j'étais dehors avec Lucas, il me racontait s'être enfui de chez lui à cinq ans, avec uniquement une fronde et un paquet de biscuits ; nous essayions des vêtements dans la vieille friperie de Riverton ; nous nous embrassions sous le kiosque du parc.

Dans la salle des archives, il m'avait dit qu'il m'aimait alors qu'il savait que j'étais un vampire, et alors même qu'on lui avait appris à se méfier de tous les vampires. Allongé par terre, il avait incliné la nuque sur le côté pour que je puisse le mordre, s'offrant à moi librement.

On ne pouvait pas faire mieux comme preuve d'amour.

Tout en souriant, je fermai les yeux, afin de me perdre dans mes rêveries. Même si je devais faire semblant tous les jours de ne pas penser à lui, je pouvais lui rester fidèle, rester fidèle à notre histoire, et trouver la force de supporter notre éloignement. M'apitoyer sur tout ce qui n'allait pas dans notre relation me parut ridicule. Nous avions déjà vécu beaucoup de choses merveilleuses ensemble, et il était temps que je m'en réjouisse.

Ma mère n'eut pas à retoucher ma robe pour le bal d'automne cette année ; je me maquillai seule afin qu'elle ait plus de temps pour me coiffer. Assise en sous-vêtements au bord de mon lit, je soufflai sur mes ongles vernis en pensant à Josephine, mon ancienne camarade de chambre, qui se manucurait pratiquement tous les jours.

— Josephine serait contente de moi.

— Tu devrais lui écrire, bredouilla ma mère qui avait des épingles à cheveux dans la bouche. Je suis sûre qu'elle serait ravie d'avoir de tes nouvelles.

— Peut-être… dis-je, évasive.

— Je croyais que tu essayais de tisser des liens, poursuivit-elle. Que tu te rapprochais de ceux de notre espèce. Après tout, tu sors bien avec Balthazar maintenant.

— Tout ça me paraît encore étrange, répondis-je. Il est bien plus vieux que moi.

C'était le moins qu'on puisse dire. Il avait participé au premier Thanksgiving de tous les temps !

Elle haussa les épaules.

— Et alors ? Ton père a presque six siècles de plus que moi ! Fais-moi confiance, après une centaine d'années, tout ça n'a aucune importance.

Petite, je n'avais jamais fait attention à la grande différence d'âge entre mes parents. À les voir, cela paraissait anodin. Passer du temps avec Balthazar m'avait permis de constater que cet écart comptait, malgré ce qu'en disait ma mère.

— Tout de même, ce n'est pas rien…

— Bianca, il faut que tu commences à réfléchir sur le long terme, comme font tous les vampires qui ont un peu de jugeote. Et Balthazar peut t'y aider, contrairement à Lucas.

Je me raidis et sentis qu'elle se figeait derrière moi. Elle s'aventurait sur un terrain glissant et elle le savait. Nous pouvions parler de pratiquement tout et tout le monde, sauf de Lucas.

— Je ne suis pas avec Balthazar parce que c'est formateur, murmurai-je. Tout comme je n'étais pas avec Lucas par esprit de rébellion.

— Ma chérie, nous ne l'avons jamais pensé. Et on ne t'a jamais blâmée pour ce qui est arrivé avec ce garçon. Tu le sais, n'est-ce pas ?

Je ne me retournai pas. Avoir cette conversation face à face m'aurait été très difficile.

— Je sais.

Elle me paraissait plus nerveuse que moi.

— Bianca, il y a tout de même un sujet dont on pourrait discuter ce soir.

— Lequel ?

Avait-elle deviné que je voyais Lucas en cachette ?

Dans un sursaut d'angoisse, j'envisageai les meilleurs moyens de me défendre. Puis, elle me demanda :

— Et si on parlait de sexe ?

« C'est encore pire que ce que je croyais », pensai-je.

— Je sais que tu es au courant des mécanismes de la vie, continua-t-elle, sans s'attarder sur le fait que mon corps entier avait viré au cramoisi. Mais quand on se rapproche de quelqu'un, surtout quelqu'un qui a plus d'expérience comme Balthazar, le sexe devient réalité. Peut-être que tu as des questions ?

— Je crois qu'il est encore trop tôt pour penser à ça, répondis-je en hâte. On sort à peine ensemble.

— Si tu le dis.

Elle ne paraissait pas convaincue mais n'insista pas et finit de me coiffer.

Je venais tout juste d'enfiler mes ballerines argentées lorsqu'on frappa à la porte. Mon père et Balthazar se saluèrent avec enthousiasme, sourires et tapes amicales dans le dos, ce qu'ils faisaient de plus en plus souvent. Mon père s'était comporté de la même façon l'année dernière avec Lucas ; peut-être que les hommes avaient besoin de se donner une certaine contenance en saluant le père de leur amie – ou le copain de leur fille. Ma mère me serra dans ses bras.

— Tu vas les épater, me lança-t-elle, avec un clin d'œil.

Au moment où j'entrai dans le salon, mon père et Balthazar se turent. Mon père sourit, visiblement fier. Le visage de Balthazar resta impassible mais j'aperçus une lueur d'émotion dans son regard.

Ma robe-bustier en satin vert foncé se portait près du corps et légèrement évasée au niveau des hanches pour que je puisse danser. Ma mère m'avait prêté son collier en argent et opale et les boucles d'oreilles assorties. Avec une barrette en strass, elle m'avait relevé les cheveux en chignon. L'année dernière, je m'étais sentie belle ; cette année, je me sentais mieux que belle : je me sentais femme.

Balthazar me tint le bras tandis que nous descendions au rez-de-chaussée. Il passa son bras autour de ma taille.

— Ça va ?

— Oui, ça va.

Je levai la tête et fus surprise de constater que son visage était tout près du mien. Il ne cachait plus son désir désormais, et je dus reconnaître que cela me plaisait. Pour la première fois, je pris conscience de mon pouvoir de séduction.

— J'aime bien ta coiffure, dit-il, me dévisageant de ses yeux noirs.

J'esquissai un sourire.

Le grand hall avait été décoré pour l'occasion, dans un style différent de l'année dernière. Il y avait toujours des bougies et des miroirs en cuivre mais cette fois-ci on avait recouvert les tables et les murs de centaines de fleurs blanches différentes. Des pétales tapissaient même le sol, donnant à la pièce une atmosphère douce et lumineuse.

Alors que Balthazar me menait sur la piste de danse au son des violons, je vis quelques filles contempler avec admiration ce bel homme élégant. Leur intérêt pour lui me rendit bizarrement jalouse.

— Du satin, cracha Courtney, que ma robe n'impressionnait apparemment pas. Tu es courageuse de porter un truc pareil. Ça se froisse comme un vieux sac-poubelle dès qu'on s'assoit.

La sienne était dorée, pigeonnante et sublime – mais je préférais quand même la mienne.

— Pas grave, je vais danser toute la nuit, répondis-je d'une voix enjouée.

Et je la plantai là, sans qu'elle puisse répondre.

Je vivais un enchantement de tous les instants. Contrairement à l'année dernière, je n'avais pas à m'inquiéter de Lucas ; je savais que nous nous aimions. J'aurais évidemment préféré qu'il soit mon cavalier mais je savais que danser en smoking n'était pas sa tasse de thé et qu'il ne se serait pas tellement amusé de toute manière. Au moins, maintenant, je pouvais en profiter pleinement et me laisser conduire par Balthazar. Les violons jouaient tout autour de nous, et les robes scintillantes des filles tourbillonnaient dans la salle, créant un kaléidoscope de couleurs et de joie.

— Tu as fait des progrès en valse, constata Balthazar pendant la soirée. Tu t'es entraînée ?

— Oui, mais ça n'a pas été facile parce que Raquel riait sans s'arrêter.

— Ça en valait la peine.

Il se pencha vers moi, ses lèvres effleurant mon oreille, et murmura :

— Maintenant ?

Je regardai la salle. La plupart des chaperons avaient disparu, sans doute partis patrouiller sur le campus.

— Maintenant.

Le plus discrètement possible, nous sortîmes de la salle, riant tout le long pour ne pas éveiller les soupçons. Arrivés devant l'escalier menant à la tour nord, nous croisâmes un groupe de garçons qui me dévisagèrent un peu trop longuement à mon goût. Quand ils furent partis, je demandai :

— Tu crois qu'ils se doutent de quelque chose ?

— Tu dis ça à cause de la façon dont ils te regardaient ? Je crois surtout qu'ils m'enviaient. Si seulement ils savaient, soupira-t-il.

Je me maudis d'avoir mis ces chaussures dont le claquement sur les marches en pierre pouvait facilement nous faire repérer. Néanmoins, nous parvînmes sans souci jusqu'à la salle des archives. J'hésitai puis poussai la porte et passai la tête. Lucas et moi ne devions pas être les seuls à savoir que cet endroit était un refuge idéal et je craignais de tomber sur un couple un peu trop entreprenant.

— C'est bon, chuchotai-je.

Quelqu'un était venu ici depuis le jour où j'avais vu l'homme de givre – certainement Mme Bethany. Les cartons et les coffres avaient été déplacés et on avait fait le ménage. Les vitres étaient si propres qu'elles paraissaient invisibles, et j'eus même peur un instant que la gargouille ne nous saute dessus. On avait aussi débarrassé les coins des toiles d'araignée.

— Alors, qu'est-ce qu'on cherche ? demanda Balthazar.

— N'importe quoi expliquant pourquoi il y a des élèves humains à Evernight. Lucas a besoin de le savoir. Si on lui livre cette information en même temps qu'on lui parle de Charity et de… et du reste, ça passera mieux. Et puis tu n'as pas envie de savoir, toi aussi ?

— J'ai toujours pensé que Mme Bethany l'avait fait

pour l'argent. Les gens sont prêts à tout pour de l'argent.

— Dans ce cas, pourquoi n'a-t-elle pas modifié les conditions d'admission plus tôt ? Et s'il ne s'agissait que d'argent, pourquoi offrir des bourses ? Raquel est boursière, et elle n'est pas la seule.

Balthazar hocha la tête, convaincu, mais pas ravi pour autant.

— La dernière fois que tu étais ici, tu as réveillé un spectre.

— Si tu préfères redescendre…

— Je ne vais pas te laisser seule, répliqua-t-il d'une voix si ferme que je m'en voulus d'avoir insinué qu'il pourrait avoir peur.

— J'ai vu un spectre à trois reprises. Dans trois endroits différents : le grand hall, la cage d'escalier et ici. Je ne pense pas qu'ils ciblent un lieu précis.

Il haussa les épaules, sceptique.

— Alors, qu'est-ce qu'on cherche ? répéta-t-il.

— Un lien éventuel entre des vampires qui ont été élèves ici et les humains d'aujourd'hui.

— Autant dire qu'il faut parcourir tous les dossiers.

Il soupira de nouveau.

— Allons-y, alors.

Nous ouvrîmes des coffres remplis de papiers et dossiers jaunis, soulevant des nuages de poussière – je devais sans cesse épousseter ma robe, nous ne pouvions pas redescendre avec des vêtements sales. Balthazar citait les noms à voix haute pendant que j'en lisais d'autres en silence : Tobias Earnshaw. Agatha Browning. Dhiram Patel. Li Xiaoting. Tabitha Isaacs. Noor

Al-Eyaf. Jonathan Donahue. Sky Kahurangi. Sumiko Takahara. Des individus de pays et de siècles différents… qui ne nous apprirent rien. Evernight était un petit établissement, à nous deux, Balthazar et moi connaissions les noms de tous les humains. Aucun ne semblait avoir de rapport, même lointain, avec les vampires dans ces dossiers.

— Mon projet tombe à l'eau, murmurai-je.

— Le problème, c'est qu'il y a beaucoup trop de papiers, dit Balthazar, encourageant. Si on savait ce qu'on cherchait plus précisément, ce serait plus simple.

Il sortit sa montre de gousset et plissa le front.

— Il faut qu'on redescende. Je pense qu'on a dû remarquer notre absence, il y a des chances que les gens en concluent que…

— Ok.

Imaginer ce que penseraient les gens me fit rougir et je me détournai.

— On continuera à chercher, je te le promets, m'assura-t-il.

— Merci.

Nous arrivâmes en bas sans incident ; Balthazar parut soulagé.

— Parfait. Je ne voudrais pas nuire à ta réputation.

— Et moi qui pensais que les vampires adoraient les scandales.

Il sourit et m'entraîna sur la piste de danse.

— Dans ce cas-là…

Balthazar me serra contre lui, comme il ne l'avait jamais fait auparavant, et au lieu de se joindre à la ronde des autres danseurs, il se dirigea vers le centre de la piste. Nous dansâmes lentement, seuls au monde. Plus que jamais, je me sentis épiée. Ceux qui étaient restés en marge de la piste nous observaient d'un air amusé ; j'aperçus aussi le regard méprisant de Courtney.

« Ce n'est qu'un jeu, pensai-je. Ça ne veut rien dire. Et j'ai le droit de jouer. »

À un moment donné, Balthazar effleura la robe d'une jeune fille et grimaça.

— C'est quoi ce… ?

Il s'arrêta de danser et je lui pris la main. Une bulle de sang apparut au bout de son index.

— Elle a dû mettre des épingles.

Balthazar secoua la main puis s'interrompit et approcha son doigt de ma bouche, m'offrant son sang.

Pour un vampire, cela fait partie du jeu de séduction. Boire le sang est un geste intime qui donne accès aux secrets et aux désirs de l'autre. Balthazar souhaitait-il vraiment que je boive son sang ?

Sans trop réfléchir, je lui léchai le doigt. Son sang avait un goût salé. Malgré la quantité infime, je pus littéralement voir certaines de ses pensées, comme sur une diapositive : moi, dansant dans ma robe verte, plus âgée et bien plus belle que je ne l'étais actuellement.

— C'est mieux, souffla Balthazar d'une voix grave.

Je m'aperçus que j'avais fermé les yeux. Troublée, je tentai de me ressaisir.

Il me sourit, presque fier de lui. Me tournant vers la piste, je m'exclamai, un peu trop fort :

— Et si on dansait ?

Balthazar me prit la main et avec une facilité déconcertante nous ramena au milieu du groupe des danseurs.

Les nuances et les sons me submergèrent et je me sentis fébrile. À croire que le sang de Balthazar m'était monté à la tête. « Jamais plus, pensai-je. Ça ne plairait pas à Lucas. Pas du tout. »

Tout à coup, je trébuchai sur le parquet et, alors que je m'excusais, glissai une nouvelle fois. Balthazar fronça les sourcils ; je compris qu'il avait lui aussi du mal à rester debout. Nous baissâmes les yeux au même moment : en un éclair, le plancher s'était recouvert de glace.

Un mouvement d'agitation étonnée traversa la salle. La couche de verglas s'épaississait, devenant dense et bleutée. Un couple chancela, une fille poussa un cri aigu. Mon regard fut attiré par un bouquet de fleurs accroché à un pilier : les pétales scintillaient de givre.

— C'est… ? marmonna Balthazar.

— Oui, répondis-je, gagnée par la panique.

Le hall fut balayé par une bourrasque de vent glaciale qui éteignit la plupart des bougies. Les instruments de l'orchestre se turent un par un, transformant la mélodie en silence. Les surveillants avaient commencé à faire sortir les élèves mais ces derniers s'attardaient, partagés entre fascination et peur. Des plaques de gel voilaient à présent les murs, les fenêtres et le plafond, duquel pendaient d'énormes stalactites. En quelques secondes, elles atteignirent plus de deux mètres de long. Une fine pellicule de glace me recouvrait les bras, m'irritant la peau comme des aiguilles.

— Qu'est-ce qu'on a fait ? demandai-je à Balthazar. Est-ce qu'on a réveillé un spectre ?

— Un spectre ? s'étonna Courtney, que je n'avais pas remarquée. C'est un spectre ?

Soudain, une vague de panique saisit l'assemblée. Les élèves se précipitèrent vers l'extérieur, mais ils glissaient comme sur une patinoire, hurlant de colère et de désarroi. Balthazar m'attrapa la taille et me ramena contre lui, me protégeant de la cohue. Les dernières bougies vacillèrent. Il faisait de plus en plus sombre et j'étais de plus en plus effrayée.

« Pourquoi personne ne réagit ? pensai-je, tremblante. Il faut que quelqu'un – Mme Bethany, ou mes parents, ou je ne sais qui – prenne la situation en main, parce que… »

Sur le vitrail transparent du grand hall, les plaques de givre se fendillèrent, formant des lignes, puis des lettres, puis deux mots : À NOUS.

Soudain, la glace se brisa. Partout : les parois, le plafond, le plancher. Une violente secousse me projeta à terre et j'entendis un grondement terrible. Levant la tête, je vis les stalactites branlantes osciller puis se décrocher, et d'immenses lames de glace nous tombèrent dessus.

Tout le monde hurla. Balthazar me plaqua au sol et s'allongea sur moi. Le choc me coupa le souffle tandis que les stalactites s'enfonçaient dans le plancher à quelques centimètres de moi. Les pics de glace éclatèrent, propulsant çà et là des particules gelées dont certaines me rentrèrent dans la peau. Balthazar jura et je compris qu'il avait été touché lui aussi.

Ensuite les fenêtres s'effondrèrent, répandant des bris de verre au sol dans un fracas assourdissant.

Et tout aussi brusquement, la pièce redevint calme. Plus un bruit. Quelques soupirs, à peine quelques paroles étonnées, mais la stupeur rendait les gens muets. Balthazar roula sur le côté, une main sur le dos, l'air souffrant. J'observai le désastre. Tout était trempé, les décorations déchirées gisaient pêle-mêle, au milieu de blocs de glace fondants et de chaussures en satin détruites.

— Balthazar, ça va ?

— Oui.

J'aurais été davantage convaincue s'il s'était relevé.

— Et toi ?

— Oui.

Je me rendis compte alors que j'avais failli mourir. Balthazar m'avait sauvé la vie.

— Merci… merci de…

— T'en fais pas.

Je me tournai vers la fenêtre, où il ne restait plus que quelques traces du message fantomatique. Qu'est-ce que revendiquaient les spectres ? La salle des archives ? La tour nord ?

Ou bien était-ce Evernight ?

Chapitre treize

— Diriez-vous que les événements de la nuit dernière sont semblables à ceux dont vous aviez déjà été témoin ?

Mme Bethany prenait des notes sans regarder ce qu'elle écrivait, me fixant de ses yeux clairs.

— Ce que j'ai vu dans la salle des archives n'était pas aussi effrayant.

Elle fronça les sourcils et je compris que ma réponse ne l'aidait pas.

— Il faisait froid, et il y avait un visage dessiné dans le givre. Pas de mots. Et il m'a parlé, il m'a dit : « Stop. »

— « Stop » ? répéta mon père, assis à côté de moi.

Ma mère était assise de l'autre côté. Mes parents m'avaient accompagnée à ce rendez-vous et semblaient bien plus inquiets que moi, ce qui ne présageait rien de bon. Mon père agrippait le bras de la chaise si fort que les muscles de ses mains saillaient.

— Qu'est-ce que ça veut dire : « Stop » ?

— Je ne sais pas. Franchement, je n'en ai aucune idée.

Mme Bethany porta son stylo à sa bouche, songeuse.

— Vous ne faisiez pourtant rien de bien répréhensible, là-haut ? Vous attendiez seulement M. More. C'est exact ?

Je ne pouvais plus cacher la vérité, la vie de gens en dépendait.

— J'avoue que j'ai lu des lettres avant qu'il arrive.

— Des lettres ?

— Oui, pour passer le temps...

J'espérais sincèrement être convaincante.

— Et Balthazar et moi y sommes retournés hier soir.

Fort heureusement, personne ne me demanda ce que nous avions fait là-haut. Soit cela leur paraissait évident, soit ils n'avaient plus toute leur tête. Mes parents en tout cas me semblaient vraiment sur les nerfs.

— Quelles lettres, ma chérie ? me demanda ma mère. Dis-nous tout ce dont tu te souviens. En détail. Ça peut être important.

— Il n'y a rien à raconter ! dis-je, agacée. J'ai lu des lettres. Elles me paraissaient banales, je ne vois pas en quoi elles auraient pu énerver un spectre.

— Le problème est de savoir ce qui les fait réagir, observa mon père, la mâchoire serrée. Nous devons le découvrir, et au plus tôt.

— Pardonnez-moi, Adrian, mais là n'est pas le problème, reprit Mme Behany. À présent, nous devons trouver un moyen de nous en débarrasser. Nous en connaissons certains.

Ma mère me serra la main. Elle tremblait. Je lui lançai un regard interrogateur mais elle ne révéla rien. Mon père ne semblait pas avoir entendu ce qu'avait dit Mme Bethany.

— Les spectres sont hostiles et dangereux. Et ce qui s'est passé hier soir le prouve.

— Je ne nie pas qu'ils nous détestent, répondit Mme Bethany. J'estime seulement que nous devons rester concentrés sur nos propres objectifs et ne pas nous soucier des spectres.

Je ne pus m'empêcher de poser la question qui me hantait depuis quelque temps :

— Pourquoi les spectres détestent-ils les vampires ?

Décontenancés, mes parents se regardèrent. Mme Bethany croisa les mains et reprit :

— Personne ne sait exactement d'où viennent les vampires, les spectres et les humains. Les mythes varient et la science n'a pas beaucoup de réponses à apporter à ceux qui survivent à leur mort. Mais certaines légendes semblent plus vraisemblables que d'autres.

— Des légendes ?

— Au départ, il n'y avait que des humains, continua-t-elle. Il y a très très longtemps. Avant l'avènement de l'Histoire, avant même celui de l'homme. En ces temps-là, la morale n'existait pas. Ni les intentions, ou les émotions. Les humains vivaient comme des animaux, entièrement tournés vers la satisfaction de leurs désirs, sans considération de l'âme. Ce que les humains considèrent aujourd'hui comme surnaturel – prédire l'avenir, lire les pensées, les rêves, tous ces pouvoirs qui défient l'entendement – faisait jadis partie du monde, de manière simple et évidente, au même titre, par exemple, que la gravité. Mais l'homme a évolué. Sa conscience s'est développée, donnant naissance par là même au péché.

Je l'écoutais, fascinée. Je n'avais jamais entendu une chose pareille.

Mme Bethany poursuivit, d'une voix pour une fois dépourvue de dédain.

— Un beau jour, un humain en a tué un autre, avec intention et préméditation, en sachant ce que son acte impliquait. Lors de ce premier meurtre, les liens entre le naturel et le surnaturel se sont brisés. Et bien que la vie terrestre de cette première victime ait pris fin, son existence perdura au-delà. Son essence surnaturelle se divisa en deux : le corps et l'esprit. Les vampires sont le corps mort qui vit encore. Les spectres sont l'esprit. Nos pouvoirs sont différents, nos consciences aussi. Depuis, nous vivons séparés des spectres et des humains.

J'avais la tête qui tournait à présent.

— Ça s'est vraiment passé comme ça ?

— Je ne peux pas le prouver, bien entendu, mais nous sommes nombreux à le croire, dit Mme Bethany.

— Donc, selon vous, dès qu'un vampire est créé, un spectre l'est aussi ?

— Non. Notre arbre généalogique s'est scindé en deux lors de ce premier meurtre. Les vampires peuvent créer d'autres vampires. Les spectres, eux, doivent faire preuve d'un peu plus de créativité.

Un sourire étrange se forma sur ses lèvres.

— Cela dit, ils peuvent naître spontanément aussi. Certains types de meurtres, notamment ceux qui impliquent des trahisons ou des promesses bafouées, ont tendance à générer des spectres. C'est rare, mais ça existe.

— Je ne comprends toujours pas pourquoi les spectres et les vampires se détestent, vu qu'ils n'ont rien à voir les uns avec les autres.

Elle me dévisagea un instant avant de répondre :

— La plupart des esprits se dématérialisent rapidement. Ils n'ont pas de consistance physique. Le fait d'observer le monde sans pouvoir y prendre part doit les rendre fous. Imaginez comment vous vous sentiriez, Bianca, réduite à une telle impuissance alors que d'autres morts vivants comme les vampires peuvent encore profiter des plaisirs de l'existence. Est-ce que cela vous semble plus clair, maintenant ?

— Oui, je crois.

— Si vous voyez autre chose, surtout venez m'en parler. Adrian, Celia, je vous remercie de m'avoir permis de discuter avec Bianca.

— C'est tout ? s'étonna ma mère en secouant la tête. Il n'y a rien d'autre qu'on puisse faire pour protéger… les élèves ?

— J'ai demandé aux élèves de ne pas rester seuls, expliqua Mme Bethany en haussant les sourcils. Et notamment de ne pas se donner rendez-vous dans des endroits trop reculés et loin des professeurs.

— Promis, la prochaine fois, je ferai en sorte que Balthazar soit avec moi.

Mme Bethany me lança un regard furieux mais mes parents parurent amusés.

Nous quittâmes la maison de Mme Bethany et traversâmes le campus. Il faisait gris et froid, et je regrettai de ne pas avoir un manteau plus chaud. Mon père passa son bras autour de mes épaules.

— Tu es inquiète ?

— Non. Et vous ?

— Non, répondit ma mère.

Voyant que je n'étais pas convaincue, elle reprit en soupirant.

— Si, on est inquiets. Mais sans raison véritable. Simplement parce que nous sommes tes parents et que nous t'aimons.

— Mme Bethany semble dire qu'il y a des moyens de se débarrasser des spectres… poursuivis-je.

— Espérons surtout que cette créature a disparu, déclara mon père, ce qui ne répondait pas tellement à ma question.

Avant que je puisse insister, il leva la main et sourit.

— Regarde qui est là.

Balthazar s'avançait vers nous dans son grand manteau noir.

— L'interrogatoire s'est bien passé ? demanda-t-il.

— Aussi bien que tu peux l'imaginer, déclarai-je.

— À présent que l'on sait que cet endroit est hanté, on peut peut-être envisager autre chose ?

Balthazar adressa à mes parents un sourire ravageur.

— Avec votre permission, bien sûr, monsieur et madame Olivier.

— C'est-à-dire ?

— Si vous êtes d'accord, j'aurais aimé sortir Bianca d'Evernight de temps en temps. Peut-être même ce week-end. On pourrait aller à Riverton, ou ailleurs. Elle pourra m'aider à comprendre un peu mieux le XXIe siècle et je pourrai lui faire part de mes expériences.

Le ton de Balthazar était si innocent qu'on aurait pu croire qu'il venait juste d'y penser.

— Je sais qu'elle est encore jeune pour quitter le campus, mais avec ce spectre, je crois que je me sentirais plus en sécurité ailleurs. Bianca aussi, je pense.

— Absolument, confirmai-je.

Mes parents étaient aux anges. Un peu trop, même. Je savais qu'ils appréciaient Balthazar – tout le monde l'appréciait. Mais ils semblaient plus qu'impatients de nous voir ensemble.

— Tu la ramèneras à la maison à une heure raisonnable ? demanda mon père à Balthazar.

— Bien sûr.

— Et vous nous direz où vous irez et ce que vous ferez ? enchaîna ma mère.

— Promis. Et j'envisageais de demander la permission à Mme Bethany aussi.

— Je m'en charge, déclara ma mère. Elle acceptera d'autant plus.

— C'est une étape importante, me dit mon père. Tu es sûre que tu es prête ?

Je ne pensais qu'à une chose : être avec Lucas.

— Évidemment que je suis prête.

Ils nous sourirent, si heureux et si confiants que je m'en voulus de leur mentir. Mais je n'avais pas le choix et je ne comptais pas revenir en arrière.

Dans les jours qui suivirent le bal d'automne, une ambiance de panique régna à l'école. Raquel fit et défit ses bagages jusqu'à trois fois, bien décidée à fuir, et il me fallut à chaque reprise plus d'une demi-heure pour la calmer. Nous dormions avec la lumière allumée et nous n'étions pas les seules. Les professeurs s'organisèrent pour multiplier les rondes, et je vis même Mme Bethany arpenter le couloir une nuit, une bougie à la main. Elle semblait si déterminée à en finir que je crus qu'elle souhaitait presque croiser un fantôme. Bien que le vitrail brisé dans le grand hall ait été calfeutré à l'aide d'une bâche en plastique, il y faisait froid, et de toute façon, les élèves ne voulaient plus s'y rendre. Ils restaient la plupart du temps enfermés dans leur chambre. À l'approche du week-end, j'avais plus qu'envie de sortir, et pas seulement pour voir Lucas – même s'il restait la motivation principale.

— Alors, de quoi j'ai l'air ?

Je m'observai dans le miroir, essayant d'ignorer ma pâleur. Je ne buvais pas assez de sang et il allait falloir que je me rattrape avant d'arriver en ville.

— Pour la millionième fois, tu as l'air très bien, répondit Raquel sans lever les yeux.

Pour ne pas se laisser envahir par ses peurs, elle se consacrait désormais presque entièrement à ses projets artistiques.

— Balthazar te voit tous les jours. Il sait à quoi tu ressembles.

— Je sais.

J'avais mis des habits simples et décontractés – un

jean et un cardigan bleu ciel. Bien sûr, Raquel ne pouvait pas savoir que j'allais voir Lucas.

Elle posa ses ciseaux et son magazine.

— Tu ne m'avais pas dit que tu étais la chouchoute de Mme Bethany, remarqua-t-elle en plaisantant à moitié. Je suis ravie que tu puisses sortir, mais j'aurais aimé qu'on en ait tous le droit.

— Tu as raison, c'est pas juste. Mais je ne vais pas le lui dire pour le moment. Moi, elle ne m'apprécie toujours pas, c'est Balthazar qu'elle aime bien.

— Balthazar est fou de toi, c'est évident.

Je m'approchai du miroir afin qu'elle ne remarque pas mon embarras.

— Oui, il est super.

— Ce qui compte, c'est que tu sois heureuse et amoureuse, déclara-t-elle d'un ton sincère.

Elle me surprit. La connaissant, je crus qu'elle se moquait de moi.

Nous échangeâmes un sourire que Raquel interrompit en levant les yeux au ciel.

— Et ne va pas croire que je vais te serrer dans mes bras, ok ?

— Oh ben non, surtout pas !

Elle me tira la langue et j'éclatai de rire.

Balthazar avait emprunté une des voitures du cours de conduite. Nous écoutâmes la radio pendant le trajet, sans pour autant se mettre d'accord sur le genre de musique, Balthazar préférant les classiques rock.

— Il faut que tu vives avec ton époque, insistai-je. C'est pour ça que tu es à Evernight !

— J'y suis surtout pour rencontrer des filles, répondit-il en souriant d'un air malicieux.

Sa bonne humeur s'estompa aux abords de Riverton, quand il fallut franchir le pont au-dessus de la rivière. Balthazar se gara sur le bord de la route afin de se calmer.

— Ah, ce que ça peut m'énerver ! s'écria-t-il.

— Comment as-tu fait pour te rendre en Europe et dans les Caraïbes ? Il faut bien traverser un océan, non ?

— En fait, c'est plus facile. Dans des situations de grand stress, par exemple survoler un océan ou rester dans une église, on tombe dans une sorte de coma. C'est comme si on hibernait, et cet état de transe nous protège. Il faut juste s'assurer qu'aucun humain ne nous trouve. On n'a pas de pouls et on ne peut pas être réveillé facilement, ce qui fait qu'on nous croit morts. Vraiment morts. Et si un vampire est enterré en terre consacrée, c'est fini.

— Ou pire, s'il est incinéré.

— Exactement. Mais sur un bateau, se cacher pendant quelques semaines est simple. Au pire, on se réveille affamé. Dans un avion, les gens pensent qu'on dort, et on se réveille en général peu de temps après l'atterrissage. Ça n'a rien de drôle mais ce n'est pas douloureux. Alors que ça… C'est comme un électrochoc.

Je pensai à tous les films sur les vampires que j'avais vus à la télé, où le comte roumain fait le voyage vers l'Angleterre dans son cercueil. À présent, je comprenais qu'il y avait là un fond de vérité ; le moyen le plus sûr d'arriver à destination était de se faire passer pour mort.

Qui aurait cru que les films d'horreur m'apprendraient des choses sur les miens ?

La rivière brillait sous les reflets de lune ; un frisson me parcourut.

— On est passés vite la dernière fois, dis-je, et ce n'était du coup pas si terrible. On ne peut pas faire pareil ?

Balthazar se tourna vers moi, étonné.

— Tu l'as senti, toi aussi ? Ta transformation se poursuit, alors.

L'idée semblait le réjouir.

— Et j'ai plus souvent envie de sang, avouai-je. Et parfois, je pense à... eh bien, à tuer. Des écureuils

— Tu as déjà tué ?

— Une souris, une fois.

J'avais horriblement honte.

— C'est normal, observa-t-il. On a tous envie de sang frais de temps en temps.

— J'essaye de me dire que ce n'est pas pire que de manger un hamburger qui avant était une vache.

— Tu as raison, ça ne l'est pas.

Il marqua un temps d'arrêt puis me demanda :

— Tu l'as dit à Lucas ?

— Oui.

Bien sûr, je lui mentais, je n'avais rien dit à Lucas, je n'en avais pas vraiment eu l'occasion.

— Est-ce qu'il comprend que tu vas bientôt être un vampire à part entière ? Est-il prêt à vivre avec ça ?

— Je ne serai pas un vrai vampire avant d'avoir tué un être humain, et c'est pas demain la veille, d'accord ?

— Je n'ai jamais rencontré quelqu'un comme toi,

Bianca. Quelqu'un né pour devenir un vampire. Si je comprends bien, tu ne peux pas reporter éternellement ta transformation. Un jour ou l'autre, il faudra que tu tues.

— Je dois bien avoir le choix, protestai-je. Est-ce que tu sais ce qu'il risque de m'arriver si je ne tue personne ?

— Non. Et toi ?

— Non. Mais une chose est sûre, c'est que Lucas m'aime. Que je sois un vampire ou pas.

Balthazar plissa les lèvres et ralluma le moteur.

— Allez, finissons-en, marmonna-t-il, et il écrasa la pédale de l'accélérateur.

Quand nous nous garâmes devant le cinéma, Lucas était déjà là, les mains dans les poches de son manteau. Il sourit en me voyant, puis aperçut Balthazar et se tétanisa. Je lui souris afin de le rassurer mais il ne se détendit pas pour autant.

— Salut, lançai-je. Tout va bien, Balthazar est là pour nous aider.

— Et pourquoi ferait-il ça ? demanda-t-il en fronçant les sourcils.

Balthazar croisa les bras.

— De rien. Moi aussi je te suis reconnaissant, dit-il ironiquement.

Je les coupai.

— Bon, vous deux, ça suffit.

Les lumières du cinéma au-dessus de nous scintillaient. J'embrassai Lucas légèrement sur la joue, ce qui l'obligea à quitter Balthazar des yeux.

— Lucas et moi allons discuter quelques minutes, d'accord, Balthazar ?

Lucas parut mécontent que je demande la permission à Balthazar de faire quoi que ce soit. Je lui pris le bras et l'entraînai dans l'allée bordant le cinéma. À l'angle, je murmurai :

— Je vais tout t'expliquer.

— Tu aurais quand même pu choisir quelqu'un d'autre à qui en parler…

— Je ne lui en ai pas parlé. Il m'a surprise alors que je te quittais la dernière fois. Mais il ne dira rien, Lucas. Il a même l'intention de nous aider, du moment qu'on l'aide avec Charity.

— Qui ?

J'avais oublié qu'il ne connaissait pas son prénom.

— La vampire, à Amherst.

— Charity ? C'est son prénom ? Tu as trouvé comment elle s'appelait !

Il sourit d'un air si fier que toute la tension entre nous se dissipa.

— Je suis tombé amoureux d'un génie, s'émerveilla-t-il.

— Pas vraiment. Si je connais son prénom, c'est parce que j'ai découvert que Balthazar était son frère.

— Son frère !

Je lui racontai ce qui me semblait utile sur Balthazar et Charity : leur vie en Nouvelle-Angleterre à l'époque des colonies, leur massacre par des vampires, et le besoin pressant qu'avait Balthazar de retrouver Charity avant qu'il lui arrive quelque chose.

— Qu'il lui arrive quelque chose ou qu'elle fasse du mal à quelqu'un ? demanda Lucas.

— Qu'il lui arrive quelque chose, insistai-je. Charity n'est pas une tueuse.

— Et je te fais confiance sur ce point. Mais elle – Charity –, elle traîne avec des vampires tout ce qu'il y a de plus dangereux.

— Balthazar a bien l'intention de la tirer des griffes de ces vampires. Si on lui rend service, il fera de même. Et il nous dira tout ce qu'il sait sur les vampires et les fantômes et…

— Quoi ? Une seconde ! Des fantômes ? Ça alors ! Qu'est-ce qu'ils viennent faire là-dedans ?

— Il y a un spectre qui hante Evernight.

L'air ahuri de Lucas me fit sourire malgré moi.

— Oui, je sais, déjà qu'on s'amusait comme des petits fous… Mais je te raconterai tout ça plus tard, d'accord ? L'essentiel, c'est que Balthazar peut nous donner beaucoup d'informations qu'on aurait du mal à obtenir autrement. Il m'a même sortie d'Evernight pour qu'on puisse se voir. En échange, tout ce qu'il veut, c'est sa sœur.

Lucas resta un instant silencieux avant de répondre.

— Je croyais qu'il me détestait.

— C'est pas ton plus grand fan, ça c'est clair. Mais il ne dira rien.

— Et comment vous avez fait pour quitter Evernight ? Il connaît un passage secret ?

À présent, il s'agissait de la jouer finement.

— Il est plus âgé, plus responsable, alors mes parents et Mme Bethany lui ont donné l'autorisation de m'emmener. Ils pensent qu'il m'apprend à devenir un véritable vampire.

Je pris une profonde inspiration.

— Et on les a plus ou moins convaincus qu'on était ensemble.

Silence. Lucas me regarda d'un air abattu.

— Nous ne sommes pas ensemble ! m'empressai-je d'ajouter. Absolument pas. Crois-moi, je t'en prie. Et les choses sont très claires entre nous.

Enfin, j'espérais qu'elles l'étaient pour Balthazar.

— Oui, je comprends, répondit-il, moyennement enthousiaste. Mais ça fait un an qu'il te tourne autour. Je me souviens de lui le soir du bal d'automne. Il ne te lâchait pas.

— Peut-être parce que c'était lui mon cavalier pour le bal. Tu te souviens ? Tu t'étais battu et j'avais décidé de t'éviter.

— Bianca, toute ma vie j'ai réglé mes problèmes à coups de poing. Quand on traque des vampires, c'est la meilleure façon de rester en vie.

Je m'approchai de lui et respirai son odeur.

— Je comprends. Alors s'il te plaît, essaye de comprendre à ton tour. Je n'ai pas trouvé d'autre solution.

Il soupira longuement.

— Je ne veux pas faire de drame, je te jure. Je suis désolé, Bianca. C'est juste que… Tu me manques beaucoup, et on n'a jamais l'occasion de parler de tout ça, et la dernière chose que je pensais entendre ce soir, c'est qu'il y a un autre mec dans ta vie.

— Il n'y a que toi qui comptes. Que toi.

Je posai mes mains sur ses joues et l'embrassai.

— D'accord ?

— D'accord. Très bien, je vais être gentil avec Balthazar. Mais après, on va quelque part tous les deux.

Il baissa les épaules.

Nous retournâmes au cinéma, les doigts entrelacés. Balthazar attendait toujours devant la voiture. Quand il nous vit, il se redressa et vint à notre rencontre.

— Balthazar, dit Lucas, la dernière fois que je t'ai vu, tu me rouais de coups.

— Et toi, Lucas, la dernière fois que je t'ai vu, tu as failli me casser le nez. Heureusement qu'on se retrouve dans le même camp.

— Heureusement pour moi ou pour toi ? demanda Lucas avec un rictus.

Il devait penser que Balthazar avait décroché le beau rôle dans cette histoire.

— Et j'adore ta voiture, poursuivit-il. Avec un bolide pareil, tu peux aller directement de chez ton banquier à la réunion de parents d'élèves. Excuse-moi, mais y a qu'un vieux pour avoir un truc pareil.

— C'est une des voitures du cours de conduite, répondit Balthazar, piqué.

Il faisait visiblement un effort pour ne pas dire ce qu'il avait vraiment sur le cœur.

Je lançai à Lucas un regard sévère, qu'il ignora. Il semblait avoir quelque chose à prouver.

— Dois-je comprendre que tu as laissé ta carriole dans la grange ?

Balthazar sourit, ravi.

— En fait, la dernière voiture que j'ai eue était une Mustang GT 390 Fastback rouge de 1968.

Pour moi, c'était du chinois, mais Lucas parut impressionné. Toute trace d'hostilité disparut de son visage.

— Un pur bijou, siffla-t-il, admiratif.

— Je ne te le fais pas dire.

« Ah, les garçons ! » me dis-je.

Puis je profitai de l'armistice temporaire.

— On te retrouve ici, disons dans deux heures ?

— Un instant, reprit Balthazar en se tournant vers Lucas. D'abord, tu dois me dire ce que tu sais sur ma sœur et tu dois me promettre que la Croix noire ne va pas s'en prendre à elle.

— Écoute, Balthazar, ce n'est pas moi qui dirige la Croix noire, d'accord ? Ils ne m'obéissent pas. La chasse est lancée, et si Charity continue de traîner avec cette bande de vampires, elle va avoir des ennuis. Alors nous devons la séparer du groupe, d'une façon ou d'une autre.

— Il n'y en a qu'une, fit Balthazar. La mienne.

Il fit un pas en avant, dominant Lucas, qui était grand, mais pas autant que lui.

— Charity est une personne, reprit-il. Comme toi et comme moi.

— Sauf que toi et moi, nous ne sommes pas pareils.

Balthazar pencha la tête.

— Alors disons comme Bianca. C'est bon, tu me suis maintenant ?

— Bianca n'est pas une tueuse ! s'écria Lucas. Elle n'a pas eu le choix !

Je tentai de m'interposer.

— Eh, ça suffit !

Peine perdue, ils ne m'écoutaient pas.

— Un choix ? souffla Balthazar, et la violence contenue dans ses paroles me fit frémir. Tu crois qu'on a eu le choix ? Imagine qu'on te poursuit la nuit. Imagine que tu cours aussi vite que tu peux et que tu te rends compte que tes poursuivants sont plus rapides que toi. Imagine que tu arrives dans une grange où tu trouves les corps sans vie de tes parents, puis que l'on t'attache avec une corde au plafond tandis qu'une dizaine de vampires se disputent pour savoir à qui revient le tour de te tuer. Et après, viens me dire que j'ai eu le choix.

Lucas resta sans voix. Jamais il n'aurait pu imaginer une telle histoire. Moi non plus.

Balthazar poursuivit, plus lentement.

— Ensuite, imagine ta petite sœur qui meurt devant tes yeux. Tu vas me faire croire que tu ne passerais pas le restant de tes jours à essayer de te racheter ? Comment oses-tu me parler de choix ? Tu te contentes de me dire ce que tu as à me dire et ensuite tu te tais.

— Ça va, répondit Lucas, d'un ton plus calme. J'ai compris, d'accord ? On fait tous ce qu'on peut, et c'est très bien ainsi.

Il sortit un petit carnet de sa poche et le lui tendit.

— Il y a des informations sur elle, sur Charity, je veux dire. Ce sont des notes sur nos dernières missions. Ces « amis » avec qui elle traîne, tu sais qui ils sont ?

— Non, répondit Balthazar en feuilletant le carnet.

— Ça m'étonnerait que ces détails t'aident, mais on ne sait jamais. Et pour la prochaine fois, j'essayerai de t'apporter plus d'infos sur elle.

Il fit une pause puis ajouta :

— J'espère que ça peut t'aider.

— Merci, répondit Balthazar avec sincérité.

Dans le silence hésitant qui suivit, je tentai de trouver quelque chose à dire à Balthazar à propos de ce qu'il avait vécu, mais aucun mot ne me vint. Je posai ma main sur son bras.

— Est-ce que ça va ? demandai-je.

— Oui, ça va. Je vais aller au cinéma.

Il me prit dans ses bras, suffisamment longtemps pour que je sente le regard jaloux de Lucas derrière moi.

— On se retrouve dans deux heures.

Lucas et moi montâmes dans le pick-up de sa mère. Tandis qu'on s'éloignait, il me demanda :

— Et toi, ça va ?

— Oui. Mais je suis un peu inquiète pour Balthazar. Je ne savais pas. Ça a dû être horrible pour lui.

— J'ai des vampires aux trousses depuis que je suis né. J'imagine très bien.

— Je sais que certains vampires sont des tueurs, repris-je doucement. Je le sais depuis un moment. Mais nous ne le sommes pas tous.

— Bianca, ni toi ni moi ne connaissons de vérité autre que celle que nous ont assénée nos parents. Maintenant, on doit se faire notre propre idée.

Je soupirai.

— Je n'ai plus envie de parler de ça, d'accord ?

— D'accord, accepta-t-il gentiment.

— Eh, où allons-nous ?

Je n'étais jamais venue dans ce coin de la ville. La route grimpait.

— T'inquiète, ma belle, sourit-il. Je te ramènerai à l'heure. Et c'est une surprise.

Un souffle de légèreté s'empara de moi, chassant toute tension.

— Tu me donnes un indice ?

— Tu comprendras en arrivant.

Quelques minutes plus tard, il arrêta la voiture. J'étais folle de joie.

Le vieil observatoire ressemblait à un silo vert pâle. Une ouverture, dans le toit cuivré, révélait la présence d'un télescope.

— Avant, il y avait une petite université ici, elle est fermée depuis quelques dizaines d'années. Mais ils ont gardé l'observatoire pour que les lycéens puissent venir de temps en temps.

— Il est ouvert le soir ? demandai-je, impatiente.

— Ce soir, il est à nous. Seulement il va falloir qu'on se débrouille pour entrer.

Résultat : Lucas dut crocheter la serrure, ce qu'il fit avec une étonnante facilité. Nous pénétrâmes dans une pièce circulaire haute d'une dizaine de mètres. Un escalier métallique en colimaçon menait au télescope. Lucas me prit la main tandis que nous montions, et nos pas résonnèrent légèrement sur les marches.

D'en bas, le télescope ne payait pas de mine ; vu de près, il était impressionnant. Devant tant de boutons et de réglages, Lucas siffla.

— Tu sais comment ça marche, ce truc ?

— Je crois que oui.

Je n'avais jamais manipulé un appareil aussi gros, mais j'avais suffisamment lu pour connaître les bases.

Après m'être repérée – nord, sud, est, ouest —, je braquai le viseur sur la constellation la plus proche. Une nébuleuse à peine entraperçue par le passé m'apparaissait soudain dans toute sa splendeur et ses détails, presque comme dans un livre, sauf que là, c'était encore mieux. C'était pour de vrai.

— Waouh !

— Je peux voir ?

— La nébuleuse d'Orion. Regarde.

Je me décalai pour que Lucas puisse observer à son tour, et je lui enserrai la taille, touchée et ravie de sa surprise. Puis je me souvins de Balthazar, à qui j'avais montré cette constellation l'année précédente. J'espérais qu'il allait bien.

— C'est très spectaculaire, observa-t-il.

Le corps de Lucas était si chaud ; déjà, je sentais que notre attention se détournait des étoiles. J'aurais aimé profiter de cette occasion pour approfondir mes connaissances mais j'avais du mal à penser à autre chose qu'à lui, et au fait qu'il était là, tout près de moi. J'aurais donné n'importe quoi pour qu'on soit toujours aussi proches.

Lucas se retourna et m'embrassa tendrement. Je lui rendis son baiser, avec plus de fougue encore. Ce n'était pas assez. Je l'embrassai de plus en plus fort, jusqu'à ne plus pouvoir respirer.

— Tu m'as manqué, murmura-t-il. Tous les soirs, je m'endors en pensant à toi, sauf les soirs où je ne peux même pas m'endormir parce que tu me manques trop.

Je défis mon manteau et il posa ses mains sur ma taille, me faisant frissonner.

Il me caressa le dos puis remonta le long de mon ventre. Quand ses doigts effleurèrent ma poitrine, je crus que j'allais défaillir. J'avais les sens à fleur de peau. Je m'assis, le tirai vers moi puis déboutonnai mon cardigan. Il hésita un bref instant avant de se jeter sur moi – m'enveloppant de son corps et me protégeant du froid.

Nos baisers passionnés me paraissaient presque désespérés maintenant. J'aurais eu du mal à expliquer ce que je ressentais : de la fébrilité, de la frustration, de la joie ? Je basculai la tête en arrière. Les étoiles visibles à travers l'ouverture du dôme tourbillonnaient dans le ciel. Je passai mes mains dans les cheveux de Lucas et le serrai contre moi, comme pour le retenir.

« Il en a autant envie que moi, pensai-je. Lucas sait où tout ceci va nous mener mais il ne dit pas non. »

Il m'embrassa avec ferveur. Je sentais nos souffles se mêler, nos corps s'échauffer, hors de contrôle. Je posai la main sur sa joue et lui demandai :

— Toi et moi… Est-ce que tu veux ? Tu en as envie ?

— Quoi ?

Lucas semblait revenir de très loin.

— Ah, euh… Je ne pensais pas que, ce soir…

— Moi non plus, dis-je, mais j'ai l'impression que tu en as envie.

Je l'embrassai. Il tremblait, peut-être d'excitation. J'eus le sentiment que nous étions de nouveau en haut de la tour nord, je me sentais aussi dépassée, submergée.

— Ensuite, on sera toujours ensemble, dis-je. Pour toujours. Ça changera tout. Pour nous deux. J'en suis sûre. Pas toi ?

Il m'adressa ce sourire ravageur qui me faisait fondre chaque fois.

Quand nous nous embrassâmes de nouveau, je perçus en lui un empressement inattendu. Il approcha sa bouche de mon oreille.

— Est-ce que tu as, tu sais… de quoi te protéger ?

— Me protéger ?

— Tu sais…

Non, je ne savais pas. Il posa sa tête sur mon épaule.

— Je n'ai pas apporté de préservatifs, enchaîna-t-il. Parce que je suis vraiment débile ! Je ne pensais pas que tu… que nous en arriverions là. J'aurais dû… Chaque fois que je te touche…

Je répliquai, surprise :

— Attends, tu croyais que je te parlais de sexe ?

Lucas me regarda avec de grands yeux. Évidemment qu'il me parlait de sexe ! Il était allongé sur moi et j'étais à moitié dévêtue. Et ce n'est pas comme si je n'y avais pas pensé non plus, mais ce que je voulais, moi, c'était qu'on soit ensemble à jamais.

— Bianca, tu… Si je comprends bien… Tu voulais boire mon sang ? Et… pas seulement boire mon sang ? poursuivit-il, le visage blême.

— Je croyais que c'était ce que tu voulais… devenir un vampire… Et ensuite, Lucas… On ne serait plus jamais séparés.

Le cadeau absolu. Je lui frôlai la joue, incapable de

ne pas le toucher. Mon rêve le plus cher semblait à portée de main et j'osai espérer.

Lucas se figea.

— D'abord, il faudrait que je meure. Que je meure et que je reste mort. Bianca, ne me demande plus jamais ça. Parce que c'est la seule chose au monde que je refuse de faire pour toi. Je ne serai jamais un vampire. Jamais.

Chaque parole me fit l'effet d'un coup de couteau. Il avait tellement progressé dans son acceptation de ce que j'étais que je croyais ses résistances tombées. Mais elles étaient toujours là, plus fortes que jamais. Je me sentis perdue ; pire, je me sentis rejetée. Lucas ne voulait pas de ce que je pouvais lui offrir, ni de ce que j'étais.

Il n'y avait plus grand-chose à dire. Le désir qui s'était emparé de nous s'évanouit en un instant. Nous nous redressâmes, prenant bien soin de nous tenir éloignés. Le froid me saisit et j'avais les doigts qui tremblaient tandis que je reboutonnais mon cardigan. Lucas passa son bras autour de mes épaules dans un geste tendre qui me parut pourtant maladroit. Je n'aurais jamais pensé me sentir mal à l'aise dans ses bras, mais ce fut le cas.

Chapitre quatorze

— Ça va ? me demanda Lucas pour la énième fois, alors qu'on rentrait à Riverton.

— Oui, ça va, je te jure.

À l'intérieur, je me sentais abattue et triste, mais je ne voulais pas l'admettre.

Nous nous étions ressaisis, avions observé les étoiles et discuté, mais les choses avaient changé. Ses paroles tournaient en boucle dans ma tête : « Je ne serai jamais un vampire. »

Il me l'avait déjà dit. Je l'avais entendu. Pourtant, cette fois, j'avais vraiment compris le sens de son propos : quoi qu'il puisse arriver, et malgré tout notre amour, il y aurait toujours une frontière entre nous. Jusque-là j'endurais cette séparation parce que je la pensais éphémère. À présent, je craignais que nous ne puissions jamais rien avoir de plus que ces rendez-vous furtifs, cette correspondance secrète, ces quelques moments de passion fugaces interrompus par des semaines entières de solitude.

De plus, un jour, Lucas deviendrait vieux, et il mourrait, me laissant seule. Pour l'éternité.

Il se gara devant le cinéma au moment où les premiers spectateurs quittaient la salle. Au milieu des couples apparemment heureux et des adolescents hilares, une silhouette sortait du lot – Balthazar, l'air mélancolique.

— Il faut que j'y aille. On se retrouve où et quand la prochaine fois ?

— En janvier, je pense. Il y a une petite ville, Albion… Charity s'y rend souvent. Du moins, c'est ce que disent les rapports. J'imagine que ça ne dérangera pas Balthazar de t'y emmener.

— Non, je ne pense pas. Le deuxième samedi de janvier ? Vers 20 heures.

Il acquiesça.

— Retrouve-moi au centre-ville. C'est un tout petit endroit, on ne peut pas se rater.

Il posa sa main sur ma joue.

— Je t'aime.

Je hochai la tête, les larmes aux yeux.

Il m'embrassa sur le front.

— S'il te plaît, ne pleure pas.

— D'accord, je vais essayer.

Je humai son odeur. Si seulement je pouvais le garder avec moi, près de moi à chaque instant.

— Le matin de Noël, où que tu sois, pense à moi. Moi, je penserai à toi.

Nous nous embrassâmes tendrement avant que je n'ouvre la portière à contrecœur pour descendre du pick-up.

Sur le chemin du retour, Balthazar ne dit rien et je me tus aussi. Le silence n'avait rien de pesant ; nous étions simplement tous les deux préoccupés. Alors que nous étions presque arrivés à Evernight, je lançai :

— Les notes prises par Lucas t'ont appris quelque chose ?

— Oui, mais pas assez. Charity revisite les villes de la région, les endroits dont elle se souvient. Elle le fait de temps en temps, même si ça la déprime. Ces endroits ont changé, pas elle.

— Tu vas pouvoir la retrouver, alors.

— Disons que je peux au moins éliminer certains endroits. Mais elle ne suit aucun schéma logique, elle ne l'a jamais fait.

— C'est quand même un début.

— Tu vois toujours le bon côté des choses, observa-t-il d'un air légèrement amusé. Oui, tu as raison, c'est déjà ça.

Balthazar gara la voiture. J'ouvris la portière, mais voyant qu'il ne réagissait pas, j'hésitai.

— Merci, dis-je. Pour ce soir. Ça me touche beaucoup.

Balthazar se tourna alors vers moi et leva la main vers ma bouche, sans me toucher.

— Tes lèvres sont enflées, dit-il.

Je me rendis compte que mes lèvres étaient en effet gonflées et endolories, sûrement le résultat des baisers passionnés que Lucas et moi avions échangés.

— T'inquiète, murmura-t-il. Les gens penseront que c'est moi que tu as embrassé.

Heureusement, je n'eus guère le temps de penser à l'absence de Lucas. La semaine d'examens approchait. Pour une fois, je fus heureuse de crouler sous les devoirs.

Mais malgré les dissertations que je rédigeais ou les problèmes de maths que je résolvais, mon humeur demeurait maussade. Personne ne le remarqua parce que les élèves dans leur ensemble semblaient toujours à cran. Bien que la fenêtre dans le grand hall ait été réparée, l'endroit restait désert, même les jours de pluie – nous étions alors confinés dans nos chambres. De nombreuses rumeurs circulaient, plus absurdes les unes que les autres.

— Il paraît que la présence de fantômes est liée à un sortilège vaudou, proclama un jour Courtney en sortant de la douche. Le vaudou, ça marche. À ce qu'on dit, un élève parti au cours du semestre dernier a décidé de maudire cet endroit et de gâcher la meilleure fête de l'année.

J'aurais bien aimé démontrer à Courtney à quel point sa remarque était idiote mais je n'avais pas de meilleure explication à lui fournir.

Quand la semaine d'examens commença et que la tension augmenta, je pris conscience d'un fait assez étrange concernant ces histoires de fantômes : les vampires étaient ceux qui avaient le plus peur. Les élèves humains n'étaient pas rassurés, mais ils semblaient mieux gérer la situation.

Ce qui n'avait aucun sens à mes yeux. De plus, je n'avais entendu aucun humain remettre en cause l'existence de fantômes – même s'il me semblait difficile de ne pas y adhérer après ce qui s'était passé au bal d'automne.

— Tu ne trouves pas bizarre que les gens ne flippent pas plus ? demandai-je un jour à Vic alors que nous étudiions à la bibliothèque.

— À propos des exams ? Crois-moi, je flippe.

— Non, pas pour les exams. Pour la… la chose.

— Le fantôme ? demanda-t-il sans lever les yeux de son livre d'anatomie.

— Oui, le fantôme. Ça n'a pas l'air de te déranger plus que ça de vivre dans un manoir hanté.

— J'ai toujours vécu dans une maison hantée, répondit-il en haussant les épaules. Je n'ai plus peur depuis longtemps.

— Quoi ? Ta maison est hantée ?

— Oui, dans le grenier, il y a un endroit où il fait toujours plus frais. C'est un signe connu d'activité spectrale : une température basse, des bruits étranges, et cette impression permanente d'être observé. Tout le monde dans ma famille est au courant. Les fêtes que j'organisais à Halloween avaient un succès fou.

Voyant mon air étonné, Vic se mit à rire.

— Il y a beaucoup de gens ici qui l'ont vu.

— Le fantôme dans ton grenier ?

— Non, le fantôme qui vit chez eux. Ou dans leur école, ou ailleurs. Tu connais la nouvelle élève, Clementine ? Elle jure que sa grand-mère avait une voiture hantée. J'adorerais pouvoir la conduire.

— Comment tu sais tout ça ?

Il soupira.

— Eh bien, tu vois, pendant que tu es trop occupée à embrasser Balthazar, que Raquel s'enferme dans sa chambre avec ses projets artistiques et que Ranulf est plongé dans l'un de ses nombreux livres sur les mythes nordiques, moi, je fais autre chose. Un truc de dingue, assez étrange. D'ailleurs tu ne vas pas le croire. J'appelle ça : « Parler aux gens. » Grâce à ce processus miraculeux, j'apprends souvent des choses intéressantes sur les autres humains. Parfois en une seule journée ! Il paraît même que ma méthode intéresse des scientifiques.

— C'est ça, moque-toi ! dis-je en le poussant gentiment, et il éclata de rire à nouveau.

Dans ma tête, je digérai l'information. Que Vic en sache autant sur les élèves n'avait rien d'étonnant : personne n'était plus avenant que lui, y compris Balthazar. Même les vampires qui le snobaient finissaient régulièrement par discuter avec lui.

— Est-ce que les fantômes font parfois du mal aux gens ?

— Je ne pense pas. Moi, j'aime bien notre fantôme. Quand j'étais petit, je lui lisais des livres et je lui montrais mes nouveaux jouets. C'est juste un vieil esprit coincé entre deux mondes, il n'y a pas de quoi avoir peur.

— Et te faire transpercer par une lame de glace ?

— Tu remarqueras que personne n'a été blessé au bal d'automne. Je crois que le fantôme cherche simplement à nous déstabiliser. Ça doit le faire marrer de nous voir hurler et courir dans tous les sens.

— Tu as peut-être raison.

J'aurais été plus convaincue si je n'avais pas entendu l'histoire de Raquel.

Le soir, avant de m'endormir, je pensais à Lucas – parfois je me remémorais les moments que nous avions passés ensemble, parfois je fantasmais sur d'autres occasions à venir, parfois je me demandais seulement s'il allait bien. La nuit qui suivit notre dernier examen, une immense déprime m'envahit. Notre rendez-vous suivant n'était prévu que dans un mois.

Je ne voulais penser à rien. Je fermai les yeux, bien décidée à m'endormir le plus vite possible. Je plongeai rapidement dans les rêves.

La tempête fait rage dehors et le vent agite les branches dans les arbres. J'observe la fenêtre brisée, évitant de marcher sur les morceaux de verre. Des gouttes de pluie me fouettent le visage.

— Tu veux rester à l'intérieur ? me demande Charity.

Elle tient une vieille torche à la main. La flamme orange lui lèche la joue mais elle ne réagit pas. À ma connaissance, elle est le seul vampire à ne pas craindre le feu.

— On est au chaud et au sec, ici.

— Je ne peux pas rester, expliqué-je.

— Tu ne peux pas ou tu ne veux pas ?

A-t-elle vu juste ? Tout ce que je sais, c'est qu'il faut que je m'éloigne d'elle et d'Evernight.

— Bianca !

La voix de Lucas. Je tends l'oreille et comprends qu'il se trouve dehors, dans la tempête.

— Bianca, ne bouge pas !

— Je suis désolée, Bianca, reprend Charity, dont les yeux noirs semblent aussi inertes que ceux d'une poupée.

Elle approche la torche et je sens la flamme me roussir la peau.

— Mais tout doit brûler.

Je saute par la fenêtre. Des morceaux de vitre encore accrochés au cadre m'écorchent les bras et les jambes. J'atterris brutalement sur l'herbe. La pluie tombe si fort que j'ai l'impression d'être lapidée. Je me mets à courir, aussi vite que possible, enfonçant mes pieds nus dans l'herbe mouillée. Où est Lucas ?

Puis la haie se transforme, s'épaissit et s'agrandit – j'ai déjà vu ça ailleurs, mais quand ? Où ? Lorsque, tout à coup, j'aperçois la fleur rouge aux pétales pointus virer au noir, je comprends.

Mon rêve – ceci est un rêve – ce n'est pas qu'un rêve.

— Lucas ?

Je me redressai, haletante. Raquel se tourna dans son lit.

— Tu me parlais ?

— J'ai fait un cauchemar, expliquai-je, sous le choc. C'est… c'est tout.

— Tu es certaine que ça va ?

— Oui, oui, je t'assure.

Je m'efforçai de rassembler mes esprits afin de la rassurer complètement.

— Je pense que c'est tout ce stress des examens.

Elle m'observait avec de grands yeux, se souvenant sans doute de ses propres nuits de terreur.

— Ça n'a rien à voir avec le fantôme, insistai-je. Je te jure.

Elle repoussa la couverture et s'approcha de moi. Elle balaya sur mon front quelques mèches humides de sueur.

— Tu veux que je t'apporte un verre d'eau ?

— Oui, ce serait super. Merci.

Une fois seule, je repensai à mon rêve et à cette fleur que j'avais déjà vue – dont j'avais rêvé la veille de ma rencontre avec Lucas. J'avais cru que trouver une broche représentant la même fleur avait été une coïncidence, mais je n'en étais plus si sûre. Peut-être que mes rêves signifiaient davantage.

Les vacances de Noël me parurent plus tranquilles que les précédentes. Beaucoup de vampires étaient restés, n'ayant pas de famille avec qui passer les fêtes. Cette année, ils avaient presque tous fui le manoir hanté, et je ne m'attendais pas à les revoir en janvier.

L'hiver était maussade, sans neige. Simplement des ciels gris, de la grêle et des couches de verglas qui rendaient les routes impraticables. Balthazar, qui s'absentait de plus en plus dans l'espoir de retrouver sa sœur, dut remettre à plus tard ses escapades. Voyant qu'il regrettait de ne pas avoir quitté Evernight à temps, je tentais par tous les moyens de lui remonter le moral. La veille de Noël, nous traînâmes dans la salle de techno et je l'aidai à prendre de l'avance sur ses devoirs de janvier.

— Il faut que tu ailles plus vite, dis-je.

— J'essaye de comprendre ! protesta-t-il alors qu'il tentait péniblement de passer le premier niveau de « Danse Danse Révolution » sur sa console wii.

— Tu ne dois pas réfléchir, le but c'est que ton corps réponde au signal dès qu'il apparaît.

Assise en tailleur à côté du tapis de jeu, je l'observais, consternée.

— Tu danses super bien, Balthazar. Pourquoi t'es aussi nul à ce jeu ?

— C'est pas de la danse ! On dirait surtout que je fais une crise d'épilepsie.

— Eh bien, va falloir que tu t'y habitues parce qu'il n'y a pas d'option valse.

Bien qu'il me lançât un regard assassin, je vis qu'il avait gardé son sens de l'humour. Il me laissa jouer et je n'hésitai pas à le battre à plates coutures.

Nous devions ensuite retrouver mes parents. Quand ma mère ouvrit la porte, une délicieuse odeur de pommes et de cannelle nous accueillit.

— C'est à cette heure-ci que vous arrivez ? plaisanta-t-elle en serrant affectueusement l'épaule de Balthazar et en m'embrassant. On vous attendait.

— Vous avez même fait le sapin ! s'écria Balthazar.

Il contempla en souriant l'arbre de deux mètres que mes parents avaient installé dans un coin. Décoré des guirlandes et des boules en carton que j'avais fabriquées au cours des années, le sapin me semblait aussi festif que ceux des Noëls passés. Il n'y avait pas de quoi être impressionné mais Balthazar parut ravi.

— Ça fait longtemps que je n'ai pas ouvert un cadeau déposé au pied de l'arbre.

— Depuis que tu n'es plus en vie ? demandai-je.

— Nous n'avions pas de sapins de Noël à mon époque. C'est une tradition allemande qui s'est répandue à travers le monde il y a seulement cent cinquante ans environ. J'aime bien, j'espère que ça va durer.

— Moi aussi.

Mon père se tenait dans l'encadrement de la porte et portait un tablier maculé de chocolat, ce qui s'annonçait prometteur.

— Heureusement que plus personne n'y accroche de bougies.

— De vraies bougies ? Avec du vrai feu ? insistai-je, n'y croyant pas.

— Oui ! De vraies flammes sur de vrais arbres beaucoup trop secs. Tu le crois, ça ? Noël était une fête très dangereuse.

Ce fut une bonne soirée. Le chocolat avait servi de nappage pour un gâteau que mon père m'avait fait. Nous bûmes du cidre chaud dans des gobelets et du sang dans des verres à pied – notre tradition de Noël bien à nous. Pour la première fois, la juxtaposition des deux me parut étrange, mais mon père, ma mère et Balthazar semblaient tellement s'amuser que j'écartai ces pensées. Mon père passait des disques de Noël, et j'adorais ce grésillement typique que seuls ont les vinyles. Pendant un temps, ma déprime disparut.

Plus tard dans la soirée, Balthazar ne put s'empêcher d'inspecter les cadeaux sous l'arbre. Il m'avait promis de m'apporter le mien le lendemain matin. De mon côté, je lui avais acheté un pull – certes pas l'idée la plus originale de la planète ! Mais quand Balthazar attrapa le premier paquet avec son nom dessus, je fronçai les sourcils ; ce n'était pas le mien.

— Ça ne va pas du tout, dit-il, faussement ennuyé. Il y en a plusieurs pour moi. Bianca, pourquoi as-tu dépensé autant d'argent ?

Je secouai la tête.

— On plaide coupable, intervint mon père qui tenait ma mère par la taille. Tu fais presque partie de la famille, maintenant. Nous ne voulions pas que tu te sentes exclu demain.

— Merci.

Balthazar paraissait touché, non parce qu'il aurait plein de cadeaux mais parce que mes parents l'avaient adopté. J'aurais voulu me sentir émue à mon tour, mais j'éprouvais autre chose.

Mes parents aimaient beaucoup trop Balthazar. Et bien qu'il soit bourré de qualités, je savais que ce n'était pas ça qui leur plaisait tant. Non, ils l'appréciaient parce qu'il était mon petit ami vampire, celui qui ferait en sorte que leur fille adorée devienne le parfait vampire qu'ils voulaient que je sois.

Ils semblaient s'accrocher à lui comme à une bouée de sauvetage, au point que je devinais presque du désespoir sous leurs sourires. De quoi pouvaient-ils bien avoir peur ?

À la fin de la soirée, non seulement mes parents me laissèrent emmener Balthazar dans ma chambre, mais ma mère ferma la porte derrière moi, ce qu'elle n'avait jamais fait avant.

— Mes parents t'adorent, notai-je. Tu le sais, n'est-ce pas ?

— Ils ne seraient pas aussi ravis s'ils connaissaient la vérité.

Il se dirigea vers la fenêtre pour examiner la gargouille.

— Elle a l'air d'avoir froid.

— Je devrais peut-être lui tricoter une écharpe.

Je me blottis sur la banquette et posai deux doigts sur la vitre.

— Tu te soucies même du bien-être d'une créature de pierre, observa-t-il en souriant.

Il s'assit à côté de moi et passa son bras autour de mes épaules. Sa jambe était collée à la mienne.

Je le regardai, réticente.

— Si tes parents entrent…

— Tu as raison, ayons l'air… décontractés.

Mon embarras le fit sourire.

— Tu trouves que je profite de la situation ?

— Non, je sais que tu n'es pas comme ça.

— Tu te trompes. Je le suis.

Il se pencha vers moi.

— Tu es toujours aussi amoureuse de Lucas Ross et je ne peux rien y faire, à part… m'amuser.

Sans parvenir à me l'expliquer, je n'arrivais pas à me détourner de sa bouche. J'observai sa mâchoire carrée et sa barbe de quelques jours.

— S'amuser… Ça me paraît un peu risqué, c'est tout, admis-je.

— Le seul à prendre un risque, c'est moi, si je m'attache trop à toi. Toi, tu ne crains rien, du moment que tu ne t'embrouilles pas les idées.

— Aucun risque.

— Je n'en doute pas, répondit-il, un sourire ironique sur les lèvres.

Je me levai de la banquette, les genoux tremblants. Balthazar souriait toujours.

Je m'assis sur le lit, plus loin de lui.

— C'était dur pour toi à Riverton. Tu as avancé depuis par rapport à ta sœur ?

— Non. Dès que je trouve Charity, je te le dis. On pourra alors demander à la Croix noire de la laisser tranquille. Je sais que les choses ne vont pas bouger du jour au lendemain. Cela fait trente-cinq ans que je ne l'ai pas vue, je peux patienter encore quelques mois.

— À t'entendre, on dirait que c'est toi qui as le plus besoin d'elle.

Balthazar prit un temps pour répondre.

— Je crois que j'ai surtout besoin de m'occuper de quelqu'un.

Ne voulant pas que la situation dérape, je changeai de sujet.

— Si je te parle d'un truc que quelqu'un d'autre m'a confié, un truc vraiment personnel, tu promets de garder le secret ?

— Bien sûr. C'est à propos de Lucas ?

— Non, de Raquel.

Je racontai à Balthazar ce que Raquel m'avait dit sur le spectre qui la terrorisait depuis si longtemps.

Il ne parut pas choqué.

— Qu'est-ce que tu croyais, Bianca ? Que les fantômes étaient tous mignons et gentils ?

— Non, bien sûr, mais ce spectre-là ne se contente pas de recouvrir les murs de givre. C'est... c'est un violeur.

— Tu n'as jamais entendu parler des incubes ? Ces démons mâles qui abusent sexuellement des humaines ? Ce n'est pas parce qu'ils n'ont pas de corps qu'ils ne peuvent pas porter atteinte à celui des autres.

Je frémis.

— C'est carrément effrayant. Il doit y avoir tellement de fantômes sur Terre, peut-être des millions. Et s'ils sont tous capables...

— Non, ils ne sont pas des millions, Bianca. Ils sont très rares, plus rares que les vampires.

— Mais tous les élèves humains ici ont grandi avec un fantôme. Comment c'est possible ?

— Qu'est-ce que tu racontes ?

— C'est Vic qui me l'a dit. Ils ont tous un fantôme chez eux. Statistiquement, pour que ce soit vrai, il faudrait qu'il y ait des milliers de maisons hantées...

Je m'interrompis, comprenant tout à coup.

Soit il y avait en effet des milliers de maisons hantées, et il était donc normal que les élèves ici aient un fantôme chez eux, soit nous avions découvert la raison pour laquelle Mme Bethany avait décidé d'ouvrir Evernight aux humains. Et pas n'importe lesquels, uniquement ceux qui possédaient un lien avec un esprit.

— Mme Bethany recherche des spectres, murmurai-je.

— Quoi ? s'étonna Balthazar.

Je poursuivis, essayant de réprimer mon excitation :

— Mais oui ! Écoute ! C'est la seule réponse possible. En intégrant des humains, elle crée un lien avec leur maison et leur famille qui dure des années. Et si elle a besoin d'entrer chez l'un d'eux, elle peut y parvenir facilement.

— À mon avis, tu as raison, ce n'est pas une coïncidence, répondit-il lentement. Mais pourquoi ? Ils nous détestent, on les déteste. En principe, tout le monde s'évite.

— Quelque chose a dû changer. L'ancien pacte a été brisé.

Je frissonnai et ramenai mes genoux contre ma poitrine.

— Ils nous en veulent, poursuivis-je. Les spectres ont pris pour cible Evernight ou les vampires en général. Mme Bethany devait s'en douter. Et elle les a devancés dans le but de défendre son école.

— C'est possible. Pendant des siècles, aucun fantôme n'ose s'approcher d'Evernight et tout à coup les voilà, en même temps que les humains.

— Sauf qu'ils ont attendu un an pour se manifester.

— On ne sait pas, les premiers incidents ont pu avoir lieu l'année dernière mais ils sont restés si minimes que personne n'a remarqué.

Enfin ! J'avais la réponse. Les spectres passaient à l'attaque, et ce que nous avions vu n'était que le début.

— Oh, mon chéri, j'adore !

Ma mère enfila le bracelet que mon père venait de lui offrir et l'embrassa sur la joue. Il lui offrait des cadeaux depuis presque quatre cents ans et j'étais épatée de voir qu'il pouvait encore la surprendre. Ça devait être ça le secret de leur couple.

Mon père se tourna vers moi.

— Je sais que tu veux attendre Balthazar, mais tu peux ouvrir au moins un paquet.

J'attrapai une pochette cadeau. À l'intérieur se trouvaient un pendentif sombre et une chaîne en or.

— C'est joli, dis-je. Qu'est-ce que c'est ?

— De l'obsidienne, répondit ma mère. Mets-le.

Leurs yeux s'illuminèrent quand ils me virent le porter. Quant à moi, leur choix me parut un peu étonnant, même si je devais admettre que les reflets noirs de la pierre étaient magnifiques.

Et pendant ce temps, comment se passait cette journée pour Lucas ? J'imaginai le petit garçon qu'il avait été, ces Noëls sans légendes et sans sapins passés à attendre des cadeaux qui n'arriveraient pas, sans se plaindre. En ce moment, peut-être dormait-il sur un lit de camp dans le sous-sol d'un vieux parking miteux. Je me sentis triste pour lui : il n'avait jamais vraiment eu une existence normale.

Jusqu'à notre désaccord dans l'observatoire, j'avais pensé pouvoir réconcilier nos deux modes de vie. De toute manière, il fallait qu'il se libère de la Croix noire, et quel meilleur moyen qu'en devenant un vampire ? Mais il avait violemment rejeté cette option.

Alors comment allions-nous faire pour être un jour ensemble ?

Chapitre quinze

La reprise des cours fut pour moi un soulagement, me sortant de la torpeur mélancolique dans laquelle j'avais sombré. Au moins, maintenant, j'avais des choses à faire et je pouvais mettre mes soucis de côté.

Comme prévu, certains vampires ne revinrent pas. La présence de fantômes semblait toujours autant préoccuper les autres, qui cherchaient des solutions : poster plus de vigiles, monter la garde vingt-quatre heures sur vingt-quatre et dormir chacun son tour. J'en entendis même parler d'exorcisme. « C'est sûr que la seule chose dont on a besoin ici, pensai-je, c'est d'un prêtre. »

Les élèves humains restèrent calmes. Même Raquel paraissait gérer la situation.

— Ce n'est pas le même fantôme, raisonna-t-elle en défaisant sa valise. Et si tu étais en danger, on le saurait maintenant. De toute manière, je préfère encore le fantôme d'ici à celui qui sévit chez mes parents.

— Comment as-tu fait pour tenir le coup pendant les vacances ?

— Je suis allée chez ma grande sœur. Mes parents

ont cru à un caprice mais comme ils trouvent qu'elle a une bonne influence sur moi, ils ont fini par accepter.

Moi aussi, mes parents étaient prêts à accepter n'importe quoi du moment que j'étais avec Balthazar

Un seul vampire avait passé ses vacances à penser à autre chose qu'aux spectres. Et je me retrouvais avec un tout nouveau problème.

— J'ai tenu trente ans sans avoir à changer un pneu, marmonna Courtney en sortant le cric du coffre. Quand on est belle, jeune et blonde, il y a toujours un idiot qui accepte de faire le sale boulot à notre place. Mais c'est clair que ça ne marche pas pour tout le monde, ajouta-t-elle en me fixant.

— Tu peux me passer la clé à roue ? Te plaindre ne sert absolument à rien.

— Qu'est-ce qu'il y a, Bianca ? Tu es de mauvaise humeur ? railla-t-elle. Tu as des problèmes de couple ?

— Entre moi et Balthazar, tout va bien, rétorquai-je sèchement.

— Ce qui prouve bien à quel point tu es naïve, poursuivit-elle. Tu ne sais même pas que Balthazar s'absente régulièrement.

— De quoi tu parles ?

— Disons qu'autour du Nouvel An, je l'ai aperçu à Amherst. Et il était seul.

— Qu'est-ce que tu faisais à Amherst ?

— C'est une ville que je connais bien, c'est tout ! s'agaça-t-elle. J'y vais de temps en temps. Tout comme Balthazar. À ta place, je m'inquiéterais.

Il avait encore cherché Charity, en vain. Je fronçai les sourcils, ce que Courtney interpréta à sa façon. Elle sourit. Maintenant qu'elle avait trouvé une faille, elle allait s'y engouffrer.

— Balthazar se déplace souvent, expliquai-je. Ça ne veut rien dire. On n'est pas collés l'un à l'autre.

— C'est dommage. À quoi ça sert d'être avec quelqu'un si tu n'es pas collée à lui ?

Elle m'adressa un clin d'œil et me tendit la clé à roue. Je la pris, espérant qu'elle se contenterait de se moquer de moi et des supposées infidélités de mon soi-disant petit ami. Avant tout, je craignais qu'elle ne décide de nous surveiller d'un peu trop près.

J'avais le sentiment que ce rendez-vous serait différent pour moi et Lucas. Si j'avais su !

— Il ne m'a pas dit exactement où on doit le retrouver, annonçai-je à Balthazar quand nous entrâmes dans Albion. Il paraît qu'on ne peut pas se rater.

— Il a raison, il n'y a pas tellement d'endroits où aller.

En effet, Albion était une ville encore plus petite que celle où j'avais grandi : deux rues principales, une intersection, un feu rouge au milieu. Les maisons paraissaient vieilles et, à part la station-service, la poste et l'épicerie, il n'existait aucun commerce.

— C'est mort, ici ! constatai-je.

— Nous y avons vécu un temps il y a cent cinquante ans. C'était plus agréable.

Le visage de Balthazar resta impassible quand il mentionna sa sœur.

Il se gara près du carrefour. Il avait neigé plus tôt dans la journée, et nos bottes crissaient à chaque pas.

Impatiente, je scrutai la pénombre, guettant Lucas. J'avais un besoin urgent de le revoir, de me serrer contre lui et de lui parler pour restaurer le lien entre nous.

En tournant à l'angle, j'entendis :

— Te voilà.

Je me retournai, radieuse.

— Lucas !

Il s'approcha de nous à petites foulées. Il portait une doudoune épaisse et un bonnet en laine qui lui donnait un air différent. Il ouvrit les bras et je me jetai contre lui.

— Salut, mon ange, murmura-t-il.

Je l'embrassai sur la joue et sur la bouche.

Il me serra fort, me transmettant sa chaleur.

— J'ai une révélation à te faire ! m'écriai-je, presque fébrile. Je sais pourquoi Mme Bethany a ouvert Evernight aux humains !

— Pourquoi ?

Je racontai à Lucas ce que j'avais découvert. Je m'attendais à ce qu'il soit heureux mais, au contraire, son visage s'assombrit.

— C'est une bonne nouvelle, non ? demandai-je, perplexe. Depuis le temps que tu essayes de connaître la vérité. À moins que tu penses que j'ai tort ?

— Non, je suis à peu près sûr que tu as raison. Quand je me suis inscrit à Evernight, j'ai utilisé l'adresse d'une femme qui évoquait souvent le fantôme dans son sous-sol. Mais comme elle perdait un peu la tête, je n'y ai pas attaché beaucoup d'importance.

— Il faut que tu en parles à la Croix noire. Tu auras

rempli ta mission et peut-être qu'Eduardo te laissera un peu tranquille.

Lucas soupira.

— Si seulement. Cette histoire ne va pas lui plaire. Il y a des unités spécialisées qui s'occupent des spectres, ce qui veut dire qu'un autre groupe va sûrement récupérer cette mission.

— Mais tu as la réponse ! Et tu sais qu'aucun humain n'est en danger.

— Tu ne connais pas Eduardo. Il se fiche pas mal qu'Evernight soit le seul endroit où les vampires n'attaquent pas les humains. Il veut s'en débarrasser. Et il ne sera pas content de voir que d'autres s'en chargent.

— Je comprends. Et tu n'auras plus de raisons de rester dans le coin, murmurai-je. On ne se verra plus.

Voilà que la situation empirait. Je baissai la tête, démoralisée.

— On trouvera un moyen, répondit-il en me caressant la joue. Tu dois garder espoir.

Un nœud se forma dans ma gorge et je ne pus qu'acquiescer. Lucas m'embrassa avec conviction, comme s'il craignait déjà que je m'éloigne.

Balthazar se racla la gorge.

Je fis un pas en arrière, réalisant après coup qu'il avait tout entendu et devait se sentir gêné.

— Ok, au suivant, enchaîna Lucas, dont le ton amical me surprit. Balthazar, je crois que ta sœur est ici, à Albion.

— Tu as vu Charity ?

— Tout à l'heure. À l'ouest de la ville. Quand je suis arrivé, je l'ai aperçue qui marchait au bord de la route. Le temps que j'envisage de faire demi-tour, elle avait disparu.

— Je sais où elle est.

Lucas me serra la main.

— Je suis désolé, ma belle, mais faut qu'on s'en occupe.

— T'inquiète.

En fait, ça ne me dérangeait pas. Si Balthazar retrouvait sa sœur, tout le monde serait content et je pourrais davantage profiter de Lucas en sachant qu'on avait accompli notre mission.

Nous montâmes dans le pick-up de Lucas. Me retrouver serrée entre lui et Balthazar me déconcerta. Ils avaient tous les deux un air déterminé, prêt à l'action. Ils m'intimidaient presque.

— Tu attends mon signal avant de sortir une arme, ordonna Balthazar alors que nous avancions sur un chemin de terre le long d'un champ. Si elle est ici, elle est sûrement seule.

— Désolé, répondit Lucas en empoignant le volant un peu fort, mais je garde un pieu avec moi. Hors de question que je ne puisse pas me défendre.

Un éclair de colère traversa le regard de Balthazar et j'intervins :

— A-t-on vraiment besoin d'être là ? Ce ne serait pas mieux si tu parlais seul à ta sœur, Balthazar ?

— Peut-être. Mais j'aimerais qu'elle te voie, qu'elle sache qu'on est amis. Ça pourra m'aider, par la suite.

Balthazar nous mena à une cabane à l'orée de la ville. La vieille baraque était à peine assez grande pour deux personnes et il manquait des briques à la cheminée en équilibre précaire sur le toit délabré. Lucas éteignit les phares et se gara à une cinquantaine de mètres. Puis il descendit, fit le tour du pick-up et sortit deux pieux d'une caisse à l'arrière. Il m'en donna un. Balthazar ne protesta pas et je le pris. Je trouvai ça plus qu'étrange mais les avertissements de Lucas concernant la bande de Charity exigeaient qu'on reste prudents.

Il régnait un silence pesant. Le vent soulevait des tourbillons de neige qui s'incrustait dans nos vêtements. Des nuages voilaient la lune et les étoiles ; il faisait sombre.

— Il n'y a pas d'empreintes, murmura Lucas.

— Allons voir si elle est là, dit Balthazar qui observait les fenêtres éteintes.

Devant le perron, nous nous arrêtâmes. Balthazar monta seul et posa sa main sur la poignée. Il resta immobile un long moment, pendant lequel je retins ma respiration.

Puis il poussa la porte.

— Il n'y a personne, annonça-t-il.

— Fausse route, grommela Lucas en donnant un coup de pied dans la neige.

— Pas sûr, poursuivit Balthazar. Regardez.

Il se pencha pour allumer une bougie.

En pénétrant dans la maison, je vis qu'elle était habitée – et mal décorée. Un couvre-lit en dentelle taché de sang et de boue recouvrait un matelas posé par terre. Une tête de lit en fer pleine de toiles d'araignée était appuyée contre le mur. Sur la table, près d'un bougeoir, il y avait des couches de cire de toutes les couleurs, qui s'étaient même répandues par terre. Des bouteilles d'alcool vides jonchaient le plancher et la cheminée contenait des morceaux de verre, empilés si haut que ça ne pouvait pas être un hasard. Ils brillaient à la lueur de la bougie.

— Ne le prends pas mal, Balthazar, se lança Lucas, mais ta sœur a l'air un peu givrée.

— Toujours aussi délicat, à ce que je vois, répondit-il en s'agenouillant près du tas de verre. Mais c'est vrai que Charity a toujours été étrange. Sans pour autant être folle, elle n'a jamais été apaisée. Si elle se fâchait avec quelqu'un, elle ne laissait jamais tomber. Elle ressassait les mêmes choses en boucle, presque de manière obsessionnelle. J'étais le seul à pouvoir lui parler quand elle se mettait dans ces états-là.

— Je ne sais pas ce qu'elle a en ce moment, poursuivit Lucas, mais il ne s'agit pas d'une simple rancune. Cette maison comme ses fréquentations me font penser qu'elle perd la raison.

On pouvait la comprendre ! Elle avait été traînée dans une étable, ligotée, elle avait vu son frère se faire torturer, ses parents mourir. À sa place, moi aussi j'aurais pété les plombs.

« Est-ce qu'une pareille violence est le lot de tous les vampires ? » me demandai-je en frissonnant.

— Je ne cherche pas à excuser les gens avec qui Charity passe son temps, dit Balthazar, qui examinait toujours la pile de débris.

— Mais tu aimerais bien que je les laisse filer sans rien dire, rétorqua Lucas.

— C'est facile quand on est à la fois juge et partie.

Tu décides de les exécuter en te basant sur ce qu'ils sont, pas sur ce qu'ils font.

— Et depuis quand c'est moi le coupable ? répondit Lucas aussitôt.

Au début, je voulus les empêcher de se disputer. Rapidement, je changeai d'avis. Ils n'avaient qu'à se crier dessus une bonne fois pour toutes : on pourrait ensuite passer aux choses sérieuses. Tout en les ignorant, j'inspectai le matelas. L'une des taches sur le couvre-lit avait la forme d'une main.

— Si tu avais un frère ou une sœur, comme moi, je pense que tu verrais les choses différemment, Lucas !

— Si j'avais un frère ou une sœur qui traîne avec des criminels, je m'en prendrais à eux, pas au flic qui mène l'enquête.

— Ah, parce que tu te prends pour un flic, maintenant ?

Je mis ma main sur la tache de sang. Je savais que Charity, malgré sa taille, avait de plus petites mains que moi. Cette empreinte était bien plus large.

Je les interrompis.

— Elle ne vit pas seule.

Lucas et Balthazar se tournèrent vers moi, surpris. Je poursuivis.

— Quelqu'un d'autre est venu ici, regardez. Quelqu'un de plus grand, sûrement un homme.

Balthazar ne semblait pas convaincu mais Lucas me sourit.

Fière de moi, j'examinai le reste de la pièce, cherchant des indices de la présence de ce deuxième vampire. Je ne vis rien de plus dans cet étonnant désordre. La personne qui partageait la maison avec Charity semblait accepter de vivre au milieu de cette pagaille, ce que je trouvais bizarre et inquiétant.

— Elle n'est pas seule, murmura Balthazar.

— Dis-moi, Balthazar, qu'est-ce qui t'embête le plus ? demanda Lucas en ouvrant des tiroirs. Que ta petite sœur ait un amant ou que son amant soit un suceur de sang ?

— Si Charity a amené quelqu'un ici, alors elle a amené tout le monde. Le gang entier. Sa tribu.

— Sa tribu ? répétai-je.

J'avais entendu parler des tribus de vampires, mais jamais en bons termes.

— À ton avis, ils sont tous en ville en ce moment ? Et ils vont revenir ?

Lucas et Balthazar se regardèrent un instant, puis Lucas m'attrapa le bras.

— Il faut que tu retournes à Albion, déclara-t-il. Balthazar et moi, on s'occupe de tout.

— Non, je n'ai pas envie de te laisser.

— Si ! Il a raison, renchérit Balthazar. Ça va être plus dangereux que je ne croyais. Et tu ne sais pas te battre, Bianca.

— Je me débrouille, répondis-je, déterminée.

— Bianca, me dit Lucas. Est-ce que Balthazar et moi, on a déjà été d'accord sur quelque chose ? Là, on est d'accord. Il faut que tu partes.

Bien sûr, ils avaient raison. Je ne valais rien contre des vampires aguerris. Lucas, lui, s'entraînait depuis qu'il savait marcher. Je me sentis démunie et résolus d'apprendre rapidement à me battre, pour ne jamais plus me retrouver dans une situation pareille.

Mais pour le moment, je devais partir.

— Tu peux que je ramène le pick-up en ville ? Ou que j'attende en bas de la rue ?

— En ville, c'est le seul endroit sûr.

Balthazar approuva.

— Lucas devrait t'y emmener, puis revenir. Et nous devrions essayer de passer inaperçus.

Il souffla sur la bougie. La maisonnette fut plongée dans le noir.

Dehors, une lueur brillait.

Je me figeai, à l'écoute, les muscles tendus. Lucas me serra davantage le bras et, dans la pénombre, fit un signe à Balthazar. Ce dernier s'avança vers la porte, posa la main sur la poignée et respira un bon coup. Sur son visage, je lisais à la fois de la crainte et de l'espoir.

Il ouvrit la porte. Un courant d'air s'engouffra dans la pièce. J'aperçus Charity devant les marches du perron.

Elle portait des bottes dépareillées et un manteau élimé en vieille laine grise plusieurs fois rapiécé. Ses cheveux blonds lui tombaient sur le nez. Dans une main, elle tenait une lampe torche.

— Balthazar ? s'étonna-t-elle de sa petite voix enfantine.

— Charity.

Après tout ce temps, il ne semblait plus savoir quoi dire et quoi faire. Il poursuivit :

— Ça va ?

Elle haussa les épaules.

— Qu'est-ce que tu fais avec lui ? demanda-t-elle en toisant Lucas avec mépris.

— Je ne suis pas en service ce soir, répondit Lucas d'un ton léger.

— Elle, je peux comprendre, poursuivit Charity en me désignant. Elle ressemble tellement à cette pauvre Jane.

— Je t'interdis de prononcer son nom, s'écria Balthazar.

Charity fit un pas en arrière et baissa le bras. Le faisceau de lumière éclairait à présent la neige.

— Tu m'as suivie, dit-elle à son frère. Je veux que tu arrêtes.

— J'arrêterai quand tu rentreras à la maison.

— À la maison ? Où est notre maison ? demanda-t-elle, tout à coup émue. Nous y avons vécu mais c'était il y a longtemps ! Et n'imagine pas un seul instant que je vais retourner à Evernight. Tu sais ce que je pense de cette femme… la directrice…

Balthazar descendit les marches, forçant Charity à reculer encore. On aurait pu croire qu'elle avait peur de lui.

— On peut aller ailleurs, proposa-t-il. N'importe où. Ce qui compte, c'est qu'on soit ensemble. Tu m'as manqué, Charity.

— Toi, tu ne m'as pas manqué, répondit-elle, les yeux baissés.

Ses paroles blessèrent tellement Balthazar qu'il tressaillit. Je posai ma main sur son épaule pour le réconforter, heureuse de constater que Lucas ne protestait pas.

— Tu me rappelles trop de choses, poursuivit-elle. Tu me rappelles ce que c'est que d'être en vie : sentir le soleil sur sa peau, respirer, soupirer, pleurer. Moi, je supporte à peine le soleil, je n'ai pas besoin de respirer et je ne peux pas me débarrasser de toute cette tristesse qui me ronge.

Balthazar resta un moment silencieux puis dit, sur un ton de défaite :

— Alors, promets-moi de quitter la tribu. Tant que tu traîneras avec eux, la Croix noire te pourchassera.

— Et tant que toi, tu traîneras avec la Croix noire, rétorqua Charity méchamment, tu seras pourchassé par les miens. Je te suggère de suivre tes propres conseils, Balthazar. Et de filer, maintenant.

Je fus parcourue d'un frisson.

— Charity, écoute-moi… tenta encore Balthazar.

Je l'interrompis.

— Balthazar, elle a dit « maintenant ».

Lucas et Balthazar se retournèrent.

— Quoi ? demanda Lucas.

Comment leur expliquer ce pressentiment étrange ?

— Vous ne comprenez donc pas ? Ils sont là, affirmai-je. Ils nous surveillent. On doit y aller.

Charity me sourit.

— Tu es bien trop maligne pour fréquenter un tueur de vampires. Tu devrais le quitter.

Lucas, qui observait un bosquet à une centaine de mètres de là, se précipita vers moi.

— Filez dans le pick-up, ordonna-t-il.

— Attends, répondit Balthazar alors que Charity

s'éloignait en direction du bosquet. Laisse-moi encore lui parler.

La mâchoire de Lucas se crispa. Il aurait aimé se battre mais cherchait avant tout à me mettre à l'abri.

— Le pick-up. Maintenant.

Ma première réaction fut de courir, mais un instinct de survie presque animal me fit comprendre qu'il n'y avait rien de plus attirant pour un vampire qu'une proie en fuite. Je me forçai donc à contrôler mes pas vers le pick-up, attrapant le bras de Balthazar au passage pour qu'il me suive. Lucas brandit son pieu.

Au-delà du véhicule, j'aperçus de nombreuses traces de pas. Quelque part, ils étaient là et nous épiaient. Je crus même entendre leurs ricanements portés par le vent.

Balthazar accéléra le pas.

— Ça va aller, dit-il.

Je n'en étais pas si sûre et je fus surprise d'atteindre le pick-up sans problème. Les deux portières se refermèrent bruyamment et Lucas les verrouilla.

— On se grouille, lança Lucas.

Il alluma le contact et démarra en trombe. À la sortie du virage, les phares éclairèrent brièvement Charity qui nous regardait partir. Ses yeux brillaient dans la nuit, comme ceux d'un chat.

— Elle pense que je l'ai trahie, se désola Balthazar.

— Tu auras d'autres occasions de lui parler, dis-je. Elle finira par comprendre.

— Si elle parvient à comprendre pourquoi je fréquente un chasseur de vampires, c'est qu'elle est plus douée que moi.

— Ça va s'arranger, insistai-je.

Lucas me jeta un regard puis se concentra sur la route. Il neigeait à présent, à gros flocons.

— Vous ne devriez peut-être pas rentrer par ce temps, dit Lucas. Bianca, appelle tes parents. Explique-leur la situation.

— On a encore une bonne heure devant nous, répondit Balthazar. Ça suffira largement.

Je savais que si je demandais à Balthazar de rester, il serait d'accord. Et j'aurais tellement aimé passer un peu de temps avec Lucas ! Toute la nuit, même, si je parvenais à persuader mes parents. Mais Balthazar se retrouverait seul à nous attendre, ce qui me gênait beaucoup. Il était déjà assez malheureux comme ça.

— On va rentrer, annonçai-je à Lucas. C'est mieux.

Lucas me regarda, et la déception que je lus sur son visage se transforma en quelque chose de plus dur.

— Peut-être bien, déclara-t-il.

Un silence pesant s'installa jusqu'à notre arrivée en ville.

Trop absorbé par ses propres pensées pour remarquer la tension entre moi et Lucas, Balthazar sortit de la voiture. Une bourrasque de vent s'engouffra dans l'habitacle. Lucas observait la route d'un air résolu. Quand Balthazar me tendit la main pour m'aider à descendre, je la lui pris.

— Au revoir, Lucas, dis-je en me retournant.

Lucas se pencha afin de refermer la portière.

— On se retrouve dans un mois. À Amherst. Sur la place centrale. Même heure. Ok ?

Puis il soupira et m'adressa un sourire contrit.

— Je t'aime.

— Moi aussi je t'aime.

Pour la première fois, ses paroles ne m'apportèrent aucun réconfort.

Balthazar et moi étions tous les deux de tellement mauvaise humeur les jours suivants que nous décidâmes de faire croire qu'on s'était disputés. Paraître heureux était impossible, du moins à ce moment-là.

Mes angoisses ressurgirent. Les crises redoublèrent, les cauchemars aussi. Et quand je repensais à la manière dont Lucas et moi nous étions quittés, j'avais envie de pleurer.

Vic tenta de dissiper ma déprime en m'apprenant à jouer aux échecs, mais j'étais trop anxieuse et distraite pour me souvenir des déplacements des pions.

— Tu n'es vraiment pas dans ton assiette, me dit-il alors que nous contemplions les cartons de nourriture qui encombraient le hall.

Les élèves humains ne remarquaient jamais que bon nombre de leurs camarades ne venaient pas à ce rendez-vous. Ils étaient trop occupés à s'emparer des boîtes de biscuits et des paquets de pâtes qu'ils avaient commandés.

— Et j'ai pu constater que notre ami Balthazar était grognon aussi, poursuivit-il en glissant deux bouteilles de soda orange dans son sac.

— Oui, c'est possible.

— Il est venu à notre dernière réunion du ciné-club. On avait programmé des bons films. Pourtant il a passé la soirée dans son coin.

— Vic, je sais que tes intentions sont bonnes, mais je n'ai pas envie d'en parler.

— Je me demandais seulement si ça avait un rapport avec Lucas.

— Peut-être. Sûrement. Écoute… C'est compliqué.

— Lucas est le genre de gars dont les filles ont du mal à se remettre. Sombre, ténébreux, rebelle.

— Il est comme il est.

— Je sais. Et je sais aussi que c'est pas fini entre vous deux. Et tant pis pour Balthazar.

Si seulement il pouvait avoir raison !

En remontant dans ma chambre, je me sentais quand même un peu mieux. Je trouvai Raquel au milieu d'un immense collage qui occupait la moitié de la pièce. Il régnait une forte odeur de peinture et de colle.

— Qu'est-ce que c'est ? demandai-je.

— Je l'ai intitulé : *Ode à l'anarchie*. Tu vois la façon dont ces couleurs semblent toujours sur le point d'entrer en collision ?

— Ouais, c'est clair.

Mon manque d'enthousiasme ne sembla pas l'affecter. J'étais soulagée de la voir heureuse.

— Je suis désolée, j'ai pris toute la place.

— T'inquiète, je vais aller dormir chez mes parents ce soir. Je crois que personne ne dira rien.

Mes parents furent ravis de m'accueillir. Maintenant qu'ils étaient rassurés de voir que je fréquentais des vampires et grandissais comme ils l'avaient espéré, ils m'ouvraient toujours leur porte avec le sourire.

— Papa, commençai-je, tu as toujours su que je deviendrais un vampire ? Je veux dire, un vampire à cent pour cent ?

— Bien sûr. Et dans quelques années, quand tu auras pris une vie, quand tu auras… tué, tu accompliras ta transformation.

— Je n'en suis pas sûre.

— Ma chérie, ça va bien se passer, m'assura-t-il d'une voix tendre. Je sais que ça te préoccupe. Mais si on trouve une personne sur le point de mourir, qui n'est même plus consciente, eh bien ce sera presque comme si tu lui faisais une faveur.

Cette pensée, avant si réconfortante – j'avais l'impression que je viendrais en aide à quelqu'un –, me parut tout à coup horriblement présomptueuse. De quel droit allais-je prendre une vie humaine ?

— Tu dis tout le temps « quand je tuerai quelqu'un ». Mais que se passera-t-il si je ne tue personne ?

— Ce ne sera pas le cas.

— Mais qu'est-ce qui arriverait ?

Je n'avais jamais insisté là-dessus. À présent, ces questions sans réponse me pesaient. Je poursuivis :

— Je veux seulement savoir si j'ai d'autres options. Il n'y a personne qui pourrait me l'expliquer ? Mme Bethany, peut-être ?

— Mme Bethany te dira exactement ce que je vais te dire : que tu n'as pas vraiment le choix. Fin de la discussion. Et je t'interdis d'en parler à ta mère, tu ne ferais que la contrarier.

Agacé, il prit une grande respiration, cherchant visiblement à rester calme.

— Ça va arriver vite, Bianca. Depuis l'année dernière, ton appétit de sang a décuplé. Le dimanche, tu en bois beaucoup plus qu'avant. Et je ne suis pas naïf : je sais que tu as dû boire le sang de Balthazar. Tu es presque prête. Je comprends que cela t'angoisse, mais ne laisse pas cette angoisse te pousser à dire n'importe quoi. Est-ce clair ?

Incapable de répondre, je hochai la tête.

Un peu plus tard, je me mis au lit, bien décidée à m'endormir. Encore raté. Je ne cessais de repenser à ma conversation avec mon père, et en plus j'avais encore faim. J'avais pourtant bu un quart de litre de sang au dîner.

Au moins, n'avais-je pas à sortir en douce un thermos de sous mon lit. Dans le frigo de mes parents, il y avait tout le sang nécessaire.

Je me rendis dans la cuisine sur la pointe des pieds. Je n'allumai pas la lumière, préférant exercer ma vision nocturne. Sur les quelques rayons du bas du frigo, ma mère rangeait de la nourriture pour moi ; les autres étagères croulaient sous les bouteilles, les briques et les poches de sang. J'attrapai une poche, ce que je faisais très rarement car elles étaient avant tout réservées à mes parents. Elles contenaient du sang humain.

Peut-être mon appétit s'était-il accru ces derniers temps parce que je n'avais pas bu de sang humain ?

Je fis tiédir le contenu de la poche au micro-ondes. Ensuite, je retournai dans ma chambre. Le mug me brûlait les doigts mais la riche et onctueuse odeur de sang chassa rapidement la douleur, mes soucis, et même mes pensées. D'un geste impatient, je portai le breuvage à mes lèvres et avalai une gorgée.

Je gémis de bonheur. Voilà exactement ce dont j'avais besoin. La chaleur du liquide se diffusa dans tout mon corps, me réchauffant de l'intérieur. Le sang humain avait un effet puissant sur moi : tout à coup, je me sentis forte, alerte, euphorique. Serrant le mug entre mes mains, je bus à toute vitesse, respirant à peine. J'avais l'impression de nager dans un océan de soleil, et le monde par comparaison me semblait glacial.

Glacial…

Je reposai le mug. L'air dans ma chambre s'était soudainement rafraîchi. Y avait-il une fenêtre ouverte ? Non, elles étaient fermées et recouvertes de givre. Étaient-elles dans cet état quand je m'étais levée ? Je me souvenais avoir aperçu la gargouille en sortant, et à présent, je ne la distinguais plus.

Ma respiration formait des nuées blanches devant moi. Tremblante, j'aperçus une lueur bleue qui rampait le long d'une de mes fenêtres, puis j'entendis taper contre la vitre. Un sentiment de terreur me saisit mais j'étais incapable de m'enfuir.

Je me précipitai sur la fenêtre afin de gratter la pellicule de givre. Elles disparurent lentement et bientôt je pus voir à travers le carreau. Une fille se tenait de l'autre côté. Une fille d'à peu près mon âge, avec des cheveux noirs courts et un regard impassible. Elle paraissait presque normale – sauf qu'elle était transparente et flottait dans les airs.

Le spectre m'avait retrouvée.

Chapitre seize

La jeune fille ondoyait au centre d'un halo bleu-vert. Bien que je puisse voir à travers elle, elle me semblait terriblement réelle. Elle me regardait, sans colère ni haine, avec un air que j'avais du mal à déchiffrer.

Ses lèvres remuèrent, mais aucun son n'en sortit. Des paillettes de givre scintillaient sur ses joues.

Malgré ma frayeur, j'avais envie de comprendre. Tremblant toujours, je m'approchai. Le fantôme frémit. Surprise à mon tour, j'expirai et mon souffle se condensa sur la vitre glacée.

De petites lettres se dessinèrent au milieu du cercle de buée : « Nous voulons ce qui est juste. »

Juste ? Cela n'avait aucun sens à mes yeux – tout comme le reste, en fait. Je pris conscience alors que je n'avais plus tellement peur. Ma curiosité prenait le dessus.

— Comment ça ? demandai-je.

Elle ne répondit pas. La tache de condensation s'estompait lentement.

Au bout d'un long moment, je compris ce qu'elle attendait. Je me penchai vers la vitre et soufflai de nouveau.

D'autres mots apparurent : « Tu ne leur appartiens pas. »

Que voulait-elle dire ? Réprimant une envie de m'enfuir, j'expirai encore afin de pouvoir discuter avec le spectre.

« Tu n'es pas comme eux. »

— C'est vrai.

C'était même pratiquement la seule chose que je savais sur moi, la seule chose dont j'étais sûre.

— Je suis comme qui ?

La jeune fille sourit, ce qui ne me rassura pas.

« Tu es comme moi. »

J'entendis alors un cri de terreur derrière moi et me retournai. Ma mère était entrée dans ma chambre. Elle était aussi pâle que la mort.

— Bianca ! Viens ici ! Éloigne-toi de cette chose !

— Je... Je crois que ça va, murmurai-je.

J'avais la bouche sèche et m'étranglai à moitié en essayant de parler.

— Adrian ! hurla ma mère.

Elle disparut dans le couloir.

De l'autre côté de la fenêtre, le spectre s'évanouissait.

— Non ! Ne pars pas !

Je plaquai mes mains sur la vitre alors même qu'une couche de givre effaçait les derniers mots qu'elle avait écrits. Je frottai énergiquement le carreau pour voir si elle était toujours là. Elle avait disparu.

Mes parents débarquèrent dans ma chambre, essoufflés et échevelés.

— Où est-elle ? rugit mon père.

— Elle est partie. Tout va bien.

Ma mère me dévisagea comme si j'étais folle.

— Bien ? *Bien ?* Cette chose voulait te faire du mal, Bianca. Tu n'y connais rien !

— Elle est partie, lui répéta mon père d'une voix calme, et je lui en fus reconnaissant. Celia, c'est fini.

— Non, ça ne l'est pas, répondit-elle en pleurant. Tu sais que ce n'est pas fini. Ils veulent nous enlever Bianca.

— Maman, c'est... Qu'est-ce que tu racontes ?

Puis je me souvins des lettres gravées dans le givre : À NOUS.

— Ma chérie...

Tout en s'approchant de moi, elle regardait mon père, dont je ne voyais pas le visage. Ensuite, elle soupira et me prit la main.

— Je suis désolée. Le spectre m'a fait peur, c'est tout.

Non, ce n'était pas tout, et nous étions trois à le savoir. Sans doute aurais-je dû insister mais ma mère me semblait si bouleversée !...

— Je vais bien, dis-je. Tout le monde va bien. Et ça n'avait rien de terrible, surtout comparé à la dernière fois.

— Peut-être qu'ils s'en vont, observa ma mère. Peut-être qu'ils abandonnent.

— Peut-être, répondit mon père, cherchant avant tout à s'en convaincre. Bianca, le spectre t'a-t-il parlé ?

Je voulus leur dire la vérité puis me ravisai.

— Eh bien… Non, il n'en a pas eu le temps.

— J'aimerais tellement que ce soit terminé, murmura ma mère.

Si elle n'avait pas été un vampire, j'aurais pu penser qu'elle priait. Je me blottis dans ses bras et mon père nous serra toutes les deux contre lui. Notre proximité me parut alors compter plus que tout.

J'avais d'abord pensé garder la visite du spectre secrète mais j'étais trop secouée pour ne pas me confier.

— Tu as vu un fantôme par la fenêtre de ta chambre, répéta Raquel tandis que nous nous installions dans un coin du grand hall. Tu es sûre que c'était une fille ?

— Absolument. Et elle m'a parlé, enfin, elle a écrit des mots sur ma vitre.

— Qu'a-t-elle dit ?

Je mentais à Raquel depuis le jour de notre rencontre. Et même si j'allais sans doute devoir continuer de lui mentir, je trouvais ça toujours aussi difficile.

— De… de faire attention.

— De faire attention ? C'est elle le fantôme ! Il n'y a que d'elle qu'il faut se méfier.

Elle tirait nerveusement sur son bracelet en cuir.

— Je n'aime pas ça, conclut-elle.

— Ça va aller, affirmai-je, cherchant autant à nous rassurer toutes les deux.

« Elle a dit que nous étions pareilles », pensai-je Qu'est-ce que cela signifiait ? Je n'avais rien d'un fantôme. D'abord, j'étais encore en vie ; ensuite, quand je mourrais, je deviendrais un vampire. Non ?

Balthazar entra dans le hall. Quand il me vit, il m'adressa un sourire plein d'espoir.

— J'ai l'impression qu'il veut se rabibocher, constata Raquel.

— Je vais aller lui parler.

Raquel ramassa ses affaires.

— Pas de problème. Je vais aller sur Internet voir s'il y a de nouveaux sites expliquant comment chasser un fantôme. J'en ai déjà consulté un paquet, mais ça n'a servi à rien. La vérité est bien pire que tout ce que ces gens peuvent imaginer.

Balthazar m'attendait à l'entrée du hall, tenant son sac de sport et le mien.

— J'ai pensé qu'on pouvait s'entraîner, expliqua-t-il en voyant mon air perplexe.

Après nous être changés, nous entrâmes dans la salle d'escrime. Le cours progressait un peu trop lentement à mon goût. Nous venions à peine de passer aux vraies épées, et nous n'avions même pas participé à de véritables duels. Mais j'avais déjà pu constater que mes bras s'étaient musclés – du moins, ils me faisaient moins mal – et que j'avais un meilleur équilibre. Debout devant Balthazar, dans ma tenue blanche, je m'aperçus que j'étais ravie de l'affronter, parce que j'espérais éprouver mon corps et voir jusqu'où se portaient mes limites.

Pendant longtemps, il n'y eut pas d'autre bruit dans la salle que nos souffles et le cliquetis des lames. Après que Balthazar m'eut désarmée pour la troisième fois, nous fîmes une pause. Je le sentais enfin prêt à parler.

— Ça a l'air d'aller mieux, dis-je.

— Même si Charity me déteste en ce moment, affirma-t-il d'une voix posée, je dois la retrouver. Il me faudra sûrement beaucoup de patience, mais je peux y arriver.

— Et si on avait tort ? demandai-je. Et si, comme les membres de sa tribu, Charity avait tué des humains ?

— Je suis sûr que Charity est innocente, et je sais que tu le penses aussi. Mais la Croix noire ne va pas s'embarrasser de détails. Si Lucas espère pouvoir raisonner les siens, il se trompe.

Je ne sais pas ce qui me troubla le plus – la confiance absolue de Balthazar en sa sœur ou mes propres doutes à son sujet. Assise à côté de lui, je nous observai dans le miroir en face. Alors que mon reflet était net et précis, le sien était flou. Il n'avait pas dû manger depuis deux ou trois jours.

— Balthazar, tu ne l'as pas vue depuis trente-cinq ans. Elle s'est associée à des individus plutôt dangereux. Comment peux-tu être certain qu'elle n'a pas changé ?

— On ne change pas, répondit-il, le regard triste. C'est bien ça qui est tragique.

« Moi, si, pensai-je alors, soulagée d'entendre mon cœur battre si fort. Je ne suis pas comme les autres. Je suis toujours vivante. »

Chapitre dix-sept

— Othello ne devrait pas la tuer même s'il pense qu'elle le trompe, expliquai-je, comme si ce n'était pas une évidence. (Les vampires prenaient-ils tous le meurtre autant à la légère ?) Que Desdémone soit innocente ou non n'est pas la question. Il a tort de croire qu'il a le droit de tuer sa femme.

— Ce n'est pas ce qu'aurait pensé Shakespeare, rétorqua Courtney. À cette époque, les femmes n'avaient aucun droit, n'est-ce pas ?

Pour une fois, Mme Bethany ne trancha pas. Elle n'arpentait pas la pièce non plus, elle était assise à son bureau et nous regardait d'un air amusé. Elle finit néanmoins par prendre la parole.

— Le statut des femmes a changé au cours des siècles, mademoiselle Briganti, mais le meurtre d'une épouse reste une sérieuse offense. Toutes les deux, vous pensez que la mort de Desdémone est planifiée. Mais n'avons-nous pas vu ailleurs qu'Othello est un homme impulsif ? D'ici le prochain cours, je vous encourage à réfléchir à la question, et à essayer de voir en quoi cela a un rapport avec la notion de race dans la pièce. Voilà, vous pouvez y aller.

Les élèves se regardèrent, pas sûrs d'avoir bien entendu. Mme Bethany nous laissait donc sortir plus tôt ? Lentement, ils ramassèrent leurs affaires, s'attendant à ce qu'elle change d'avis à la dernière minute. Ce ne fut pas le cas.

Je fermai mon cahier et le mis dans mon sac, décidée à partir comme les autres.

— Mademoiselle Olivier, lança-t-elle tout à coup, un instant.

Elle attendit que le dernier élève soit parti pour reprendre.

— Vos parents m'ont dit que vous quittiez le campus avec Balthazar More ce week-end.

— Oui.

— J'ai autorisé ces sorties parce que j'espérais que cela vous aiderait davantage à vous assimiler. Compte tenu de votre comportement vis-à-vis du spectre dont m'ont parlé vos parents, je n'ai pas l'impression que ces escapades aient l'effet désiré.

Elle posa ses mains sur mon bureau. Ses ongles me parurent plus sombres que d'habitude.

Mes parents avaient donc évoqué le spectre avec Mme Bethany ? Et ils lui avaient apparemment raconté que j'avais bavardé avec le fantôme. Ils savaient donc que j'avais menti mais avaient choisi d'en parler à Mme Bethany plutôt qu'à moi. Leur trahison, bien que prévisible, me blessa.

— Je ne vois pas en quoi devenir un vampire

m'oblige à détester ceux que je ne comprends pas, répondis-je.

— Être un vampire, c'est adhérer à certaines règles. Ces règles vous protègent. Même si nous sommes plus forts que les humains, nous avons nos faiblesses. Nous avons aussi des ennemis.

— Comment savez-vous que le spectre est mon ennemi ?

— Comment savez-vous qu'il ne l'est pas ?

L'idée de me confier à Mme Bethany ne m'avait pas traversé l'esprit et me parut même choquante. D'un autre côté, il était fort probable qu'elle aurait des réponses. Je me lançai donc.

— Elle a engagé la conversation. Elle a dit qu'on était pareilles, elle et moi.

— Curieux.

— Vous… Vous savez ce qu'elle a voulu dire ?

— Non, je trouve surtout curieux qu'une fille comme vous n'ait pas compris que la première tactique de l'ennemi est de faire croire qu'il n'en est pas un. Il n'y a pas de meilleur moyen de piéger un innocent. Votre histoire avec Lucas Ross ne vous a même pas appris ça ?

Je baissai les yeux, essayant de cacher mon embarras. Le sourire dans sa voix me fit comprendre que j'avais échoué.

— Je croyais aussi que M. More allait vous permettre d'oublier M. Ross. J'ai dû me tromper.

— Lucas ne fait plus partie de ma vie.

— J'espère que vous savez apprécier ce que vous avez, déclara-t-elle en se dirigeant vers la porte.

— Balthazar et moi, est-ce qu'on peut quand même sortir ce week-end ?

— Je ne vois pas de raison de changer d'avis, répondit-elle en me toisant. Du moins, pour le moment.

Je compris que mon escapade à Amherst serait peut-être la dernière.

Amherst me sembla étrangement calme. Le froid avait dû dissuader les étudiants de sortir. Les rues étaient sombres et vides, et le silence pesant. Balthazar et moi marchions côte à côte.

— Explique-moi, dit-il, Charity t'a tout simplement accostée ? Elle t'a choisie au milieu de la foule ?

— Elle savait que j'étais un vampire.

— Ce qui n'est pas évident. Peut-être que ses sens se sont aiguisés, poursuivit-il. Qu'elle est plus perspicace. Ça arrive quand on consomme beaucoup de sang humain.

— Tu crois qu'elle…

— On peut consommer du sang humain sans tuer. Tu le sais.

Il refusait de croiser mon regard. Il s'arrêta et se retourna. Je réalisai qu'on avait été suivis.

— Lucas ?

Il se tenait derrière nous, les mains dans les poches de son manteau. Je m'approchai de lui. Il avait un air presque triste, comme aux premiers jours de notre relation. Quand il essayait encore de me repousser.

— Depuis quand tu nous suis ?

— Assez longtemps pour rappeler à Balthazar de se méfier de moi.

Il sourit, mais sans conviction.

Balthazar, lui, ne sourit pas du tout.

— On devrait se séparer. Si Charity nous voit ensemble, elle risque de prendre la fuite de nouveau.

Voyant que Lucas voulait protester, j'intervins.

— Ok, séparons-nous. Balthazar, dirige-toi vers les quartiers résidentiels. Moi, je vais rester dans le centre et toi, Lucas, tu peux vérifier les routes qui mènent en dehors de la ville.

— Une soirée en solo ? remarqua-t-il en haussant les épaules. Pas de problème.

Il s'éloigna sans rien dire d'autre. On ne s'était même pas touchés.

— Il est contrarié, constata Balthazar. Tu devrais peut-être le rattraper.

J'en avais envie. Quelque chose me poussait vers lui. Je résistai.

— On a un plan, on s'y tient. Et si on ne trouve rien d'ici deux heures, on peut peut-être étendre nos recherches aux villes voisines.

Balthazar remonta le col de son manteau.

— Merci. J'apprécie.

Quelques secondes plus tard, il avait lui aussi disparu.

Je me retrouvai seule. Je ne pensais pas que Charity m'aborderait de nouveau, surtout s'il y avait des risques que son frère ou son ennemi lui tombe dessus. Arpentant la place dans tous les sens, je ne pouvais que réfléchir à la situation présente.

Lucas m'en voulait. Est-ce que ça avait un rapport avec Balthazar ? Il n'avait aucune raison d'être jaloux.

Mais quand il nous avait aperçus, nous marchions collés l'un à l'autre. Le rouge me monta aux joues. Non, me dis-je, ça ne pouvait pas être ça. Lucas m'avait paru encore plus irritable que d'ordinaire. Il pouvait y avoir mille explications.

Plus j'y pensais, et plus ma colère grandissait. Pourquoi devait-il s'en prendre à moi ?

Puis, tout à coup, une silhouette blonde familière accrocha mon regard.

Charity ?

Non, ce n'était pas elle. C'était Courtney.

Elle marchait sur le trottoir opposé de la place, en direction des quartiers résidentiels cossus. Elle portait des habits différents de d'habitude : un vieux jean, un pull noir ample et un imperméable gris, ce qui me fit penser à l'accoutrement ridicule que j'avais mis lors de ma première tentative d'effraction.

Je compris alors que Courtney essayait avant tout de ne pas attirer l'attention. Nous avait-elle filés jusqu'ici ? Avait-elle deviné la vérité ? Nous ne pouvions pas prendre le risque qu'elle nous voie, surtout Lucas. Si Courtney le croisait, ce serait la fin.

Je me mis à la suivre, restant à une bonne distance derrière elle. Elle ne me vit pas. Elle prenait la même direction que Balthazar, et je me demandais si elle le pistait. Ne l'avait-elle pas aperçu ici même quelques semaines auparavant ? Je le cherchai des yeux alors que nous marchions, sans l'apercevoir. Pour sa part, Courtney avançait d'un pas rapide, ignorant les maisons et les personnes sur le chemin. Elle semblait avoir un but bien précis.

Elle ralentit l'allure à l'approche d'une maison entièrement éclairée. Même à une cinquantaine de mètres, je pouvais entendre la musique et les bavardages qui s'en échappaient. Il s'agissait d'une fête. Quantité de gens discutaient, une assiette ou une bière à la main. Quelques ballons étaient accrochés çà et là.

Courtney s'accroupit près d'un buisson à côté d'une fenêtre. Traquait-elle une proie éventuelle ? Pour le moment, elle se contentait d'observer. Même si je ne la portais pas dans mon cœur, je ne pensais pas qu'elle s'en prendrait à un humain. Une violente appréhension me saisit.

Je me rapprochai. Dans la maison, tout le monde s'était rassemblé dans le salon pour célébrer l'anniversaire d'une certaine Nicole. Courtney ne bougeait toujours pas, les yeux rivés sur la fenêtre. Je jetai alors un œil à l'intérieur. Sur le piano dans l'entrée, je remarquai un sourire familier.

La photo de Courtney trônait parmi d'autres. Elle y portait un uniforme de pom-pom girl, avait les cheveux attachés et un style évoquant les années 1980. À l'époque où elle était en vie.

Soudain, je compris : c'était sa famille. Sa maison.

À la fin de la chanson, les invités applaudirent. Je me tournai vers Courtney qui faisait mine d'applaudir aussi, en silence. Elle avait les larmes aux yeux.

Comme les gens se dispersaient de nouveau dans les différentes pièces, je baissai la tête. J'aperçus une femme qui devait avoir une quarantaine d'années, blonde, un sourire plaisant ; ce fut pour moi un choc de réaliser que cette femme était simplement une version plus âgée de Courtney. Sa sœur, peut-être.

— Toi !

Je sursautai.

— Qu'est-ce que tu fais là, sale fouineuse ! s'écria Courtney, hors d'elle. De quel droit est-ce que tu me suis ?

— Non, je ne... enfin...

Mais il fallait bien admettre que je l'avais en effet suivie.

— Comment as-tu fait pour venir en ville ? demandai-je, pressée de changer de sujet. Mme Bethany t'a donné la permission ?

— Je me suis faufilée à l'arrière de la camionnette du service de blanchisserie, expliqua-t-elle.

M'attrapant le coude, elle m'éloigna de la maison. Elle ne voulait surtout pas qu'on nous voie. Bien sûr, aux yeux des siens, elle était morte depuis un quart de siècle.

— Je suis désolée, dis-je d'une voix plus douce. Je ne savais pas.

— Tu ne savais pas quoi ? demanda-t-elle en essayant de sourire, mais je voyais bien qu'elle était triste. En tout cas, moi, je sais que tu es supposée être avec Balthazar, et ce n'est pas le cas. Qu'est-ce qui se passe, Bianca ? Vous vous êtes disputés ? Encore, ajouta-t-elle d'un ton plus sec.

— Si ce que tu fais ici ne me regarde pas, alors ce que je fais ici ne te regarde pas non plus. Laisse-moi tranquille.

Bien qu'elle semblât avoir envie de se moquer de moi, elle prit peur tout à coup.

— Si tu en parles à qui que ce soit, je te le ferai payer.

— T'inquiète, je garderai le secret.

— Je n'ai pas de secrets.

Des éclats de rire parvinrent alors jusqu'à nous et le visage de Courtney s'assombrit. Elle se retourna, prête à partir. Puis s'immobilisa. Des voix, qui s'approchaient. Mon sang ne fit qu'un tour. Non ! Pas maintenant !

— On ne sait pas si Bianca a des ennuis, observa Lucas.

Balthazar marchait à ses côtés.

— Elle n'est plus sur la place. Ça ne me dit rien de bon.

— Bianca n'est jamais là où elle devrait être. Si tu la connaissais un peu mieux, tu le saurais.

Lucas leva la tête, s'immobilisa. Il m'avait vue, il avait donc aussi vu Courtney, qui l'avait vu à son tour. Le chasseur de vampires.

— Oh, mon Dieu ! souffla-t-elle. Tu es… Lucas Ross… Ici !

— Courtney, écoute-moi, bredouilla Balthazar, la main tendue. Je vais tout t'expliquer.

Elle eut un mouvement de recul.

— Tu peux m'expliquer ce que tu fais avec un membre de la Croix noire ?

— Je ne suis pas ton ennemi. Pas ce soir, répondit Lucas, la mâchoire serrée.

— Quel soulagement ! Allez, soyons amis, au moins

jusqu'à demain, quand tu auras changé d'avis ! Toi, Lucas, je t'ai cerné. Tu es un tueur enragé et psychopathe. Toi aussi, Bianca, je t'ai cernée. Tu es toujours amoureuse de ton ex. C'est assez pathétique mais ça ne m'étonne pas tellement venant d'une perdante comme toi. Mais toi, Balthazar ? Qu'est-ce qui t'arrive ?

— Si tu arrêtais de parler, on pourrait tirer ça au clair.

Balthazar était inquiet. Comme moi, il savait que Courtney irait certainement tout raconter à Mme Bethany.

Elle n'avait pas l'intention de l'écouter. Sans rien ajouter, elle s'en alla.

— Vous allez la laisser partir ? demanda Lucas.

— Qu'est-ce que tu veux qu'on fasse ? protestai-je. Qu'on lui plante un pieu dans le cœur ?

Insensible à mon humour, Courtney se mit à courir. Balthazar se précipita derrière elle et Lucas et moi le suivîmes. Balthazar et moi espérions encore rattraper le coup. Pour Lucas, je ne savais pas trop.

— Courtney, attends !

Balthazar était plus rapide. Il lui agrippa l'épaule et parvint à la retenir. Elle poussa un cri.

— On ne va pas te faire de mal ! déclara-t-il.

— Pas me faire de mal ? Et qu'en dit le tueur de vampires ?

— Tu ne crains rien, soupira Lucas d'un air las.

Elle pencha la tête, comme s'il lui avait parlé dans une langue étrangère.

— Je ne sais pas ce que vous mijotez, mais c'est du grand n'importe quoi !

— Tu n'as pas tort, poursuivit Balthazar. L'essentiel, c'est que tu saches que tu n'es pas en danger. Ni toi ni les autres vampires. Et on apprécierait que tu gardes le secret.

Pauvre Balthazar ! Autant essayer de raisonner un taureau paniqué.

— Si tu es associé à la Croix noire, je ne peux pas garder le secret. C'est trop dangereux. Tu devrais le savoir, Balthazar. C'est toi que Mme Bethany tiendra pour responsable.

Soudain, Courtney poussa un hurlement et ramena ses mains sur sa poitrine – d'où je vis jaillir la pointe d'un pieu.

L'espace d'un instant, je crus que c'était Lucas qui l'avait frappée ; je me trompais. Le coup provenait de derrière. Courtney fit deux pas en avant et s'écroula sur le bitume, face contre terre, un pieu dans le dos. Nous levâmes les yeux. Charity !

Balthazar regarda sa sœur avec stupeur. Elle portait un vieux jean décoloré et déchiré et un pull élimé. Elle lui sourit avec tristesse.

— Elle t'aurait fait du tort. Je ne pouvais pas la laisser faire.

— Charity. Tu n'aurais pas dû. Je sais que tu as voulu m'aider, et… et pour ça, je te remercie.

Il tendit la main ; elle recula.

— Elle a posé une bonne question, cela dit, continua-t-elle. Pourquoi passes-tu autant de temps avec un membre de la Croix noire ? Alors qu'en plus ils cherchent à me tuer.

— Tu m'as dit qu'ils ne la pourchassaient plus ! dis-je à Lucas. Tu m'avais promis !

— C'est le cas ! Du moins pour autant que je le sache ! protesta-t-il.

À mes yeux, cela ressemblait à une mauvaise excuse et je lui en voulus. Tout le stress et la peur que j'avais ressentis ces dernières minutes se portaient à présent sur Lucas.

— Ils essayent de me tuer, m'informa Charity. Et mon frère les aide. À ma place, qu'est-ce que tu ressentirais ?

Balthazar secoua la tête.

— Lucas m'a assuré qu'ils cesseraient de te traquer si je te retrouvais.

— Tu joues les grands frères ? Tu veux m'entraîner de force à Evernight ?

— Charity, s'il te plaît, murmura-t-il. Cela fait trente-cinq ans que je ne t'ai pas vue.

— Moi, je te suis de loin depuis un moment, répondit-elle.

Elle croisa les bras puis reprit :

— Je veux l'arme du chasseur.

— Il n'en est pas question !

— Lucas, murmurai-je. Allez ! Elle ne te fait pas confiance.

— Moi non plus !

— Et si on se débarrassait tous de nos armes ? suggéra Balthazar.

— Vous êtes des vampires, riposta Lucas. Vous êtes votre propre arme.

Charity tendit la main.

— Alors gardez vos armes, mais donnez-m'en une. Juste une. Le gros couteau que tu portais à l'hôpital, proposa-t-elle en regardant Lucas. Je me sentirai en sécurité ensuite.

— Pas moi.

Charity paraissait si jeune. Elle tremblait de froid.

— Ça va aller, promis-je. Lucas, s'il te plaît.

Il me lança un regard noir mais s'exécuta. Au lieu de remettre le couteau à Charity, il le laissa tomber par terre. Tout en se baissant pour le ramasser, Charity ne le quitta pas des yeux. Il posa sa main sur sa ceinture, où il gardait un pieu.

Je pensai un instant à Courtney. Peut-être devrions-nous l'aider ? Il suffirait de retirer le pieu pour qu'elle aille bien – elle n'était pas vraiment morte, en fait. Cependant, elle serait encore plus en colère, et je n'avais pas envie de gérer son humeur.

— Ça va ? demanda Lucas à Charity.

— Ouais, sourit-elle. Au moins pour ce soir, tu n'as rien à craindre.

Lucas en profita pour tenter de la raisonner.

— Tu dois écouter ton frère. Je ne dirige pas la Croix noire, loin de là. Si tu veux éviter les ennuis, fais ce qu'il te demande.

— Je n'obéis à personne, répondit-elle. Et c'est vous qui devriez penser à éviter les ennuis.

— Charity, qu'est-ce que tu racontes ? s'énerva tout à coup Balthazar.

Il lui agrippa le bras, comme s'il s'apprêtait à la secouer.

— Je me suis fait de nouveaux amis. Ils m'ont appris

plein de choses. Balthazar, tu devrais venir avec nous. Intéresse-toi plutôt à l'avenir, au lieu de ressasser le passé.

— De quoi tu parles ? demandai-je.

Charity se libéra de l'emprise de son frère.

— Être un vampire, ça ne consiste pas à désirer ce qu'on n'a pas, ni à passer du temps avec des gens qu'on connaissait avant ou à repasser son uniforme d'Evernight. Le seul moyen d'être un vampire, c'est d'accepter ce qu'on est devenu.

— Accepter d'être un tueur, intervint Lucas. La seule façon d'être un vampire, c'est de tuer.

Charity lui sourit tout en s'agenouillant près du corps inerte de Courtney.

— C'est un sujet que tu maîtrises bien, on dirait ?

— Ce que je fais n'a rien à voir, répondit Lucas en secouant la tête.

— Vraiment ? Voyons si tes armes sont efficaces.

Agrippant fermement le couteau de Lucas, elle l'approcha de la nuque de Courtney. D'un coup rapide, elle la décapita.

Charity avait assassiné Courtney.

Le corps de Courtney tressaillit puis sa peau devint grise, sèche, et se flétrit. Sa tête, pareille à une vieille chose froissée, roula sur le bitume. Quand les vampires meurent, leur squelette rattrape les années écoulées depuis leur mort humaine. Les plus vieux deviennent poussière. Courtney n'était morte que depuis vingt-cinq ans, son état de décomposition n'était pas très avancé.

J'eus un mouvement de recul. Balthazar détourna le regard. Charity fixait Lucas en souriant.

— En voilà un de moins à pourchasser, dit-elle sèchement. Et, Balthazar, maintenant ton secret ne risque plus d'être dévoilé. Et dire que tu crois que je ne t'aime pas !

Sans prévenir, elle se leva et partit en courant. En un instant, elle avait disparu. Balthazar fit un pas en avant, peut-être pour la rattraper, mais il se ravisa.

Je me repassai le film de ces quelques instants.

« Charity a tué Courtney. Charity a tué. Je l'ai vue faire. Moi qui pensais qu'elle était si désemparée, faible et effrayée – ai-je pu me tromper complètement ? » Je me souvins de la méfiance de Lucas à son égard, j'avais insisté pour qu'on la protège, qu'on l'aide. Un sentiment de honte m'envahit. Dans quelle mesure était-ce ma faute ?

Pendant un long moment, personne ne parla. Enfin, je demandai :

— Qu'est-ce qu'on va faire ?

— Quoi ? dit Balthazar qui regardait toujours en direction de Charity.

— À propos du corps, expliqua Lucas en grimaçant. Si les voisins voient ça demain matin, ils vont flipper. Et si la police la trouve, ils vont faire des tests, ce qui soulèvera beaucoup de questions.

Pouvait-on trouver des traces ADN de Courtney ? Ses empreintes dentaires ? Je pensais à ses proches apprenant que son corps venait d'être retrouvé à quelques centaines de mètres de chez eux. Je ne pouvais rien imaginer de pire.

— Il faut qu'on l'emmène loin, déclarai-je. On devrait l'enterrer.

— Le sol est gelé, ça va être compliqué de creuser, répondit Lucas. Mieux vaut la brûler.

Ses paroles n'avaient rien de méchant, il ne faisait qu'énoncer des faits. Mais il ne savait pas combien les vampires ont peur du feu, et il ne pouvait pas non plus savoir à quel point l'idée de brûler un corps me répugnait.

Était-ce mon dégoût de la crémation ? Étaient-ce mes remords concernant la mort de Courtney ? Bien que je ne l'aie jamais appréciée, je n'avais pas voulu sa mort. Ou bien était-ce la tension de la soirée, la détresse de Balthazar ? Ou un sentiment de colère parce que j'avais fait confiance à Charity ? Ou encore une frustration accumulée après des mois de séparation ?

Je ne savais pas. Toujours est-il que quelque chose en moi céda alors.

— La brûler ! hurlai-je tout à coup en regardant Lucas. La brûler ! Tu ne la considères même pas comme une personne, c'est ça ? Parce que les vampires ne sont pas des gens, pour toi !

— Holà ! s'écria-t-il, étonné. Ce n'est pas ce que j'ai dit. Bianca, il ne s'agit que de crémation.

— Non, pas pour toi. Tu penses que les vampires ne sont pas comme les autres et donc tu peux les maltraiter à ta guise. Tu aurais pu tuer Courtney toi-même. Ou Balthazar. Ou même moi, un jour, si on ne s'était pas rencontrés. Et ça ne t'aurait fait ni chaud ni froid !

Lucas ne supportait pas mes cris. Il s'était retenu jusque-là, mais je vis ses yeux s'emplir de rage.

— Et toi ? Tu penses que les vampires ne font jamais de mal à personne ! Alors que vous êtes tous obsédés par l'idée de boire du sang ! Même après ce qui s'est passé avec Erich ! Même après ça ! Mais enfin, Bianca, pourquoi tu refuses de voir la vérité en face ?

D'une voix basse, Balthazar annonça qu'il allait chercher la voiture. On l'ignora.

— Tu appartiens à la Croix noire, repris-je, furieuse. Alors que ça fait plus d'un an que tu sais que je suis un vampire. Tu me dis que tu penses en partir, mais tu n'agis pas. Pourquoi est-ce moi qui devrais changer ? Pourquoi serait-ce à moi de tout laisser tomber ?

— Qu'est-ce que tu as laissé tomber, Bianca ? Tu n'as pas quitté Evernight. Tu n'as pas renoncé au fait de devenir un vampire. Tu peux jouer le rôle de la fille parfaite avec tes parents, de la petite amie parfaite de Balthazar, et me garder aussi, parce que c'est pratique.

— Pratique ? Tu penses que cette situation est confortable ?

— Ça avait l'air de te convenir parfaitement, tout à l'heure.

Il faisait référence à Balthazar et au moment où nous marchions, collés l'un contre l'autre. La situation se retournait à présent contre moi. Mes yeux se brouillèrent de larmes.

— J'aurais dû le savoir. Tu n'as jamais cessé de détester les vampires. C'était inévitable. Un jour, tu m'aurais détestée.

Il eut l'air d'avoir reçu un coup de poing dans le ventre.

— Bianca, voyons ! S'il te plaît. Tu sais très bien que je ne te déteste pas.

— Peut-être pas maintenant, mais un jour, si, ça viendra.

Un nœud se forma dans ma gorge.

— Comment ai-je pu penser que ça marcherait entre nous ?

— Bianca… voyons…

— Va-t'en !

— Je ne vais pas te laisser seule ici.

— Ne t'en fais pas. Balthazar sera là d'un instant à l'autre.

Le visage de Lucas se durcit.

— Balthazar s'occupe vraiment bien de toi, on dirait. Tu n'as pas besoin de moi.

— Non, dis-je, la voix tremblante.

Et je ne savais pas à ce moment-là si je le pensais, mais il me crut néanmoins

— Très bien, conclut-il.

Il s'éloigna à son tour, dans la direction opposée à celle qu'avait prise Charity. Il disparut dans la nuit aussi vite qu'elle. Et je me retrouvai seule.

Avait-on rompu ? Est-ce que je venais de quitter Lucas ?

J'en avais l'impression sans en être certaine, ce qui était en fait mille fois pire. Mais on ne s'était pas donné d'autre rendez-vous – s'il ne venait pas me trouver, il y avait de fortes chances que je ne le voie plus jamais. Je m'assis sur le trottoir et éclatai en sanglots, triste pour Lucas, pour Courtney.

J'eus l'impression qu'il s'était écoulé une éternité avant que Balthazar ne revienne. Il me vit en train de pleurer et conclut simplement :

— J'ai l'impression que ça s'est mal terminé.

Je hochai la tête.

— Bianca, ça va aller. Monte dans la voiture, je m'occupe de Courtney.

Il enveloppa le corps de Courtney dans une vieille couverture qu'il trouva dans le coffre et l'y déposa. Je m'installai à l'avant et continuai de pleurer. J'avais le sentiment de n'être plus qu'une immense plaie engourdie.

Quand il revint dans la voiture, je murmurai :

— Qu'est-ce qu'on va faire ?

— On va devoir trouver un coin perdu dans la campagne et allumer un feu.

Il hésita un instant, puis poursuivit :

— Lucas avait raison, le sol est trop gelé.

Nous passâmes devant la maison de Courtney et j'aperçus les silhouettes des membres de sa famille par la fenêtre. Ils dansaient.

Chapitre dix-huit

— J'ai enfin l'impression que c'est le printemps, annonça Raquel en ouvrant la fenêtre.

Je tournais les pages d'un de ses magazines sans y prêter vraiment attention. Comme je ne répondais pas, elle poursuivit :

— Tu te souviens, à l'automne dernier, quand je refusais de sortir de cette chambre et que tu m'y as forcée ? Eh bien, maintenant, c'est à mon tour.

— Pas la peine, je vais bien.

— Voyons, Bianca. Cela fait un mois que tu te comportes comme un zombie.

« Comme un vampire, et pas comme un zombie », pensai-je, ce qui me fit sourire légèrement.

— J'ai juste besoin d'un peu de temps.

— Quelques jours, d'accord. Quelques semaines, passe encore. Mais là, ça fait plus d'un mois. Allez ! déclara-t-elle en tirant ma couverture. Debout. Va te doucher. Et lave-toi les cheveux !

Je voulus protester mais je n'en avais même pas la force. Je me levai avec peine et allai me laver. Quand je revins, Raquel était en train de faire mon lit – alors qu'elle ne faisait jamais le sien. Elle avait rangé ses magazines.

— J'ai préparé une salade pour le déjeuner. On va aller pique-niquer, avec Balthazar, Vic et Ranulf. Qu'est-ce que t'en dis ?

— Toi, tu veux qu'on aille pique-niquer ? demandai-je, incrédule. Rachel, tu es sûre que ça va bien ?

Elle rit.

— Disons que jusqu'à ce que la situation redevienne normale, je vais faire preuve d'un enthousiasme délirant. Mais tu sais que je déteste jouer ce rôle, alors t'as intérêt à venir pique-niquer !

— Ok, dis-je mollement.

De toute manière, il fallait bien que je mange – même si mes besoins en sang avaient encore augmenté.

— Est-ce que tu comptes me dire pourquoi tu déprimes ? me demanda-t-elle.

— Non.

Comment aurais-je pu lui dire que je déprimais parce que j'avais perdu Lucas ? Pour elle, cette relation était de l'histoire ancienne.

— Ce n'est pas que je ne te fais pas confiance, repris-je. Je n'ai tout simplement pas envie d'en parler.

— C'est pas grave. Allez, on sort.

Nous nous retrouvâmes tous les cinq dehors, installés sur une grande couverture apportée par Vic, à parler de tout et de rien. La présence de Balthazar, assis à côté de moi, me rassurait.

Une seule fois, la conversation prit un tour désagréable.

— Au fait, personne n'a eu de nouvelles de Courtney ? demanda Vic en plongeant la main dans un paquet de chips.

— Elle est rentrée chez elle, il paraît, répondit Balthazar. Ça arrive.

C'était la réponse officielle à ce genre de questions.

— C'est quand même bizarre, observa Raquel. L'année dernière, Erich, et cette année, Courtney. Je comprends qu'on ait envie de se barrer d'ici, surtout avec cette histoire de fantômes, mais que l'administration ne réagisse pas me surprend. D'autant plus que nous, on reste.

— Courtney n'était pas heureuse, déclara Ranulf. Elle se sentait seule.

La remarque de Ranulf me fit réfléchir. Il avait sûrement raison. Et cela expliquait qu'elle se rende à Amherst si souvent. Un sentiment de tristesse s'empara de moi et je me tournai vers Balthazar. Il me sourit.

Raquel ne semblait pas convaincue.

— Je ne vois pas pourquoi la fille la plus jolie et la plus populaire d'Evernight se sentirait plus seule que nous.

— Tout le monde se sent seul, continua Ranulf. Le mieux, c'est de vivre dans l'instant, sans se soucier du passé ou de l'avenir. Le bonheur, c'est maintenant.

— Tu vis depuis trop longtemps avec Vic ! plaisanta Raquel.

Il fallait reconnaître que Ranulf semblait bien plus détendu qu'avant, avec ses baskets noires et son jean. On aurait dit un adolescent américain typique. Il parlait toujours bizarrement mais personne n'y prêtait attention. Et, pour la première fois depuis que je le connaissais, il paraissait heureux. Ces six mois passés à partager la chambre de Vic lui avaient fait le plus grand bien.

Balthazar avait lui aussi vécu un mois difficile. Sa dernière rencontre avec sa sœur l'avait ébranlé. Je n'osais imaginer ce que lui devait ressentir. Non seulement Charity avait choisi de suivre sa tribu plutôt que son frère, mais elle était devenue comme eux : violente, cruelle et impitoyable. D'un geste et sans sourciller, elle avait mis fin à la vie de Courtney – et à ma relation avec Lucas.

Raquel dut sentir ma mélancolie car elle reprit gentiment :

— Il fait beau aujourd'hui. On pourrait peut-être observer les étoiles ce soir ?

— Pas ce soir, répondis-je. J'ai promis d'aider Balthazar sur un projet.

— Ok, dit-elle. Une autre fois, alors.

Rien n'ennuyait plus Raquel que d'observer les étoiles. Sa proposition m'alla droit au cœur et j'eus envie de la serrer dans mes bras.

Le projet consistait à jouer aux jeux vidéo – du pur plaisir pour moi et un vrai challenge pour Balthazar.

— Je ne comprends pas pourquoi tu es aussi nul, dis-je alors que mon guerrier terrassait le sien d'un coup d'épée. Tu as participé à des guerres, non ?

— Oui, plein de fois. Mais j'ai du mal à envisager le combat comme un jeu.

— Vois ça comme un duel à l'escrime, suggérai-je. Un sport pour lequel il faut s'entraîner.

— C'est peut-être une bonne idée, fit-il remarquer.

Il se cala au fond du canapé de la salle du cours de techno et me sourit. J'étais assez fière de moi. Puis son visage devint sérieux, intense.

— Bianca, pourquoi on persiste avec ça ?

— Avec quoi ?

— À passer tout ce temps ensemble. À mentir à nos amis. À faire croire qu'on est ensemble.

— Eh bien, parce que…

En fait, je ne m'étais jamais posé la question. Je baissai les yeux.

— Tu cherches toujours Charity. Tu as besoin d'une excuse pour sortir.

— Je n'ai besoin d'aucune excuse, je peux aller et venir comme je veux.

— Alors on peut arrêter, si tu préfères.

— Non, pas vraiment, admit-il d'une voix enrouée.

Je me troublai.

— Je… Je vais chercher du sang… déclarai-je.

Je me levai et me dirigeai vers le réfrigérateur dans un coin de la pièce. On pouvait y stocker des réserves. Un peu de sang me ferait le plus grand bien.

Je savais pertinemment de quoi parlait Balthazar, et je n'étais même pas surprise. Lucas et moi n'étions plus ensemble, et je ne voyais pas comment on pourrait l'être à nouveau dans l'avenir. Balthazar m'avait laissé le temps de faire mon deuil et maintenant, il voulait que notre relation évolue.

Je m'étais toujours dit que Balthazar était un ami. Je ne l'aimais pas comme j'aimais – encore – Lucas.

Mais je comptais sur lui. Je lui faisais entièrement confiance. Il était mon meilleur ami. Et je le trouvais attirant, c'était indéniable.

Je n'avais jamais éprouvé pour Balthazar le genre de passion dévorante que j'avais ressenti pour Lucas. Seulement, avec un peu de temps…

Le souvenir de Lucas m'embrassant à l'observatoire jaillit dans mon esprit, si présent que je ne fis pas attention au verre que j'avais attrapé. Distraite, je le fis tomber. Il explosa. En voulant ramasser les morceaux, je me coupai le doigt.

— Aïe !

Balthazar fut à mes côtés en un instant.

— Tu t'es fait mal ?

— Non, ça va. Il me faut juste un pansement.

Une idée surgit alors.

Nous étions tout près l'un de l'autre. Au lieu d'ouvrir le robinet et de me rincer le doigt, d'un geste hésitant, je l'approchai de Balthazar.

Mon geste le surprit, et il lui fallut une seconde pour comprendre. Ensuite, il m'attrapa le poignet et mit mon doigt dans sa bouche. Il ferma les yeux. Sentir sa langue sur ma peau me donna la chair de poule. Mon pouls s'accéléra.

— Ça va ? demanda-t-il ensuite.

— Oui.

Je me sentis mise à nu. Balthazar avait eu accès à mes pensées, à mes émotions.

— Qu'est-ce que tu as vu ? demandai-je.

Balthazar me tenait toujours le poignet.

— Un peu de curiosité, c'est tout, répondit-il. Il n'y avait pas assez de sang pour que j'en sache plus. Quand tu échangeras vraiment ton sang avec quelqu'un, tu verras la différence.

« Alors, c'est ça, être un vampire », songeai-je.

À certains moments, j'avais remis en cause le fait de devenir un vampire, même si c'était au fond ce que je désirais. Maintenant que j'avais perdu Lucas, je ne voulais plus jamais éprouver ce genre de doutes. J'en avais assez de ne pas savoir qui j'étais. Peut-être que si je parvenais à comprendre réellement en quoi consistait le fait d'être un vampire, mes réticences disparaîtraient.

Je levai les yeux vers Balthazar et murmurai :

— Je veux que tu boives mon sang.

Il ne bougea pas mais je perçus un changement dans son attitude, une certaine fébrilité.

— Ici ?

— Personne ne va venir. On est seuls. On peut faire ce qu'on veut.

— Ce n'est pas ce que je voulais dire.

La ferveur dans le regard de Balthazar me coupa la respiration. Je me sentais à la fois excitée et effrayée, comme en haut des montagnes russes, avant la chute. Il m'effleura la joue du bout des doigts.

— Bianca, tu es sûre ?

— Oui, je suis sûre.

Mais tout à coup, mon aplomb s'envola. J'avais besoin qu'il me guide.

— Il faut que tu t'allonges, répondit-il comme s'il

avait compris ma détresse. Il se peut que tu aies la tête qui tourne.

— Ok.

Je voulus le convaincre que je prenais ça à la légère, ce qui aurait été ridicule. Ce que nous nous apprêtions à faire était important – et je le savais tout autant que lui.

Mes jambes tremblaient quand il me prit par la main et m'entraîna vers le canapé. Il trouva deux serviettes dans une armoire. Il faisait sombre dans la pièce et je n'allumai pas la lumière.

— Tu devrais… hésita-t-il. Je ne veux pas tacher tes habits.

Il défit les boutons de ses manches.

Heureusement, je portais un débardeur sous ma chemise. Je me détournai de Balthazar et la posai sur une chaise. Encore une fois, je me sentis dénudée.

Quand je me retournai, je constatai que Balthazar avait enlevé sa chemise. Voir son torse musclé, ses épaules carrées, me donna envie de le toucher. Mais ma nervosité m'empêcha d'agir.

— Allonge-toi, dit-il.

Je m'exécutai, posant bien l'arrière de ma nuque sur les serviettes. J'avais l'impression de bouger au ralenti. Balthazar s'allongea à côté de moi. Mon cœur battait si fort que je crus qu'il allait exploser.

— Tu as peur ?

— Un peu, admis-je.

— Je vais bien m'occuper de toi, promit-il.

— Vas-y, dis-je. Plus tu attends et plus j'angoisse.

Il m'embrassa le front puis glissa vers ma nuque. Le

contact de ses lèvres sur mon cou m'électrisa. Je me cabrai. Il me caressa ensuite le haut de l'épaule et je compris qu'il attendait que je me détende, que je m'habitue à lui.

Jamais je ne pourrais m'habituer. Le plafond me parut plus bas, comme si la pièce entière rétrécissait. Je savais que je n'allais pas me transformer en vampire, mais je savais aussi que je franchissais une limite.

Je soupirai. Balthazar en profita et me mordit.

J'éprouvai une violente douleur. Je lui agrippai les épaules, prête à le repousser – et tout à coup, la douleur se dissipa. Je sentais mon sang s'écouler en lui. Une vague de chaleur et de douceur m'inonda, me berçant presque. J'avais envie qu'il ne s'arrête jamais.

Ensuite, le monde se déroba sous moi. J'eus l'impression de m'évanouir, mais ça n'avait rien d'effrayant. Au contraire.

Il me lécha le cou puis se redressa.

— Bois, murmura-t-il. Bianca, à ton tour.

Je me collai à lui et enfouis mon visage dans le creux de son épaule, éprouvant comme toujours un léger élancement quand mes canines s'allongèrent. Il sentait bon, sa peau était douce. Soudain, rien ne me parut plus crucial que de le mordre. Je plongeai mes dents dans son cou.

Un flot de sang m'envahit la bouche, en même temps que les émotions et les sensations de Balthazar. Il avait un goût de solitude, de détresse, de besoin de réconfort. Des images jaillirent dans mon esprit : c'était moi – non, pas moi, mais une personne qui me ressemblait tellement qu'on aurait pu nous confondre. Elle avait les cheveux foncés, une longue robe, et elle courait dans la forêt, soulevant des feuilles mortes à chaque pas.

Il l'aimait ; il voulait que je sois elle. J'aurais aimé être elle. J'aurais aimé être n'importe qui sauf moi.

Et je perçus aussi son désir – brut, intense, physique. Des sensations à peine voilées de sexe, une ardeur toute masculine qui me traversa. Mon corps réagit, s'enflamma ; il me mordit de nouveau, ce qui me donna encore plus envie de lui, et mon appétit ne cessa de grandir, et de grandir, jusqu'à ce que je n'en puisse plus…

Balthazar se détacha de ma nuque, et je le relâchai aussitôt. Ensuite, il m'embrassa, une bonne dizaine de fois, chaque baiser débordant de passion et de sang. Je l'embrassai à mon tour, haletante.

— Bianca, dis oui, soupira-t-il. S'il te plaît, dis oui.

Je voulais dire oui. J'en avais l'intention.

Mais tout à coup, mon souffle se cristallisa devant moi. L'air froid dans la pièce nous assaillit en même temps ; Balthazar écarquilla les yeux.

Le givre recouvrait déjà les fenêtres, le plafond. Une lueur bleu-vert fit irruption dans la pièce, si violemment que je clignai des paupières. Quand j'entendis la glace grincer, un frisson me parcourut l'échine.

« Il me déteste, avait affirmé Raquel. Il me déteste et veut me faire du mal. » Je n'avais pas bien compris le sens de ses paroles avant maintenant.

Le spectre était fou de rage, et avait décidé de s'en prendre à moi.

Chapitre dix-neuf

— Bianca, viens !

Balthazar m'arracha au canapé d'un geste brusque. Déjà la pièce était tapissée de givre et il faisait plus froid encore que dans le grand hall lors du bal. D'un pas incertain, nous avancions sur la glace. Balthazar percuta un mur et grimaça, semant derrière lui des traînées de sang. La situation devenait de plus en plus dangereuse et nous devions sortir au plus vite.

Balthazar agrippa la poignée et tira la porte vers lui mais celle-ci ne bougea pas. La serrure était gelée. Des cristaux de glace se formaient autour de nous. Il tira une seconde fois, jura, puis donna un grand coup d'épaule. Le bois se fendit et, après de nombreux coups de pied, la porte céda. J'avais les mains engourdies et pleines d'échardes. Je respirais difficilement. Le torse nu de Balthazar virait au bleu.

Pendant tout ce temps, je sentais monter dans la pièce une profonde et implacable colère. La menace devenait oppressante.

— Va chercher Mme Bethany ! hurla Balthazar à quelqu'un dans le couloir quand il franchit la porte.

Il se retourna pour m'aider ; j'enjambai le seuil puis me figeai.

Pour de bon. Mon pied resta collé au sol. Et plus je me débattais pour le détacher plus la couche de glace qui le soudait au plancher se solidifiait. Au bout d'une minute, j'avais même du mal à bouger.

Balthazar m'attrapa le bras et tira si fort que je crus que mon épaule allait se déboîter. Mais rien à faire, j'étais prise au piège. La stupeur m'empêchait de parler, ou de hurler.

Les lois de la gravitation ne semblaient plus exister dans la salle de classe. Mes cheveux flottaient autour de moi, comme si j'avais été sous l'eau ; les livres et les bureaux dérivaient, pris dans un courant invisible. Une lueur aigue-marine régnait. Je savais qu'il faisait froid, mais j'étais moi-même aussi froide que la pièce, et je n'avais plus mal. Les cris de Balthazar me semblaient lointains.

Les flocons de neige qui emplissaient l'espace s'agrégèrent pour former une silhouette. À ma grande surprise, je reconnus la jeune fille qui était apparue à ma fenêtre.

« Tu dois rester. » Ma propre voix, dans ma propre tête, prononçait des paroles qui ne m'appartenaient pas. C'était elle, le spectre, qui me parlait à travers moi. « Tu es en danger. »

« C'est toi ! m'écriai-je, soulagée de voir que je pouvais encore penser. Relâche-moi ! »

Elle écarquilla les yeux. « Tu vas bientôt mourir de froid. C'est le seul moyen de te sauver. »

Les fantômes comptaient me tuer afin de me sauver ? Étaient-ils devenus fous ? S'ils en étaient convaincus, j'aurais du mal à les persuader du contraire. J'étais coincée.

Au milieu d'un tourbillon de neige, des mains bleu-vert me touchèrent les joues. Le corps de la jeune fille se matérialisa devant moi, tangible, je sentis même ses ongles sur ma peau. Des paroles jaillirent de nouveau dans ma tête. « C'est ce qu'on nous a promis. »

« Promis » ? Comment ça, « promis » ? Qui a promis ?

Tout à coup, l'environnement se modifia ; un grincement déchirant envahit la pièce. Les plaques de glace se fendirent. Les couleurs se modifièrent, le bleu-vert se transforma en indigo. La fille hurla, un cri suraigu et cristallin qui me transperça les os, et je vis un tube en fer surgir de son ventre. En un instant, elle se liquéfia, fondit comme neige au soleil et disparut. La lance improvisée tomba par terre avec un bruit métallique.

— Bianca !

Balthazar me tira vers lui tandis que la couche de givre éclatait. Mes sens se remirent en marche et je m'aperçus que le couloir débordait de gens : élèves, profs, et même mes parents, horrifiés. Mme Bethany se tenait à côté de moi, le buste encore penché en avant. C'était elle qui m'avait sauvée. Elle me jeta un regard attristé.

Ma mère se précipita vers moi et me serra dans ses

bras. La chaleur de son corps était si réconfortante comparée à la froideur du mien que je me mis à trembler.

— Le... le fer... les tue... bredouillai-je à Mme Bethany.

— Je vois que vous avez fait vos devoirs. J'espère que d'ici ce soir, vous aurez compris qu'il faut vous méfier des spectres.

Elle se tourna alors vers mon père.

— Adrian, ça suffit. Elle ne peut plus rester ici.

— Qu'est-ce qui se passe ? cria quelqu'un dans le couloir.

Je vis arriver Raquel, l'air paniqué. J'étais encore à moitié congelée, la nuque et les bras couverts de sang. J'aurais voulu la rassurer mais je claquais des dents.

Mme Bethany frappa dans ses mains.

— Il n'y a rien à voir ! Retournez tous dans vos chambres.

Les élèves obéirent de mauvaise grâce et repartirent, murmurant entre eux.

— Ça va ? me demanda Balthazar.

— Elle va bien, répondit mon père d'un ton sec.

Je m'aperçus alors que nous étions encore tous les deux à moitié dévêtus. Bien que mes parents aient été plutôt laxistes avec nous – ils devaient sans doute penser que nous étions devenus très intimes —, mon père ne semblait pas apprécier que nous étalions nos ébats au grand jour.

— Balthazar, merci pour ton aide. Tu peux y aller.

— Vous pouvez tous y aller, déclara Mme Bethany. Celia, Adrian, nous parlerons de ça demain.

Sur ce, elle s'éloigna, faisant claquer ses talons sur le sol.

— Ma chérie, comment tu te sens ? demanda mon père.

— Ça va, murmurai-je. Je voudrais seulement aller dans ma chambre.

Balthazar m'adressa un sourire contrit. Il avait la peau irritée et rouge et je compris que rester accroché à moi l'avait fait souffrir.

Quand j'entrai dans ma chambre, Raquel faisait les cent pas. Elle ouvrit la bouche, prête à m'assommer de questions mais se ravisa en voyant ma mine défaite. Elle ouvrit alors un tiroir de ma commode, sortit mon bas de survêtement et un sweat-shirt à capuche, et me les tendit.

Même après m'être changée, j'étais encore frigorifiée. Raquel se glissa dans le lit avec moi pour me tenir chaud et m'enserra la taille.

— Dors, murmura-t-elle. Tout va bien.

Elle s'endormit avant moi. Je ne parvenais pas à trouver le sommeil, ressassant en long en large et en travers les événements de la soirée – et pas uniquement de la soirée, de l'année, de l'année précédente, de toute ma vie même. Je voyais les choses d'un autre œil à présent. Et la vérité m'apparut dans toute sa cruauté.

En cours le lendemain, les élèves ne cessèrent de me lancer des regards de curiosité, sans pour autant oser me parler. Les ragots d'Evernight m'atteignaient de moins en moins. Au cours de conduite, M. Yee hésita avant de me laisser prendre le volant mais finit par céder. Je fis un créneau parfait.

— Bien joué, me dit Balthazar alors que nous rentrions à pied.

Il ne m'avait rien dit depuis l'épisode du spectre la veille au soir.

— Merci. Il faut qu'on parle, déclarai-je.

Un silence pesant s'installa. Il nous fallait réagir si on ne voulait pas que le malaise perdure.

Heureux de pouvoir enfin profiter des premiers rayons de soleil, les élèves avaient envahi les pelouses. Balthazar et moi dûmes nous réfugier à la bibliothèque, pour le coup déserte. Nous nous assîmes sur une banquette sous une fenêtre.

— Tu vas me dire que ce qui s'est passé hier entre nous était une erreur, commença-t-il.

— Non. Je suis contente que ce soit arrivé. Cela fait trop longtemps que je crois que je peux passer tout mon temps avec toi, flirter avec toi, sans que cela veuille dire quoi que ce soit. Je me suis trompée. Ça veut dire quelque chose. Et je tiens beaucoup à toi. Mais je ne suis pas amoureuse de toi.

Je pensais qu'il réagirait mal. Il me surprit en souriant.

— Moi aussi, je me suis leurré. J'ai voulu te conformer, ainsi que notre relation, à un idéal qui ne correspondait pas à la réalité.

Je me souvins de l'image de la jeune fille aux cheveux sombres que j'avais vue.

— Charity a mentionné une certaine Jane, et j'ai…

— C'est du passé. Et ça doit le rester.

— Si… si hier soir, on était allés plus loin… je ne crois pas que je serais désolée. Mais ça ne doit pas se reproduire.

— Non, soupira Balthazar. Tu ne peux pas te contenter d'être avec quelqu'un dont tu n'es pas amoureuse.

Si seulement j'avais pu être amoureuse de lui. Tout aurait été tellement plus simple.

Après les cours, j'enlevai mon uniforme et mis mon vieux jean et mon pull préférés, une sorte d'armure qui me protégerait. Puis je montai chez mes parents. Il était temps qu'on ait une conversation.

Ma mère ouvrit la porte en souriant.

— Ah, te voilà. On espérait bien te voir ce soir, n'est-ce pas, Adrian ?

Alors que j'entrais, elle me chuchota :

— Ton père est d'humeur étrange. Je pense que toi et moi, on devrait parler de Balthazar plus tard.

J'ignorai le problème Balthazar pour le moment et me postai au milieu de la pièce.

— À votre avis, dis-je, que me veulent les spectres ?

Mes parents se regardèrent. Personne ne parla pendant un long moment, puis ma mère se lança :

— Ma chérie, ils sont sans doute… C'est sûrement l'école qui est visée.

— Non, ce n'est pas l'école qui est visée, c'est moi. Je suis la seule à voir les spectres chaque fois qu'ils apparaissent, et c'est à moi qu'ils s'en prennent. Et chaque fois, ils arrivent après que j'ai bu du sang. Ce n'est pas une coïncidence.

— Tu bois du sang tout le temps, remarqua mon père en insistant un peu trop. Tu bois du sang depuis que tu es née.

— Non, ça n'a rien à voir. Chaque fois, j'étais affamée, et le sang provenait d'un être vivant, ou…

Je décidai de ne pas évoquer Balthazar.

— Je suis de plus en plus un vampire. Et le spectre – cette fille brune – a dit que j'étais en danger.

— Quoi ? intervint ma mère, apparemment perplexe – ce qui me fit penser qu'elle en savait plus qu'elle ne voulait l'admettre. Mais ce sont eux qui essayent de te faire du mal.

— À mon avis, elle pense que je suis en danger parce que je suis presque un vampire. Pour les fantômes, c'est pire que la mort. Puis la fille a parlé d'une promesse. Comme s'ils agissaient en fonction d'un pacte. De quoi parlait-elle ?

Mes parents se regardèrent, l'air coupable et terrifiés, ce qui m'angoissa légèrement. Mais j'étais bien décidée à connaître enfin la vérité. Je poursuivis :

— Depuis le début, vous êtes au courant. Vous savez que les spectres me traquent. Pourquoi ?

— Oui, on le sait, avoua mon père. Et on a choisi de ne pas te le dire.

Quelque chose se brisa en moi. Mes parents – les personnes que j'aimais le plus au monde, en qui j'avais une confiance absolue – m'avaient menti. Et j'ignorais pourquoi.

— Ma chérie, commença ma mère. On ne voulait pas t'effrayer.

Elle s'approcha de moi puis s'arrêta quand elle vit mon visage décomposé.

— Je veux savoir, réclamai-je d'une voix tremblante. Tout. Maintenant.

— Tu sais que nous pensions ne jamais avoir d'enfants, dit-elle en se tordant les mains.

— Ah non, pas encore cette histoire de bébé miracle !

— On pensait ne pas pouvoir t'avoir, insista mon père. Les vampires ne peuvent pas avoir d'enfants.

De rage, j'aurais pu lui jeter un objet à la figure.

— Oui, je sais ! Sauf à quelques rares exceptions, deux ou trois fois par siècle !

— Les vampires ne peuvent jamais avoir d'enfants par eux-mêmes, Bianca, continua ma mère d'une voix grave. Nous n'avons pas de vie à transmettre. Seulement une demi-vie. Une vie corporelle.

— Qu'est-ce que ça veut dire ? Que vous n'êtes pas mes vrais parents ?

J'étais dégoûtée.

— Si, ma chérie. Tu es notre fille. Mais pour t'avoir, il nous a fallu de l'aide.

Je ne comprenais rien. J'envisageai dans un premier temps toutes les solutions scientifiques et modernes : fécondation artificielle, dons d'ovule... J'aurais été étonnée que les vampires puissent y avoir recours. Puis les paroles de ma mère résonnèrent en moi. « Demi-vie », « vie corporelle ». Mme Bethany avait évoqué une chose semblable : que les vampires représentaient le corps. Et les spectres l'esprit.

— Vous avez passé un accord avec les spectres, énonçai-je lentement. Ils ont fait en sorte que je puisse naître. C'est ça ?

Ils parurent presque soulagés de me l'entendre dire.

— Nous sommes allés les trouver. Nous leur avons demandé de nous aider. Nous ne savions pas ce qu'ils exigeraient de nous. La plupart des vampires n'en savent rien, nous avions entendu des rumeurs, des histoires...

— Les esprits, interrompit mon père, ont pris possession de nous. Un bref instant.

— Je ne sais pas comment ils ont fait, renchérit ma mère. Mais quelques mois plus tard, tu étais en route. Nous sommes retournés les voir pour les remercier. Pour les *remercier*, répéta-t-elle d'un ton amer.

— Et ils nous ont dit alors que tu leur appartenais. Que plus tard, tu deviendrais un spectre et pas un vampire. Et que nous ne devions pas nous interposer. À présent, ils essayent de te tuer, de t'assassiner en fait, parce que le meurtre génère des fantômes. Ils comptent te voler à nous, Bianca. Mais tu n'as pas à t'inquiéter. Nous n'allons pas les laisser faire.

Toute ma vie, j'avais eu l'impression d'être unique, spéciale, parce que mes parents m'avaient dit que j'étais un bébé miracle. Et je m'étais toujours sentie en sécurité avec eux.

Mais ma naissance n'avait rien d'un miracle. C'était le résultat d'un marché de dupes.

— Ça suffit. Je m'en vais, articulai-je d'une voix qui me parut étrange.

J'arrachai le pendentif qu'ils m'avaient offert et le jetai par terre.

— Bianca, il faut que tu restes ici, on va trouver une solution.

Je repris d'un ton glacial :

— Je m'en vais, et vous n'avez pas intérêt à me retenir.

Je sortis en courant, m'obligeant à attendre d'être dans ma chambre pour enfin fondre en larmes.

Chapitre Vingt

Je pensais qu'il n'y aurait rien de pire que de perdre Lucas ; j'avais tort. Le pire fut de me rendre compte que je l'avais perdu pour rien. Il avait eu raison sur tout – les vampires, mes parents, tout.

Il m'avait dit que mes parents me mentaient. Je lui avais hurlé dessus. Il m'avait pardonné.

Il m'avait dit que les vampires tuaient. Je lui avais soutenu le contraire, alors même qu'il y en avait un qui traquait Raquel.

Il m'avait dit de me méfier de Charity. Je ne l'avais pas écouté et elle avait tué Courtney.

Il m'avait dit que les vampires étaient des traîtres. Je lui avais ri au nez. La trahison de mes parents n'en était que plus cruelle.

Le seul vampire en qui je pouvais avoir confiance, c'était Balthazar, mais après ce qui s'était passé avec Charity, j'étais à peu près sûre qu'il se mentait à lui-même. Tous les autres vampires me semblaient perfides et manipulateurs.

Tous. Sans exception !

Lucas ? Lucas m'avait menti une fois, une seule fois, à propos de la Croix noire – un secret qu'il gardait malgré lui. Sinon, il avait toujours été honnête avec moi, et m'avait soutenue envers et contre tout. J'étais rongée par l'idée que si je l'avais écouté, nous n'en serions sans doute pas là.

Avril me sembla être le pire mois de ma vie. Mes parents tentèrent en vain de me parler, je les ignorai ; au bout d'une semaine, ils abandonnèrent. Ils devaient penser qu'il leur suffirait d'attendre que ma mauvaise humeur passe, que bientôt je reviendrais dîner avec eux le dimanche soir. Mais j'étais décidée à ne plus jamais franchir le seuil de leur appartement.

Le deuxième dimanche, Raquel me demanda :

— Tu ne montes pas chez tes parents ?

— Non, dis-je, le visage sombre.

— La semaine dernière, je pensais que… que c'était provisoire, reprit-elle.

— Je n'ai pas l'intention d'aller les voir.

— Tes parents me paraissaient pourtant meilleurs que les miens, soupira-t-elle d'une voix désolée.

Combien de fois mes parents m'avaient-ils demandé de ne pas passer trop de temps avec Raquel parce qu'elle était humaine ? Elle avait une meilleure opinion d'eux qu'ils n'en avaient d'elle. J'avais envie de la serrer dans mes bras.

— Disons que je préfère rester avec toi et réviser.

J'aimais encore mieux relire mes cours de psycho – ennuyeux à mourir – qu'affronter mes parents.

Balthazar et moi avions « officiellement » rompu. Vic avait tenté de nous réconcilier, ou du moins de faire en sorte que l'on reste amis, et je n'avais pas protesté – contrairement à Balthazar. Il n'était pas vraiment fâché contre moi ; il en voulait simplement à la planète entière et désirait rester seul.

Passer du temps loin de l'autre était sûrement nécessaire, même s'il me manquait. J'en étais arrivée à dépendre de lui pour beaucoup de choses. Quand je sortais de cours et qu'il ne se trouvait pas là pour m'accueillir avec un sourire, mon cœur se serrait.

Il me restait Vic et Raquel, sauf si Mme Bethany en décidait autrement.

— Votre refus de parler de tout ça avec vos parents m'oblige à prendre des mesures, m'expliqua-t-elle alors qu'elle arrosait ses violettes du Cap. Vous savez à présent que vous êtes la cible des spectres.

— Oui, répondis-je, mal à l'aise.

— Et vous savez pourquoi ? me demanda-t-elle, presque ravie de voir que mes illusions avaient été piétinées.

— Oui, murmurai-je.

— Le fait qu'ils vous traquent met les autres élèves en danger. Nous sommes parvenus à les tenir éloignés jusque-là, mais je crains pour la suite. Les spectres sont plus déterminés que je ne le pensais.

— Je suis censée prendre ça comme un compliment ?

— Réservez vos sarcasmes à d'autres, mademoiselle. Nous sommes ici pour discuter de la situation. Je ne suis pas cruelle au point de vous obliger à quitter Evernight. Dehors, vous seriez sans protection aucune.

— J'ai quitté l'enceinte de l'Académie à plusieurs reprises, cette année. Les spectres ne m'ont pas attaquée.

— Ils ne savaient tout simplement pas où vous étiez. Mais au bout d'un moment, ils vous auraient retrouvée. N'importe où.

— Pourquoi veulent-ils à tout prix que je les rejoigne ? N'y a-t-il pas assez de fantômes sur terre ?

— Ils ne doivent pas apprécier qu'on leur manque de respect. Ils se sentent trahis.

Elle revint s'asseoir en face de moi.

— Écoutez, il y a des appartements vides au manoir. Je vais m'y installer jusqu'à la fin de l'année. Vous, vous resterez ici.

— Ici ? répétai-je, incrédule. Dans votre maison ?

— Oui. Et vous pourrez encore suivre les cours du moment que vous portez ceci.

Elle me tendit un pendentif – l'obsidienne que mes parents m'avaient offerte à Noël.

— J'imagine que vous ne le saviez pas mais cette pierre vous protège. Malheureusement, pas tout le temps. Chez moi, vous serez en sécurité.

— Comment ça ? Plus que dans le bâtiment de l'Académie ?

— Vous avez peut-être remarqué le toit en cuivre ? Les éléments et minéraux présents dans le sang – comme le fer et le cuivre – éloignent les fantômes.

— Alors pourquoi vous ne protégez pas de la même façon les autres bâtiments de l'école ?

Elle pencha la tête, me fixant tout à coup d'un air méfiant.

— J'ai mes raisons.

Cependant, je n'avais pas besoin qu'elle me réponde. J'avais déjà deviné. Elle avait accepté d'accueillir des humains pour se rapprocher des fantômes, et j'avais pensé au début qu'elle voulait en fait simplement en savoir plus sur l'ennemi. Mais, depuis, je l'avais vue terrasser un spectre sans sourciller. Elle savait comment s'en débarrasser, et pourtant elle ne le faisait pas. Elle avait autre chose en tête.

— Vous voulez tous les détruire, dis-je. Vous avez besoin qu'ils viennent à Evernight pour les prendre au piège tous en même temps.

Étonnamment, je vis une lueur briller dans ses yeux, comme si elle était contente que quelqu'un ait compris. Bien sûr, elle me rabaissa :

— Vos théories ne m'intéressent pas. Les spectres représentent un danger pour vous et pour ceux de notre espèce. Ici, vous serez à l'abri.

— Vous n'allez pas me dire pourquoi vous les pourchassez ? insistai-je – elle n'avait pas réfuté ma « théorie ».

— Vous acceptez mon offre ? coupa-t-elle.

— Je n'ai pas le choix...

J'aurais aimé refuser sa proposition, mais elle avait raison ; j'étais un danger pour les autres. Il valait mieux que je m'exile.

La grange aménagée de Mme Bethany s'avéra être un lieu pratique, en fait, mais je m'y sentais quand même mal à l'aise. J'avais beau ouvrir les fenêtres et vaporiser du parfum dans les pièces, son odeur de lavande persistait, me rappelant sans cesse la véritable propriétaire des lieux.

Les tiroirs et armoires avaient été soigneusement vidés avant mon arrivée. Aucune chance que je découvre ses secrets.

Mes amis humains ne comprirent pas pourquoi la maison de Mme Bethany était plus sûre que l'école et je fis de mon mieux pour le leur expliquer. Raquel m'aida à faire mes sacs et Vic à les transporter. J'emportais peu de choses, je ne comptais pas m'y installer de façon permanente. Je pris avec moi la broche de Lucas – mon véritable talisman, mon bouclier contre les mauvaises ondes d'Evernight.

La nuit, alors que mon imagination me jouait des tours et que je croyais voir des ombres dans les coins ou des filets de givre sur les fenêtres, je sortais la broche et la serrais très fort entre mes mains. Immédiatement, mes peurs et ma solitude se dissipaient. Penser à Lucas me donnerait toujours des forces.

La fin du mois d'avril fut calme. Beaucoup d'élèves – surtout des vampires – s'étaient enfuis après la dernière attaque du spectre. Il ne restait plus que les deux tiers des étudiants, dont la moitié était des humains. Comme ils n'avaient pas peur des spectres, l'ambiance était meilleure, l'atmosphère presque tranquille et détendue.

L'avant-dernière nuit d'avril m'apporta un cadeau : une lune bleue.

Les lunes bleues ne sont pas un phénomène astronomique incroyable. C'est seulement ainsi qu'on désigne la deuxième pleine lune du mois – quand il y en a une.

Mais j'avais pour habitude d'en faire une fête, parce que ça n'arrivait pas si souvent que ça.

J'attendis qu'il fasse nuit noire avant de sortir. Je voulais être seule. Malgré le ciel couvert, la lune était clairement visible entre les nuages et brillait.

Je me dépêchai de me rendre au kiosque, l'endroit idéal selon moi pour l'observer. Le kiosque renfermait aussi d'autres souvenirs – des souvenirs de Lucas. C'était là qu'on s'était embrassés pour la première fois.

— Tu ne raterais une lune bleue pour rien au monde.

Je me retournai rapidement. Lucas se tenait derrière moi.

Pendant un instant, je crus à une vision. Mais quand il grimpa les marches du kiosque et que j'entendis le bruit de ses chaussures sur les planches, je sus qu'il était bien là.

— Lucas ? Qu'est-ce que tu fais là ? C'est dangereux. S'ils te voient…

— Personne ne va me voir !

— Si tu restes là, si !

Sa présence semblait tenir du miracle et je n'allais pas prendre le risque qu'il se fasse repérer.

— Je ne vais pas rester longtemps.

Il enfouit ses mains dans ses poches. Il portait une vieille chemise en flanelle sur un tee-shirt. Il était tendu, voûté, prêt à se battre. Mais cette méfiance n'était pas dirigée contre moi. Il me regarda avec une infinie tristesse.

— J'espérais bien te croiser ce soir.

— Eh bien, tu as eu raison, me voilà.

Je ne savais pas tellement quoi lui dire. La surprise m'empêchait d'agir et j'aurais été incapable de lui faire part de mes émotions.

— Tu attends depuis longtemps ?

— Depuis le coucher de soleil.

Il était presque minuit. Cela faisait cinq heures qu'il patientait, mettant sa vie en danger à chaque instant. Mais pour une fois, je ne lui en voulais pas de se montrer intrépide.

— Pourquoi es-tu ici ?

— Parce que je refuse que les choses en restent là.

— J'ai été horrible avec toi, murmurai-je. Je suis désolée, Lucas.

— Tu étais en colère. Et tu en avais le droit.

— On a fini par brûler Courtney.

— Ok, pour Courtney, tu n'avais pas à te mettre en colère.

Il y avait une trace de sourire dans sa voix. Je l'observai. Il avait le visage émacié, les cheveux en bataille. Il avait maigri. Ne prenait-il plus soin de lui ?

— Tu as dit que je n'acceptais pas que tu sois un vampire, Bianca. Je crois que… que tu avais raison.

J'étais parvenue à cette conclusion toute seule mais l'entendre le dire fut douloureux.

— Tu avais dit que tu m'aimais, peu importe ce que je sois.

— C'est vrai, répondit-il entre deux respirations haletantes. Mais quand je t'ai dit ça, je pensais que je t'aimais en dépit du fait que tu étais un vampire. Comme si je te pardonnais d'être ce que tu es. Je ne me suis pas rendu compte à quel point cette attitude était blessante. Si j'avais compris plus vite, j'aurais pu…

Cherchant ses mots, il frappa le sol de son pied.

— Ce qui fait que tu es comme tu es, c'est ça que j'aime. Entièrement. Notamment que tu sois un vampire. Et je suis désolé que tu te sois sentie obligée de défendre ce que tu es. J'aurais dû l'accepter dès le début. Je ne t'aurais sans doute pas perdue. C'est ma faute.

Il fixait ses chaussures. S'il m'avait regardée, il aurait compris qu'il ne m'avait jamais perdue.

Il reprit, plus doucement :

— Je me disais qu'il y avait quelque chose entre toi et Balthazar. Ça m'a rendu fou. Mais bon, pour un… pour un garçon, il est plutôt sympa, et au moins lui il ne t'a jamais demandé d'être ce que tu n'es pas. Alors tu as bien fait. Je voulais seulement te dire, Bianca… que si tu es heureuse, alors moi aussi. Tu mérites de l'être.

— Je ne sors pas avec Balthazar.

Il redressa la tête, surpris.

— Ah bon ?

— Non. On n'a jamais été ensemble. Pas vraiment.

— Ah, ok…

Il se balançait d'un pied sur l'autre, hésitant entre l'incertitude et l'espoir.

— Écoute, je sais que j'ai tout gâché, mais…

En un éclair, je me jetai dans ses bras. Lucas me serra de toutes ses forces. Nous restâmes silencieux un instant. Me blottir de nouveau contre lui était si merveilleux pour moi qui pensais ne plus jamais le revoir !

Mais ne lui avais-je pas dit qu'on finirait toujours par se retrouver ?

— Je t'aime tellement, murmurai-je enfin.

— Moi aussi, je t'aime. Je te jure que je ne ferai plus pareille erreur.

— Pourtant, tu avais raison sur toute la ligne.

— Pas vraiment, répondit-il.

— Mais si. Tu avais vu juste. Pour mes parents, les vampires. Si je t'avais écouté, on n'en serait pas là.

— Holà ! De quoi tu parles ?

Je lui racontai toute l'histoire : la vérité sur ma naissance, sur les fantômes. Apparemment, je n'étais qu'un pion dans la lutte entre les spectres et les vampires. Je lui parlai même de ce qui s'était passé entre moi et Balthazar parce que j'en avais assez des secrets. Il pâlit en m'écoutant, mais n'intervint pas.

Quand j'eus fini, il déclara :

— Il faut qu'on parte.

— Tu veux que je m'enfuie avec toi de nouveau ?

— Oui, mais cette fois, ce serait pour toujours.

— Les spectres me pourchasseront.

— Il y a des gens de la Croix noire qui s'y connaissent en matière de spectres. Ils pourront t'aider, même si tu ne viens pas avec moi.

— Je viendrai avec toi.

J'en étais capable. Je ne voulais plus d'un avenir dans le monde des vampires.

— Je me demande juste comment cette histoire va finir.

— C'est-à-dire ? demanda-t-il.

— Si je ne suis pas un vampire, qu'est-ce que je suis ? Et qu'est-ce que je vais devenir ?

— Je ne sais pas, répondit-il en souriant légèrement. Tu deviendras que tu veux, j'imagine.

Nous nous embrassâmes tendrement puis restâmes les yeux dans les yeux, heureux de nous être retrouvés. Nous avions tous les deux envie de savourer l'instant.

— Retrouvons-nous le dernier vendredi de mai.

— C'est la fin des examens ?

— Oui, ce qui veut dire qu'il y aura des dizaines de voitures pour les élèves qui partent. Je pourrai facilement m'éclipser au milieu de la foule. Mes parents penseront que je suis partie avec Raquel, ça nous laissera un peu de temps avant qu'ils ne me cherchent. J'aimerais bien partir ce soir, vraiment, mais ils sauront tout de suite que je me suis enfuie. Fin mai, ce sera mieux.

— Ce qui me laisse un mois pour décider de ce qu'on fera ensuite. Je trouverai une solution, Bianca, je te le promets. Je vais prendre soin de toi.

— Moi aussi je vais m'occuper de toi.

Au loin retentit comme une détonation. Lucas et moi sursautâmes, aux aguets. Ce n'était rien – sûrement une branche morte – mais le bruit nous rappela que Lucas prenait des risques en restant ici.

— Il faut que tu y ailles, dis-je.

— Oui, j'y vais… Je t'aime.

Il planta brusquement ses lèvres contre les miennes puis m'enserra la taille. J'aurais tellement aimé qu'il reste près de moi. Pourtant, je le laissai partir, le suivant des yeux tandis qu'il disparaissait dans le sous-bois sans se retourner. Savoir que je le reverrais un mois plus tard m'en donnait la force.

Mai me parut le meilleur mois de ma vie. Du moins au début.

Chaque journée qui passait me rapprochait de Lucas et de la liberté. Je rêvassais en cours et récoltais remarque sur remarque, mais ça m'était bien égal. De toute façon, je ne serais plus là le jour des résultats des examens. Je préférais mille fois regarder par la fenêtre et penser à Lucas.

Parfois, j'étais assaillie de doutes : Irais-je un jour quand même à l'université ? Allais-je rester en contact avec Vic et Raquel ? Reverrais-je Balthazar ? Les spectres allaient-ils me retrouver ? Étais-je obligée de laisser mon télescope ? Pour autant, rien ne me paraissait plus important que de fuir Evernight et l'avenir que mes parents m'avaient tracé. Une chance d'être avec le garçon que j'aimais se présentait à moi et j'avais bien l'intention de la saisir.

J'avais même commencé à faire mon sac. Alors qu'un soir à la mi-mai je triais mes habits, on frappa à la porte.

Qui cela pouvait-il être ?

— Entrez !

Mme Bethany ouvrit la porte, l'air hautain dans sa longue robe noire.

— Quelle ironie d'avoir à demander la permission pour entrer chez soi, marmonna-t-elle.

— Bonsoir, madame Bethany, vous avez besoin de

quelque chose ? demandai-je, en espérant qu'elle repartirait vite.

Elle ne me répondit pas tout de suite et se rendit dans sa chambre.

— J'ai quelques affaires à prendre, et je voulais m'assurer que vous n'aviez pas oublié d'arroser les violettes.

— Elles se portent très bien.

Observant le mur, elle écarquilla les yeux.

— Qu'est-ce que c'est que cette horreur ?

Elle désignait un des collages de Raquel intitulé *La Bouche de la vérité*.

On y voyait en effet des bouches de toutes les couleurs d'où jaillissaient des éclairs et des traînées noires.

— Vous aimez ? demandai-je.

— Vous comptez laisser ça ici après votre départ ?

« Désormais, oui », pensai-je.

— Quand pourrai-je retourner dans ma chambre ? demandai-je, comme si je n'envisageais pas de m'enfuir.

— Nous vous le ferons savoir dès que possible.

On frappa de nouveau. Deux visites en une soirée ! J'étais devenue très populaire tout à coup. J'ouvris la porte un peu trop vite. Et si c'était Lucas ?

Ce n'était pas Lucas.

Charity se tenait sur les marches. Elle avait les cheveux attachés et portait un manteau rouge. Avec son air innocent, elle faisait penser au Petit Chaperon rouge – sauf qu'elle jouait en fait le rôle du loup.

— Je ne m'attendais pas à te trouver ici, sourit-elle. Y a-t-il eu une révolution ?

— Qui est-ce ? demanda Mme Bethany en s'approchant.

Brusquement, elle s'immobilisa.

— Mademoiselle More. Quelle surprise.

L'espace entre elles se chargea de haine. Mais Charity écarta les mains, comme une enfant implorante.

— Je viens chercher refuge à Evernight.

Chapitre Vingt et un

Au bout de quelques heures, tout le corps enseignant partageait mon désarroi.

— Avez-vous saisi les règles de conduite de cette école ? demanda Mme Bethany à Charity. Vous les avez si souvent ignorées par le passé…

On m'avait obligée à sortir de la maison et je m'étais cachée derrière un buisson en bordure de fenêtre. J'entendais leur conversation distinctement.

— La première règle à Evernight est d'accueillir n'importe quel vampire qui cherche asile, répondit Charity d'une voix posée. Je me plierai au règlement si vous faites de même.

Les professeurs murmurèrent entre eux. Ils ne semblaient pas favorables à la présence de Charity.

— Nous avons un problème de spectre en ce moment, fit remarquer M. Yee.

— Oui, je sais, à cause du bébé. Mais j'imagine que vous allez vite régler ça, non ? D'une façon ou d'une autre.

Charity ne semblait pas se soucier de savoir si j'allais

vivre ou mourir. Je ressentais de plus en plus la même chose à son égard.

— Je le jure, poursuivit-elle, d'un ton candide et sincère. Je jure sur ma propre tombe que je ne serai pas celle qui troublera la tranquillité d'Evernight.

Au bout d'un long silence, Mme Bethany demanda :

— Combien de temps comptez-vous rester ?

— Pas longtemps. Je serai partie avant le mois de juin.

— Très bien. Nous vous trouverons une chambre dans les appartements des enseignants. Vous y resterez à l'écart des autres jusqu'à la fin du semestre. Expliquer votre présence serait trop compliqué, et moins les élèves poseront de questions, mieux ce sera.

Soudain, il y eut un bruissement dans les feuilles.

Je bondis puis soupirai de soulagement en apercevant Balthazar.

— Qu'est-ce qui se passe ? demanda-t-il.

— Tu m'as fichu la trouille ! chuchotai-je en l'éloignant de la grange. Pourquoi tu m'espionnes ?

— Je ne t'espionne pas. C'est toi qui espionnes les gens à l'intérieur. Moi, je me suis contenté de m'approcher sans faire de bruit.

Je lui souris. Puis je m'aperçus que nous étions en train de discuter et que je n'en éprouvais aucune gêne. Quant à Balthazar, il ne semblait attentif qu'à une seule chose : sa sœur, dans la maison.

— Ils vont accepter qu'elle reste, expliquai-je. Mais elle doit se cacher dans la tour nord, pour ne pas éveiller les soupçons. Ça n'enchante absolument pas

Mme Bethany mais tu avais raison, elle ne peut pas lui refuser l'asile.

— L'asile, répéta-t-il, tout à coup plein d'espoir. Ça veut dire qu'elle fuit quelqu'un. Elle a sans doute décidé de quitter sa tribu.

— Peut-être.

— Si, c'est obligé.

Il avait tellement envie d'y croire. Personnellement, je ne faisais plus confiance à Charity mais je gardai mon opinion pour moi. J'espérais avant tout qu'elle se tiendrait à carreau le temps que Balthazar puisse la raisonner.

— Tu vas aller la voir ?

— Mme Bethany ne voudrait pas que j'interrompe la réunion. Je la retrouverai plus tard.

D'un geste hésitant, il posa sa main sur mon épaule.

— Et toi, ça va ?

— Oui, répondis-je, regrettant de ne pas pouvoir lui en dire plus. Et toi ?

— Tout ira bien, assura-t-il en souriant.

— Oui, ça se pourrait, déclarai-je en souriant à mon tour.

— C'est mon imagination ou est-ce que le temps s'est arrêté ? demanda Vic le lendemain alors que nous étions dans le hall. J'ai l'impression que l'été recule.

— Je vois très bien ce que tu veux dire. Tu as des projets pour les vacances ?

— J'ai cru comprendre qu'on louait une villa en Toscane, répondit Vic avec le genre d'indifférence que seuls les très riches peuvent se permettre. Quitte à aller en Italie, je préfère être à Rome ! Voir les ruines, les arènes des gladiateurs. Mais passer mes journées à ne rien faire au milieu des vignes alors que je n'ai pas l'âge légal pour boire, ça me fatigue.

Raquel et moi échangeâmes un regard amusé. Vic s'arrêta devant l'entrée de la résidence des garçons. Je pensais qu'il nous dirait au revoir mais il leva les yeux et observa l'escalier en colimaçon.

— Il se passe quelque chose de bizarre là-haut, annonça-t-il.

— Bizarre comment ? demanda Raquel. Comme des fantômes ?

— Non, c'est autre chose. D'habitude, ils se fichent qu'on squatte les marches le soir – pour fuir un camarade de chambre pénible, ou fumer une cigarette par la fenêtre, comme Balthazar. Mais hier soir, à peine Ranulf et moi avions fait un pas en direction de l'escalier que le professeur Iwerebon nous est tombé dessus, nous accusant presque de trahison ou je ne sais quoi.

— Je suis sûre que ça a quand même un rapport avec les fantômes, reprit Raquel.

Il s'agissait plutôt d'éviter que les élèves croisent Charity, ou vice versa.

— À votre place, je ne m'inquiéterais pas, dis-je. Dans deux semaines, ce sera terminé.

— Sauf si le temps s'est vraiment arrêté, plaisanta Vic en s'engageant dans son couloir.

Alors que Raquel et moi nous dirigions vers notre chambre, elle lança :

— Attention, tu vas avoir des ennuis.

Mon père s'avançait au-devant de nous et je n'avais nulle part où me cacher.

— Oh, non, soufflai-je. Pitié, reste avec moi, s'il te plaît.

— J'aimerais bien mais tu sais qu'il me demandera de partir et que je ne pourrai pas refuser.

Raquel s'éclipsa, me laissant affronter seule mon père.

— Je voudrais te parler, dit-il. Tu es en colère. Je le comprends. J'imagine que tu en as le droit. Si tu veux t'en prendre à quelqu'un, que ce soit à moi. C'est moi qui ai pris la décision de gérer la situation ainsi. Si je me suis trompé, je suis désolé. Mais pendant combien de temps encore comptes-tu faire subir ça à ta mère ?

— Je ne lui fais rien subir !

— Rien ?! Tu ne lui parles plus. Tu l'ignores. Tu crois que ça ne la touche pas ? Tu crois que tu es la seule personne dans cette famille à être blessée ? Ta mère souffre. Je ne supporte pas de la voir dans cet état, et je pense que toi non plus tu ne le supporterais pas.

Un souvenir fit irruption dans ma tête – ma mère me coiffant avant le bal d'automne ; je le chassai rapidement.

— Je refuse de discuter avec des gens qui n'ont pas été honnêtes avec moi, dis-je sèchement.

— Tu ne trouves pas que tu réagis de manière un peu exagérée ? Je sais que c'est normal, tu es une adolescente et…

— Ce n'est pas parce que je suis une ado ! m'écriai-je, vexée. Dis-moi ce qui m'arrivera si je refuse de tuer un humain ?

— Ce n'est pas une option.

— À mon avis, si. En tout cas, le choix m'appartient.

Il refusait toujours de me dire la vérité, ce qui me laissa penser qu'il estimait ne pas avoir commis d'erreur.

— Bianca, tu n'as pas le choix. Tu ne l'auras jamais. Ne laisse pas tes émotions prendre le pas sur la raison.

— Je crois qu'on a terminé, déclarai-je en partant.

Je crus qu'il allait me suivre mais il ne bougea pas.

Cette nuit-là, dans mon lit, j'avais beau observer le collage de Raquel ou songer à Lucas, je ne pouvais pas oublier les paroles de mon père : « Ta mère souffre. »

En vérité, tant que je restais fâchée contre mes parents, être loin d'eux ne me faisait pas mal. Mais quand il m'arrivait de penser au bonheur que nous avions connu ensemble, ils me manquaient tellement que j'en tremblais.

Je les avais perdus pour toujours, non ? Toute ma vie, ils m'avaient menti. Ne plus leur parler me paraissait être la seule marche à suivre.

Soudain, la porte de la grange s'ouvrit avec fracas et je me redressai.

— Qui est-ce ? m'écriai-je.

L'intrus s'avéra être Mme Bethany, ce qui n'était guère rassurant. Elle me regarda d'un air mauvais.

— Venez avec moi.

— Où allons-nous ?

— Faire face à votre accusatrice et la discréditer, j'espère.

Quoi ? Un nœud d'appréhension se forma dans mon ventre.

— Euh... je... laissez-moi m'habiller, avant.

— Non, mettez une robe de chambre et allons-y. Nous devons régler ce problème au plus vite.

Sachant que ça ne servirait à rien d'insister, je passai ma robe de chambre puis glissai la broche de Lucas dans la poche sans que Mme Bethany s'en aperçoive ; j'avais l'intuition que j'en aurais besoin.

Je pris aussi l'obsidienne puis je suivis Mme Bethany, qui se dirigeait vers l'école. Tout en haut de la tour nord, des pièces étaient éclairées.

— Est-ce que mes parents sont là ?

— J'ai cru comprendre que vous ne teniez pas spécialement à leur présence, répondit-elle, ne prenant pas la peine de se retourner. Vous vous débrouillerez très bien toute seule, j'en suis sûre.

Me débrouiller avec quoi ? Mme Bethany était visiblement furieuse mais je ne savais pas si cette colère était dirigée contre moi ou contre quelqu'un d'autre. Mais puisque nous avancions vers la chambre de Charity, j'avais ma petite idée.

Nous montâmes les marches en silence. Nerveuse, je ne cessais de tripoter la ceinture de ma robe de chambre. Si mon accusatrice était Charity, de quoi m'accusait-elle ?

Tout à coup, je compris. Une indicible frayeur m'envahit, me glaçant jusqu'au sang. Je me figeai devant la porte, incapable d'entrer.

— Madame Bethany... Si vous et moi pouvions seulement discuter un moment...

Elle m'ignora et poussa la porte.

Charity était assise sur une chaise au milieu de la pièce. Elle portait un uniforme d'Evernight, les seuls habits propres que je l'avais vue mettre jusque-là. Avec ses mains croisées sur ses genoux, elle paraissait faussement normale. Puis je m'aperçus qu'il y avait quelqu'un d'autre dans la pièce : Balthazar. À son air de défaite, je compris que nous étions tous les deux dans le box des accusés.

Je m'assis à côté de lui sur un banc. Il m'adressa un regard désolé.

— Mademoiselle More, pouvez-vous répéter ce que vous m'avez dit tout à l'heure ?

— Je suis vraiment ravie qu'on ait eu l'occasion de discuter, madame Bethany, répondit Charity d'un ton mielleux. Ça m'a rappelé les bons moments qu'on a passés toutes les deux, avant que j'apprenne à bien vous connaître.

Étonnamment, Mme Bethany ne semblait pas aussi ravie.

— Mademoiselle More... insista-t-elle.

— Ces deux-là me poursuivent depuis le début de l'année scolaire, dit-elle en nous souriant, comme si nous étions tous amis. Cependant, ils n'étaient pas seuls. Ils avaient un ami. Un certain Lucas, si je me souviens bien. Membre de la Croix noire.

Et nous qui croyions avoir pensé à tout ! Nous ne nous étions jamais méfiés de Charity.

— Alors c'est vrai ? demanda Mme Bethany en se redressant.

En entendant le nom de Lucas, et en voyant nos mines coupables, elle avait su que Charity disait la vérité.

Balthazar hocha la tête.

— C'est vrai.

— S'associer avec un membre de la Croix noire est un crime sérieux, déclara Mme Bethany en croisant les bras. L'année dernière, mademoiselle Olivier, vous l'ignoriez, et c'est pour cela que je vous avais excusée. À présent, je ne peux pas me montrer aussi indulgente. Et vous, monsieur More ! Je m'attendais à mieux de votre part.

— Je voulais retrouver ma sœur, expliqua-t-il.

Il avait les épaules voûtées, comme alourdies par le poids de son désarroi.

— Je pensais que vous le comprendriez. Ou elle, du moins.

— Les chasseurs de la Croix noire… murmura Charity. Ils sont terribles. Violents. Vicieux.

Elle trépignait sur sa chaise, comme une gamine le matin de Noël.

— Vous avez tous les deux menti et abusé de l'hospitalité de cette école. Vous avez enfreint toutes nos règles, et commis certaines erreurs parfaitement stupides. Je ne le tolérerai pas.

— Très bien. Renvoyez-moi, déclarai-je en me levant. Si vous voulez que je signe un papier que vous pourrez montrer à mes parents ensuite, ça me va. Et si vous ne me donnez même pas le temps de faire mon sac, ça me va aussi. Je m'en fiche.

— Tout le monde chasse, poursuivit Charity en se levant. Moi, je pourchasse les humains. La Croix noire les vampires. Vous, madame Bethany, les spectres. Les spectres pourchassent Bianca. Et Bianca me pourchasse. C'est un cercle vicieux, et vous en faites partie.

Des questions me traversaient l'esprit à toute vitesse. « Comment Charity a-t-elle su que Mme Bethany s'intéressait aux spectres ? Il m'a fallu des mois pour comprendre. Lui a-t-on dit ? Que sait-elle ? »

Elle s'approcha de Mme Bethany. Elle était plus grande qu'elle et ne ressemblait plus du tout à une enfant.

— On ne va pas s'arrêter en si bon chemin ! ironisa-t-elle. Mon frère et sa copine se sont servis de la Croix noire pour me traquer, alors j'ai pensé faire pareil.

— Vous comptez vous servir de moi ? rétorqua sèchement Mme Bethany.

— Non, je me sers à mon tour de la Croix noire.

Balthazar bondit, recouvrant par là même sa puissance et sa confiance.

— Charity, de quoi parles-tu ? Dis-moi.

Sa voix résonna dans la pièce, me faisant frissonner. Charity fut touchée elle aussi. Elle se tourna vers lui, obéissante et douce.

— Pourquoi tu l'as fait ? lui lança-t-elle soudain. Pourquoi ?

— J'étais mort de faim au point d'en perdre la raison, avoua-t-il. Ils nous ont torturés pendant des jours. Tu étais là, tu le sais !

— Tu n'étais pas obligé de leur obéir. Tu n'étais pas obligé de me tuer…

Je frémis. Ainsi Balthazar avait transformé sa sœur en vampire ? C'était impossible ! Et pourtant…

— Tu me puniras plus tard, dit-il, l'air sombre. Parle-moi de la Croix noire.

— Je hais cet endroit, Balthazar. Tu sais que je l'ai toujours détesté, et que je la déteste, elle.

Elle fixait Mme Bethany, qui paraissait sur le point de nous étrangler tous les trois.

— Je déteste qu'elle prétende régner sur les vampires, alors qu'elle ne sait même pas ce que ça veut dire. Elle ne tue pas d'humains. Elle ne comprend pas que c'est ce que nous faisons, ce que nous sommes.

— Ne dis pas ça, souffla Balthazar en secouant la tête.

— Elle nous détruirait tous, si elle le pouvait, poursuivit Charity, qui observait Mme Bethany avec haine. Elle nous fait croire qu'elle protège les vampires, mais si ça ne tenait qu'à elle, on ne serait déjà plus là.

— Espèce de sale peste ! rugit Mme Bethany, à présent tellement furieuse contre Charity qu'elle nous avait oubliés, Balthazar et moi. Tu n'as donc rien appris !

— J'ai appris bien plus que vous ne croyez.

Elle regarda alors sa montre.

— Minuit ! remarqua-t-elle avec délices.

— La Croix noire, reprit Balthazar, cherchant à comprendre. Comment comptes-tu te servir de la Croix noire ?

— Ils s'étaient détournés d'Evernight parce qu'ils pensaient que les vampires s'y comportaient comme il faut. Mais depuis un certain temps, ils ne savent plus trop. Il faut dire qu'ils ont trouvé tellement de corps dans la forêt environnante qu'ils sont désormais persuadés qu'il se passe ici des choses horribles. Auxquelles ils doivent mettre fin.

J'entendis une rumeur à l'étage en dessous – des cris, et des bruits de pas.

Le visage de Charity s'épanouit. Elle souriait, aux anges.

— L'heure est venue.

— Charity, qu'est-ce que tu as fait ? s'alarma Balthazar.

Quelqu'un trébucha dans la cage d'escalier. Le brouhaha s'amplifiait, se rapprochait. Une personne hurla. Nous nous retournâmes vers la porte, horrifiés.

— J'ai fini par me faire attraper, expliqua Charity. Ils auraient pu me tuer. Mais j'ai réussi à convaincre l'homme aux cicatrices.

Eduardo ! L'impitoyable tueur de la Croix noire était ici !

— De quoi l'as-tu convaincu ? demandai-je.

— Je lui ai dit que les vampires d'Evernight projetaient de massacrer les élèves humains cette nuit. Alors la Croix noire est venue vous massacrer à leur place.

Chapitre Vingt-deux

Mme Bethany ouvrit la porte brusquement, créant un vent de panique, et je frissonnai.

— Balthazar, viens avec moi, implora Charity en tendant la main. On peut quitter cet endroit. Tu peux arrêter de faire semblant d'être ce que tu n'es pas. Et on pourra rester ensemble.

— Va-t'en, répondit-il en se détournant. Je dois les aider.

Charity demeura immobile un instant, blessée par le refus de son frère. Une lueur de désespoir apparut dans son regard. Puis elle se ressaisit.

— Tu es du mauvais côté ! s'écria-t-elle.

Voyant que Balthazar refusait toujours de la suivre, elle frémit. Je crus même qu'elle pleurait. Elle s'avança vers une fenêtre, l'ouvrit et murmura :

— Je pensais vraiment que tu viendrais.

Elle se jeta par la fenêtre tandis que, ignorant de son geste, Balthazar se précipitait dans le couloir. Une fois ma stupeur passée, je compris que Charity avait opté pour la solution la plus sûre : même si nous étions en hauteur, pareille chute ne pourrait blesser une immortelle.

— Comment va-t-on faire sortir tout le monde ? demandai-je à Mme Bethany.

Elle ne me répondit pas, mais courut dans le couloir actionner l'alarme incendie. Une sirène assourdissante retentit alors. Je plaquai mes mains sur mes oreilles.

— Va chez les filles ! hurla Balthazar. Je vais aider les garçons !

Mme Bethany s'engouffra dans la cage d'escalier, l'air déterminé. Elle avait beau ne pas être armée, je n'aurais pas aimé être le premier membre de la Croix noire à croiser son chemin.

Et si le premier était Lucas ?

Je me précipitai à sa suite, mais les marches inégales ralentirent mon pas et je ne pus la rattraper. Je me mis à trembler. Des milliards de pensées se bousculaient dans ma tête. « Tout le monde est en danger. Tout le monde. Lucas. Balthazar. Mon père. Ma mère. Raquel. Ranulf. Dana. Vic. » Ce que je ressentais dépassait la peur, il s'agissait plutôt d'un besoin essentiel de survivre, de sauver qui devait l'être, de combattre. Mais combattre qui ?

On entendit un cri, suivi d'un craquement et d'un choc. Un peu plus loin, j'aperçus la silhouette allongée d'un homme qui tenait encore un pieu dans sa main. Des traînées de sang maculaient le mur derrière lui. Mme Bethany le contempla un instant avant de disparaître dans la pénombre.

Je crus reconnaître un des chasseurs de la cellule de Amherst mais je n'en étais pas sûre. Son visage était couvert de sang. Les hurlements autour de moi gagnaient en intensité, de même que les bruits de pas à mesure que les élèves s'enfuyaient.

Je me jetai dans la bataille.

Le couloir principal à l'étage des salles de classe débordait de membres de la Croix noire – j'aperçus M. Watanabe, tenant une arbalète, et Kate qui se battait à mains nues avec le professeur Iwerebon. À côté de moi, Mme Bethany évita une flèche, pivota et enfonça son poing dans la gorge d'un chasseur. Alors qu'il tombait en arrière, elle enroula ses bras autour de sa nuque et la fit pivoter sur le côté d'un coup sec. J'entendis les os se briser tandis que l'homme s'effondrait au sol. Mme Bethany se précipita ensuite sur un autre combattant, lui asséna un violent coup de pied aux genoux et en profita pour récupérer son arbalète. Ensuite, elle tira, exécutant l'homme avec sa propre arme. J'étais horrifiée. Deux morts en dix secondes – et elle semblait à peine s'échauffer.

— Bianca ! Enfuis-toi !

Je me retournai et vis Dana à l'autre bout du couloir.

— File ! s'écria alors ma mère qui s'interposa entre moi et Dana. Ma chérie, va-t'en !

Les deux femmes se toisèrent un instant, puis ma mère bondit et elles roulèrent au sol.

Je partis en courant. Il fallait que quelqu'un mette fin à tout ça. Peut-être Lucas le pourrait-il ?

— Tout le monde dehors !

Dans l'escalier, Balthazar encourageait les élèves à descendre. J'aperçus Vic, en t-shirt, qui observait le chaos d'un air effaré, tout en tentant de courir aussi vite que possible. Sans même me regarder, Balthazar hurla :

— Bianca, va chez les filles !

— Je ne peux pas ! Ils se battent dans le bâtiment principal, la voie est coupée.

— On va trouver une solution.

Tout à coup, par-dessus les cris et l'alarme, une autre voix retentit dans le couloir :

— Ne l'écoute pas, Bianca. Tu dois quitter cette école immédiatement.

Eduardo se tenait derrière moi. Il avait des traces de sang sur les joues et portait ses armes accrochées en bandoulière. Il avait fallu que je tombe sur lui !

— Vous n'avez rien à craindre de Balthazar, déclarai-je, l'implorant presque. Je vous le jure.

— Tu ne sais pas encore faire la différence entre un humain et un vampire, rétorqua-t-il avec un sourire mauvais. Laisse-moi t'expliquer. À présent, il ne reste plus que des vampires dans le bâtiment. Des vampires et nous.

— S'il vous plaît ! On vous a menti. Charity, celle que vous avez attrapée, celle qui vous a parlé des humains en danger, elle ne disait pas la vérité !

— Allons, Bianca, répliqua-t-il, on t'a tellement menti que tu ne sais même plus qui croire ! Je te suggère de me faire confiance. Descends. Sinon, tu risques de le payer cher.

Il attrapa le talkie-walkie fixé à sa ceinture et ordonna :

— C'est parti : on brûle tout.

Un incendie ! Une des deux seules façons de tuer un

vampire ! La Croix noire avait décidé de mettre le feu à Evernight.

Balthazar m'agrippa le bras et m'entraîna dans la cage d'escalier, mais je lui résistai.

— Bianca, il faut qu'on y aille !

— Je dois aller dans le dortoir des filles.

— Tu m'as dit que ce n'était pas possible. Bianca !

Je devais essayer. Je me libérai de son emprise et remontai les deux étages jusqu'à la résidence des garçons – qui surplombait le toit du bâtiment principal. Déjà, je voyais des flammes envahir les couloirs en dessous. Je n'y fis pas attention. Je sautai sur le toit.

Certains élèves avaient eu la même idée, je les voyais se faufiler entre les pignons – des humains, des vampires. Ils cherchaient tous à sauver leur peau, et je ne pouvais pas leur en vouloir. Mais moi, je ne pouvais pas fuir. Il fallait coûte que coûte que j'atteigne la résidence des filles, que j'aille vérifier que tout le monde était bien à l'abri. Je traversai le toit, glissant à plusieurs reprises sur les tuiles, heureusement sans me faire mal. Le nœud de ma robe de chambre s'était défait et je sentais le vent sur mes jambes. La chaleur de l'incendie en dessous atteignait mon pyjama. Soudain, une détonation assourdissante m'obligea à me retourner. À travers le toit éventré, des flammes jaillirent. Au milieu des étincelles et de la fumée, je me mis à tousser. Pourtant, je continuai de courir, de plus en plus vite.

Je perdis l'équilibre et trébuchai, roulant jusqu'à la lisière du toit. J'essayai de me retenir à quelque chose mais il n'y avait rien ; je tombai dans le vide.

Je rebondis sur une masse de pierre et m'y agrippai de toutes mes forces. J'y restai suspendue un instant, cherchant à me remettre de la douleur et du choc. Ce qui avait arrêté ma chute n'était autre qu'une gargouille, identique à celle que j'avais tant haïe et qui se trouvait devant ma fenêtre.

— Merci, murmurai-je, tout en me hissant pardessus.

Je repartis en courant, le corps douloureux. Je n'avais pas le temps de m'apitoyer sur mon sort. Une épaisse fumée enveloppait le toit.

J'atteignis enfin la tour sud. Dans le couloir, je constatai que la situation était bien pire ici et que ma grande mission de sauvetage se révélait inutile. L'endroit était vide. À travers la brume noirâtre, j'aperçus une silhouette.

— Il y a quelqu'un ? m'écriai-je.

— Bianca !

Lucas ! Il s'élança vers moi et me serra dans ses bras, à m'en briser le dos.

— Je t'ai cherchée partout ! Dans la grange, ici…

— Il faut que tu mettes fin à tout ça, Lucas. Tu dois dire à Eduardo que Charity a menti.

— C'est Charity qui a fourni les informations à Eduardo ? rugit Lucas. Je savais que Mme Bethany ne prévoyait pas de massacrer tous les étudiants, et je leur ai dit, Bianca, mais Eduardo ne m'a pas écouté. Il ne m'écoute jamais.

— Ma mère, Dana, tout le monde est en danger ! Il faut tout arrêter !

— On ne peut pas, dit-il, inquiet. On ne peut rien faire. À part s'en aller.

Ça m'enrageait de l'admettre mais il avait raison.

Nous parcourûmes le couloir, interpellant les personnes qui étaient éventuellement encore là afin qu'elles décampent. Puis nous descendîmes au rez-de-chaussée. L'air était imprégné de poussière de cendres et j'avais du mal à respirer. Mon affiche de Klimt se consumant à jamais me traversa l'esprit.

— On y est presque, m'encouragea Lucas qui me protégeait à l'aide de ses avant-bras.

Dehors, nous nous retrouvâmes en plein duel. Une femme de la Croix noire tournait autour de Mme Bethany, dont les cheveux étaient défaits et le visage maculé de traces noires. Malgré la catastrophe en cours, elle souriait, toujours hautaine. Pour la première fois, j'aperçus ses canines allongées.

Lucas tenta de m'entraîner à l'écart mais je ne pouvais quitter les deux femmes des yeux. Mme Bethany se pencha légèrement à gauche, à droite, puis bondit en avant. Son adversaire tenta de l'éviter. Elle fut prise de court. Je vis Mme Bethany l'immobiliser et plonger ses crocs dans sa nuque.

Un hurlement horrifié retentit derrière nous. Je me retournai. Raquel, en débardeur et caleçon, observait la scène. Il lui était impossible de ne pas comprendre ce qui se passait. Raquel savait déjà que les fantômes existaient. Maintenant, il lui faudrait aussi croire aux vampires.

— Oh là là, mon Dieu ! cria-t-elle. Bianca, tu… ? Mme Bethany, elle…

Soudain, elle s'interrompit :

— Lucas ?

— Cours, répondit-il. Je t'expliquerai plus tard.

Tandis qu'on s'enfuyait, je jetai un regard en arrière à Evernight. Le manoir tenait encore debout, forteresse imprenable et menaçante, même si la tour sud et le toit avaient pris feu. On aurait dit la fin du monde.

Des sirènes retentirent au loin.

— Qu'est-ce que c'est ? demanda Raquel, l'air paniqué.

— Les pompiers ! Mme Bethany a actionné l'alarme incendie. Ils arrivent enfin !

— Il ne faut pas que les autorités nous trouvent ici, observa Lucas. Allons prendre le camion garé près d'ici.

Nous traversâmes le bois le plus rapidement possible, à la lumière des flammes. Nous contournions les arbres, quand j'aperçus une silhouette qui nous bloquait le passage. Mon sang ne fit qu'un tour. Devant nous se tenait Charity.

— Vous partez déjà ? demanda-t-elle, la tête inclinée.

Visiblement, sauter du haut de la tour nord l'avait laissée indemne.

— Tu détestes Evernight presque autant que moi, Bianca. Je pensais que tu apprécierais ma petite surprise.

— Des gens sont morts, répondis-je. Et je ne sais pas si Balthazar a réussi à s'échapper.

— C'est que tu ne connais pas bien mon frère. Moi, si. Les tueurs de vampires ne peuvent rien contre lui.

— Espérons que tu as raison.

— Euh, les amis… intervint Raquel. C'est qui, cette gamine ? La sœur de Balthazar ?

Charity fusilla Raquel du regard puis sourit.

— Oh, je vois que vous m'avez apporté un goûter.

— Ne t'approche pas d'elle ! ordonna Lucas.

Il voulut la frapper ; elle esquiva le coup mais la vitesse de Lucas la déstabilisa. Il en profita pour ramener l'un des bras de Charity dans son dos et l'immobiliser.

— Imbécile ! siffla-t-elle tout en s'agitant

— Tu as de la chance. Je t'ai laissée tranquille uniquement parce que Bianca me l'a demandé.

Charity se débattait. Lucas la maîtrisait toujours, avec peine.

Il finit par la pousser violemment contre un arbre. Je m'attendais à ce qu'elle crie de rage, mais je fus surprise de voir son corps entier s'affaisser. Elle s'était empalée sur une branche.

— Tu l'as tuée ? hurla Raquel, les yeux exorbités.

— Non, pas exactement, répondit Lucas énigmatique.

— Elle va se réveiller, dis-je, mais il lui faudra bien quelques minutes pour s'en remettre. Ça devrait nous donner assez de temps pour rejoindre le camion, non ?

Lucas accepta, même si ma proposition ne l'enchantait guère. Alors que nous repartions, je vis Charity, à terre, qui relevait la tête.

La porte du camion était ouverte et nous nous y précipitâmes. Quelques personnes se trouvaient déjà à l'intérieur – Kate était au volant, et Dana était à ses côtés la lèvre fendue. En la voyant, mon estomac se noua. Si Dana et ma mère s'étaient battues et que Dana était ici, n'était-ce pas que ?...

— Qu'est-ce qui s'est passé ? murmurai-je.

— Elle a sauté par la fenêtre, répondit Dana. Moi, j'appelle ça tricher.

Ma mère avait survécu. Soulagée, je me rapprochai de Lucas. Vic et Balthazar avaient dû s'en sortir aussi. Mais mon père ? Et les autres profs, Ranulf, les humains ? Avaient-ils survécu au feu ?

Lucas passa son bras autour de mon épaule en demandant :

— Où est M. Watanabe ?

— Ils l'ont eu, dit Dana.

Un silence terrible envahit le camion. Raquel observait Dana et Lucas d'un air perplexe. Comprenant néanmoins que ce n'était pas le moment de poser des questions, elle se tut. Lucas enfouit son visage dans le creux de mon épaule.

« Profitez l'un de l'autre », nous avait-il dit. J'aimais le sourire de M. Watanabe. J'espérais qu'il avait retrouvé sa Noriko, et qu'il existait pour les humains d'autres choix après la mort que de devenir vampire ou fantôme.

Kate alluma le moteur. Au loin, l'ombre en feu d'Evernight disparut peu à peu.

Le point de rendez-vous se trouvait au milieu de nulle part dans un vieil entrepôt encore à moitié rempli de caisses.

Une fois arrivée, Dana posa un pack de glace sur son visage ; Eduardo pansa une plaie que Kate avait au mollet. Il régnait dans la pièce une ambiance pesante. Ceux qui n'étaient pas blessés nettoyaient ou réparaient leurs armes, et je sentais en les voyant que malgré leur épuisement ou leur tristesse, ils avaient le sentiment d'avoir bien agi. J'avais envie de leur dire qu'ils s'étaient trompés, qu'on leur avait menti, mais je savais qu'ils ne me croiraient pas.

Lucas et moi nous assîmes sur une des caisses. Raquel se tenait à côté de nous, emmitouflée dans une couverture.

— Ainsi l'école était pleine de vampires, murmura-t-elle. Depuis le début ?

— Oui, répondis-je. Mais, tout comme toi, certains élèves étaient humains. Vic, par exemple.

— Et Ranulf.

Je secouai la tête et elle ouvrit grand les yeux d'étonnement.

— Ranulf aussi ! Mais… et Balthazar ? C'est aussi un vampire ?

J'acquiesçai.

— Et tous les profs, renchérit Lucas. Jusqu'à l'année dernière, il n'y avait que des vampires.

— Attends, c'est pas possible ! Bianca, tes parents sont profs.

J'étais tellement épuisée que je faillis tout lui avouer. Lucas m'en empêcha en me serrant la main. J'oubliais que je me trouvais au milieu d'un groupe de tueurs de vampires. Mes explications auraient pu provoquer ma fin.

— Nous pensons que Bianca a été kidnappée quand elle était bébé, répondit Eduardo. Ses vrais parents ont sûrement été assassinés pour qu'un couple de vampires puisse jouer au papa et à la maman avec elle.

— Quand as-tu appris la vérité ? demanda Raquel. Oh, Bianca, je suis désolée ! Je suis vraiment désolée.

Lucas vint à mon aide en détournant la conversation.

— J'ai été inscrit à Evernight l'année dernière pour enquêter. Nous cherchions à savoir pourquoi l'école avait décidé d'accueillir des humains.

— Alors c'est pour ça que tu te battais tout le temps ! s'exclama Raquel. Et moi qui te prenais pour une sale brute.

— Merci du compliment, fit Lucas en souriant.

Raquel s'assit sur une caisse voisine, toujours sous le choc. Puis, l'expression de son visage se modifia, comme si elle avait soudain une révélation.

— Ça explique l'histoire avec Erich ! Je savais qu'il y avait quelque chose qui clochait dans cette école.

— Je doute qu'ils acceptent des élèves humains à l'avenir, observa Kate. Ou même des vampires, vu les dégâts qu'on a causés. À mon avis, on peut rayer Evernight de notre liste.

Eux le pouvaient, peut-être. Pas moi. Il fallait que j'y retourne, pour savoir qui avait survécu, qui était mort. Mais comment faire, maintenant que Mme Bethany était au courant que je fréquentais toujours Lucas ? Elle devait même penser que j'étais responsable de la trahison de Charity. Plus que jamais, je savais à quel point elle pouvait se montrer impitoyable. J'allais devoir patienter.

— Mme Bethany s'en est sortie, annonça Kate en grimaçant. Elle va vouloir se venger. Ce qui veut dire qu'il faut qu'on déménage. Je place cette cellule en état d'alerte, dès à présent. Raquel, si tu veux rentrer chez toi, on peut te donner un peu d'argent.

— Rentrer chez moi ? Vous plaisantez ?

— Raquel, qu'est-ce que tu racontes ? lui demandai-je.

— Tous ces êtres maléfiques qui me pourrissent la vie depuis si longtemps, les vampires et les fantômes, ils les combattent ! dit-elle en désignant les membres de la pièce. Tu voudrais que je retourne à Boston dormir sur le canapé de ma sœur, alors que le mal est partout ? Jamais de la vie. Je veux participer, moi aussi.

Eduardo secoua la tête.

— On n'accepte pas les novices.

— Tout le monde a été novice à un moment donné, fit remarquer Kate. Et on a besoin de sang neuf.

Mon estomac gargouilla. Quand allais-je pouvoir boire du sang ?

Une lueur d'espoir brillait dans les yeux de Raquel.

— Je ne comptais pas rentrer chez moi cet été de toute manière. C'est pas comme si être loin de ma famille allait être difficile, croyez-moi. J'ai besoin d'autre chose. Et j'ai attendu toute ma vie de pouvoir terrasser les créatures que vous affrontez. Donnez-moi une chance. Je me montrerai à la hauteur.

— J'ai bien l'impression que la Croix noire a un nouveau membre, sourit Dana.

— L'entraînement est difficile, insista Eduardo, le visage sévère. Et notre mission est dangereuse. Tu vas devoir tout abandonner. J'exige un dévouement total.

Raquel répondit posément.

— D'accord. Je vous suis. Dès maintenant.

Puis, elle se tourna vers moi.

— Bianca, tu en es ?

Moi ? Rejoindre la Croix noire ? Je ne pouvais pas tuer des vampires, j'étais un vampire. Du moins, suffisamment pour que chaque personne dans cette pièce ait envie de m'éliminer en apprenant la vérité.

Je me tournai vers Lucas, espérant qu'il aurait une solution. Il me regarda avec désarroi. Il comprenait bien mon problème, mais il savait aussi que la cellule allait être en état d'alerte, et qu'on ne pourrait plus s'enfuir comme prévu. Nous étions piégés.

— Je sais que c'est dur pour toi, Bianca, dit Kate. Tes parents ont beau t'avoir menti, ils restent tes parents. De plus, je n'ose imaginer tous les mensonges qu'ils t'ont racontés sur nous. Mais tu connais la vérité à présent, et tu as fait preuve de courage. Et puis, la vérité, c'est que j'en ai assez que Lucas disparaisse tout le temps. Il faut qu'il reste ici.

Elle sourit.

— Ce qui veut dire qu'on a besoin de toi.

— Allez, Bianca ! insista Raquel. Tu es avec nous ?

Elle pouvait à peine cacher son excitation. Elle vivait ça comme une aventure, un moyen d'échapper à ses problèmes.

Je n'avais nulle part où aller. Au moins, ici, je serais avec Lucas. Et tant que nous étions ensemble, je pouvais espérer.

Je me décidai enfin.

— Oui, répondis-je, et Lucas me serra la main. Je suis avec vous.

Découvrez bientôt
la suite des aventures de
Bianca dans

EVERNIGHT

LIVRE 3

sortie en février 2012

Cet ouvrage a été imprimé
en juillet 2011 par

CPi
FIRMIN-DIDOT

27650 Mesnil-sur-l'Estrée
N° d'impression : 105856
Dépôt légal : août 2011

Imprimé en France

Cet ouvrage a été composé par
PCA – 44400 REZÉ

POCKET
jeunesse
12, avenue d'Italie
75627 PARIS Cedex 13